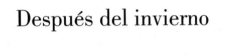

Después del invierno

Guadalupe Nettel

Después del invierno

EDITORIAL ANAGRAMA
BARCELONA

Ilustración: foto © Maya Dagnino

Primera edición: noviembre 2014

Diseño de la colección: Julio Vivas y Estudio A

© Guadalupe Nettel, 2014

© EDITORIAL ANAGRAMA, S. A., 2014
  Pedró de la Creu, 58
  08034 Barcelona

ISBN: 978-84-339-9784-5
Depósito Legal: B. 21292-2014

Printed in Spain

Reinbook Imprès, sl, av. Barcelona, 260 - Polígon El Pla
08750 Molins de Rei

El día 3 de noviembre de 2014, un jurado compuesto por Salvador Clotas, Paloma Díaz-Mas, Marcos Giralt Torrente, Vicente Molina Foix y el editor Jorge Herralde, otorgó el 32.º Premio Herralde de Novela a *Después del invierno,* de Guadalupe Nettel.

Resultó finalista *El imperio de Yegorov,* de Manuel Moyano.

Para Ian, in memoriam.
Y para mi padre, que ha luchado tanto.

Et de longs corbillards, sans tambours ni musique,
Défilent lentement dans mon âme; l'Espoir,
Vaincu, pleure, et l'Angoisse atroce, despotique,
Sur mon crâne incliné plante son drapeau noir.

CHARLES BAUDELAIRE

Follar es lo único que desean los que van a morir.

ROBERTO BOLAÑO

I

CLAUDIO

Mi departamento está sobre la calle Ochenta y siete en el Upper West Side de la ciudad de Nueva York. Se trata de un pasillo de piedra muy semejante a un calabozo. No tengo plantas. Todo lo vivo me provoca un horror inexplicable, igual al que algunos sienten frente a un nido de arañas. Lo vivo me amenaza, hay que cuidarlo o se muere. En pocas palabras, roba atención y tiempo y yo no estoy para regalarle eso a nadie. Aunque algunas veces logre disfrutarla, esta ciudad, cuando uno lo permite, puede llegar a ser enloquecedora. Para defenderme del caos, he establecido en mi vida cotidiana una serie muy estricta de hábitos y restricciones. Entre ellos, la absoluta privacidad de mi guarida. Desde que me mudé, ningunos pies excepto los míos han cruzado la puerta del departamento. La sola idea de que alguien más camine por este suelo puede desquiciarme. No siempre me siento orgulloso de mi manera de ser. Hay días en que anhelo una familia, una mujer silenciosa y discreta, un niño mudo, de preferencia. La semana en que me instalé, hablé con los vecinos del edificio –la mayoría inmigrantes– para dejar claras las reglas. Les pedí, de una manera correcta, con un dejo de amenaza, que se abstuvieran de hacer el menor ruido después de las nueve de la noche, hora a la que suelo volver del trabajo. Hasta este momento, mi orden ha sido acatada. En los dos años que llevo aquí, nunca se ha hecho una fiesta en el edificio. Pero esa exigencia mía también me obliga a asumir ciertas responsabilidades. Me he impuesto, por ejemplo, la costumbre de escuchar música únicamente con audífonos o susurrar en el auricular si llamo por teléfono, cuyo timbre mantengo inaudible igual que el contestador. Una vez al día, reviso a un volumen casi imperceptible los mensajes, por lo demás bastante escasos. La mayoría de las veces los recados son de Ruth, aun si le he pedido, en varias ocasiones, que no me llame jamás y espere a que sea yo quien lo haga.

Compré este departamento por una buena razón: su precio. Durante la primera visita, cuando la vendedora de la agencia inmobiliaria pronunció la cantidad, sentí un hormigueo en el estómago: por fin me sería posible hacerme de algo en Manhattan. Mi sentido del ridículo –siempre vigilante– me impidió frotarme las manos, y la alegría se concentró finalmente en la zona intestinal. Nada me gusta tanto como adquirir cosas nuevas a un precio bajo. Sólo una vez terminada la transacción, constaté un poco decepcionado que no tenía vista a la calle. Las dos únicas ventanas debían de medir como mucho treinta centímetros cuadrados y ambas daban a un muro.

Pensar en la casa me es desagradable y a pesar de ello me ocurre todo el tiempo. Lo mismo sucede con esa novia que se inmiscuyó en mi vida sin que yo pudiera evitarlo. Ruth es cuidadosa y obstinada como un reptil, capaz de desaparecer siempre que mi bota está a punto de estamparla en el suelo y también de esperar a que quiera verla. En cuanto me sereno, vuelve a deslizarse hasta mí, suave y resbalosa. Decir que es inteligente sería exagerar. Su habilidad, desde mi humilde opinión, tiene que ver más con su instinto de supervivencia. Hay animales adaptados para vivir en el desierto y ella pertenece a esta categoría. ¿Cómo justificar, si no, que haya resistido mi carácter? Ruth es quince años mayor que yo. Sus ojos siempre parecen al borde del llanto y eso les confiere cierto tipo de atractivo. El sufrimiento silencioso la beatifica. Las arrugas, comúnmente llamadas patas de gallo, le dan un aire semejante al de los iconos ortodoxos. Ese martirio reemplaza su ausencia objetiva de belleza. Una vez a la semana, sobre todo los viernes, salimos juntos a cenar o vamos al cine. Duermo en su casa y templamos hasta el amanecer, lo cual me permite limpiar el sable y satisfacer las necesidades de la semana. No negaré las virtudes de mi novia. Es atractiva y refinada. Pasear con ella es casi ostentoso, como pasear del brazo de un escaparate: bolso Lagerfeld, espejuelos Chanel. En pocas palabras, tiene dinero y estilo. Sobra decir que una mujer así, en la ciudad donde vivo, es una llave que abre todas las puertas, un *Eleguá* que despeja los caminos. Lo que no le perdono es que sea tan femenina. Aumentar la frecuencia de nuestros encuentros sería imposible. Le he explicado en más de una ocasión que no soportaría pasar más tiempo con ella. Ruth dice entender y sin embargo sigue insistiendo. «Así son las mujeres», me digo casi resignado a compartir mi vida con un ser de segunda.

Todas las mañanas, abro los ojos antes de que suene el despertador, programado para activarse a las seis, y, sin saber cuándo exactamente, ya estoy mirando por la ventana como si nunca hubiera hecho otra cosa. Apenas logro ver el muro gris de enfrente pues el vidrio está protegido por una suerte de reja. Supongo que antes vivía aquí un niño o alguna persona con tendencias suicidas. Suelo dormir en posición fetal sobre mi lado derecho, de manera que al despertar lo primero que veo es esa ventana, por la cual entra la luz pero ninguna imagen, salvo las grietas del muro que, a estas alturas, conozco de memoria. Del otro lado, la ciudad despliega su rumor incesante. Imagino por un momento que esa pared no existe y que desde mi ventana puedo ver a la gente caminando a toda prisa, rumbo a sus trabajos o citas de negocios como gusanos retorciéndose en una pecera de vidrio. Entonces agradezco a la casualidad que quiso poner una barrera entre mi cuerpo y el caos, para que al despertar me sienta limpio, aislado, protegido. Pocas personas escapan a esa masa uniforme cuyo ajetreo llega hasta mis oídos, pocas personas son realmente pensantes, autónomas, sensibles, independientes como yo. He conocido a algunas a lo largo de mi vida a través de los libros que han escrito. Está por ejemplo Theodor Adorno, con quien me siento muy identificado. Los individuos comunes son deficientes y no vale la pena establecer ningún contacto con ellos si no es por conveniencia. Todas las mañanas, en cuanto el ruido amenazador del mundo atraviesa mi ventana, surgen las mismas preguntas: ¿cómo mantenerme a salvo del contagio? ¿Cómo evitar mezclarme, corromperme? Creo que si hasta ahora lo he logrado ha sido gracias a una serie de hábitos sin los cuales no podría salir a la calle. Todos los días ejecuto una rutina establecida desde hace muchos años y sobre la cual descansa mi existencia. «Ejecutar» es uno de mis verbos preferidos. Por ejemplo: al bajar de la cama, pongo las dos plantas de los pies en el suelo. Eso me permite sentirme firme, inquebrantable. Entro de inmediato a la ducha y espabilo mi cuerpo con un chorro de agua fría. Me seco, fijándome siempre en utilizar el lado áspero de la toalla, y froto mi piel hasta enrojecerla para estimular la circulación sanguínea. A veces, sin querer, miro hacia el espejo –gesto que me hace perder algunos preciosos segundos– y compruebo con horror que mi pecho, al igual que mis brazos y piernas, está lleno de pelo. No logro resignarme al alto porcentaje de animalidad que hay en el ser humano. «Los instintos, los impulsos, las necesidades físicas son dignas de todo nuestro desprecio», pienso mientras me siento a defecar en el inodoro estratégicamente colocado donde no sea posible mirarse en ningún reflejo. Nunca tiro los papeles en la taza, la sola idea de que un día se tupa el escusado me horroriza. Todas las mañanas detengo con el dedo la palanca y apoyo hasta constatar que el producto se ha perdido para siempre en el remolino antiséptico del agua teñida de azul por el desinfectante que vierto en él.

Ingiero mis alimentos rápido y de pie, frente a la otra ventana, que, como ya he señalado, también da a un muro. Esa ventana está orientada hacia el edificio de enfrente, donde de cuando en cuando aparece algún vecino regando las maticas de su balcón con una sonrisa idiota. Siempre que esto ocurre, prefiero suspender el desayuno a correr el riesgo de tener que responder a algún saludo. El más mínimo contacto puede ser irreversible. Si permito que la cortesía se interprete como un gesto amistoso, los vecinos podrán presentarse con cualquier excusa o, peor aún, pedir algún favor. Es una lástima, porque la cortesía es algo que teóricamente me parece hermoso. Me agrada que las personas que no me conocen sean amables conmigo. Cuando eso sucede, lo disfruto muchísimo y me gustaría poder retribuirlo. Por desgracia no todo el mundo reacciona de la misma manera. La cortesía también puede ser una puerta de entrada a la intimidad y no es necesario decir que abundan los aprovechados.

CECILIA

En diferentes momentos de mi vida, las tumbas me han protegido. Cuando era chica mi madre entabló una relación clandestina con un hombre casado y, para estar con él, me dejaba en casa de mi abuela paterna. En Oaxaca, o al menos en mi familia, no estaba bien visto que los niños asistieran a la escuela antes de entrar a la primaria. Se veía mejor que una madre dejara a su hija de cuatro años, durante mañana y tarde, en manos de sus parientes políticos si no podía o no deseaba ocuparse de ella. La casa de mi abuela era una villa antigua con patio interior y una fuente. En algunos de sus cuartos vivían los hermanos menores de mi padre que aún seguían solteros. Además de mi abuela y las sirvientas, mis tíos me llenaban de atenciones. Por eso no sufrí demasiado las ausencias de mi madre. Las imágenes que tengo de esa época son muy vagas y sin embargo hay cosas que recuerdo perfectamente. Sé, por ejemplo que la cocina era grande y tenía una estufa de leña. Sé también que todas las mañanas mi abuela mandaba a la mucama a comprar leche cruda en el mercado para alimentarme y que cuando se derramaba en el fuego, sus reprimendas eran fuertes. En un patio trasero al que no me permitía salir, mi abuela criaba pollos. Una mañana encontré abierta la puerta de la cocina que comunicaba con él y me escapé para explorarlo a mis anchas. Estuve recorriendo un momento los alrededores, indiferente a los gritos de la familia que me buscaba con angustia dentro de la casa. No quería volver aún, así que me escondí tras el tronco de un ciruelo, donde se distinguía un montículo de tierra con una cruz. A pesar de mi corta edad, no dejé de comprender que era una tumba. Había visto algunas al borde de la carretera y, a lo lejos, cuando pasábamos en coche frente al cementerio. Lo que no logré averiguar, a pesar de mi insistencia, es de quién eran esos restos. Mi abuela nunca aceptó darme las explicaciones que yo le pedía y, como suele suceder con lo prohibido, la tumba terminó por convertirse en una idea fija.

Al final de ese año, mi madre nos dejó para irse a una ciudad del norte con su amante. Papá y yo nos instalamos definitivamente en casa de mi abuela. Crecí con el estigma de ese abandono. Algunos me hacían burla al respecto y otros me sobreprotegían. Para defenderme de los juicios y la conmiseración de la gente, me refugié en los libros de mi escuela y en el cine del barrio, uno de los pocos que en ese entonces había en la ciudad. Conforme pasaron los años, me fui ganando el acceso a ese patio vedado y al ciruelo debajo del cual permanecía horas, mirando el montículo de hierba. Decidí considerarlo en secreto la tumba de mi madre. Cuando necesitaba llorar o estar a solas, acudía a ese lugar en el que las gallinas se paseaban a sus anchas. Allí me sentaba a leer o a escribir mi diario. Otras sepulturas, las del cementerio o los jardines de algunas iglesias, empezaron a llamarme la atención. El dos de noviembre le pedía a mi padre que me llevara a ver el camposanto y, poco a poco, la costumbre de ir juntos se ins-

21

tauró entre nosotros. Resulta fácil apasionarse por ellos cuando no se ha sufrido aún ninguna muerte. Después de la partida de mamá, jamás volví a perder a un familiar o a uno de los seres cercanos de quienes dependía mi equilibrio. La muerte golpeaba a otros y, a veces, me permitía verla de cerca pero conmigo no se metió jamás, al menos durante la infancia y la adolescencia. La primera vez que participé en un velorio, debía de tener cumplidos los ocho años. Esa tarde, mis vecinos pusieron un moño negro en la puerta de su casa y, como es costumbre en los pueblos y las ciudades pequeñas, dejaron la puerta abierta a quienes desearan llegar a dar el pésame. Entré a la casa y estuve dando vueltas por la sala sin que nadie reparara en mí. El difunto era un anciano —el patriarca en decadencia de aquella familia— enfermo de Alzheimer desde hacía varios años. Estar ahí me bastó para comprender que a pesar de la inmensa tristeza que sentían, su deceso había traído alivio y liberación a esa casa. El aroma de las velas, del copal y los crisantemos dispuestos en las coronas fúnebres se impregnó para siempre en mi memoria. Algunos años después, mientras regresaban de las vacaciones, murieron dos gemelos, compañeros míos en primero de secundaria, en un accidente automovilístico. Al anunciarlo, la directora de la escuela pidió que guardáramos un minuto de silencio. Recuerdo el espanto que sentimos durante más de una semana, una mezcla de lástima y temor por nosotros mismos: la vida se había vuelto más frágil y el mundo más amenazante de lo que había parecido hasta ese momento. En esa época, el pintor Francisco Toledo donó su biblioteca a la ciudad y creó una sala de lectura dentro de un edificio antiguo y monacal que a la vez resultaba extrañamente acogedor, situado a pocas cuadras de mi casa. Aquel lugar se convirtió en mi refugio. Ahí descubrí a los principales escritores latinoamericanos pero también a muchos traducidos de otras lenguas, sobre todo del francés. Leí con ahínco a Balzac y a Chateaubriand, a Théophile Gautier, Lautréamont, Huysmans y Guy de Maupassant. Me gustaban los cuentos y las novelas fantásticas, especialmente si estaban situadas en algún cementerio.

Hacia mis quince años conocí a un grupo de chicos que se reunían en la Plaza de la Constitución. Su vestimenta los destacaba del resto de los habitantes de la ciudad: usaban ropa oscura y desgastada con motivos de calaveras, zapatos industriales, chaquetas de cuero negro. A primera vista yo no tenía nada que ver con esa gente, excepto que su lugar predilecto para reunirse era el Panteón San Miguel. Aproveché la primera oportunidad que tuve para demostrar que conocía todos sus recovecos. La afición de estos chicos por lo fúnebre me hacía pensar en mis autores más queridos. Empecé a hablarles de ellos, a contarles historias de apariciones y fantasmas, y terminé por convertirme en una integrante del grupo. Fueron ellos quienes me iniciaron en Tim Burton, en Philip K. Dick cuyas novelas adoré desde el principio, y en otros autores como Lobsang Rampa que nunca acabaron de gustarme. Mi padre no veía con buenos ojos esas amistades. Temía que me introdujeran a ciertas regiones de la literatura, a las drogas y, por supuesto, al sexo, que él consideraba indigno si no se practicaba en un contexto institucional como el matrimonio o el prostíbulo. Parecía no darse cuenta de que yo era excesivamente tímida y que mi lealtad hacia él superaba cualquier curiosidad o ganas de emanciparme. El despertar erótico –común a esas edades– pasó en mi vida como un tornado que uno mira desde lejos. Mi actitud podía ser considerada de todo excepto insinuante y mucho menos sexy. A mí lo único que me interesaba de ese grupo eran los paseos entre las lápidas al final de la tarde o el intercambio de historias que pusieran los pelos de punta. Sin embargo, en esa misma época todo fue perdiendo interés a mis ojos, incluidas las novelas y mis nuevos amigos. Si antes hablaba poco, ahora me refugiaba en un mutismo y un desgano general que alarmó a mi familia aún más que mis estrafalarios amigos. En vez de esperar el final de la adolescencia, mi padre, corroído por las dudas, prefirió consultar a un psiquiatra. El médico sugirió que durante unos meses consumiera un coctel de serotonina y litio para estabilizar la química de mi cerebro. Empecé pues con el tratamiento recomendado pero mi situación empeoró considerablemente: no sólo seguía siendo reservada en exceso sino que me quedaba dormida en todas partes. Según el propio doctor, las pastillas tuvieron en mí un efecto contradictorio, de modo que decidió mandarme hacer estudios de laboratorio que, para fortuna mía, mi padre jamás tomó muy en serio. Nunca volvimos a consulta. Me dejaron así, al natural. Oaxaca está llena de personajes dementes que transitan por las calles o arengan a los transeúntes. Una enferma de mutismo, mientras fuera casta y virtuosa, no podría demeritar demasiado el honor de la familia. A diferencia de los padres de muchos de mis compañeros, al mío nunca le disgustó que estudiara letras sino todo lo contrario. Fue él mismo quien me inscribió en Literatura francesa en la Universidad de Oaxaca, y cuando terminé con honores la carrera, me ayudó a encontrar una beca para estudiar en París. No fue fácil cambiar de entorno tan abruptamente. Hasta ese momento había vivido protegida por mi familia y mis maestros. Todo lo que sabía de la vida lo había aprendido en los libros y no en las calles, ni siquiera con los góticos o en el patio de la universidad.

RUTH

Me hice amante de Ruth convencido de que para el amor yo era un discapacitado. Al principio apenas me gustaba. Me seducía sobre todo su elegancia, sus zapatos caros, su olor a perfume. La conocí una noche en casa de mi amiga Beatriz, una sueca que emigró a Nueva York al mismo tiempo que yo y que expone en dos galerías del Soho. Beatriz tiene un *loft* en Brooklyn, decorado con muebles de los años setenta que ha ido recolectando en las ventas de *garage* a las que acude con frecuencia. Quizás esa noche tuve el presentimiento de que algo iba a suceder o quizás me sentía particularmente solo y tal circunstancia propició que me abriera a chusma con la que no suelo mezclarme. Los artistas en general me parecen gente frívola cuyo único interés es comparar el tamaño de sus egos. Durante la comida no dejaron de hablar de sus proyectos y de la forma en que conseguían la aprobación de los críticos. Entre los invitados estaba Ruth, una mujer de cincuenta y tantos años que se limitaba a escuchar en un rincón de la sala. Junto a ella, una especie de cacatúa vestida de colores chillones y un par de espejuelos amarillos describía la reciente exposición de Willy Cansino como una maravilla que iba a hacer palidecer a todos los artistas latinos de Chelsea. Me agradó su silencio y no pude sino interpretarlo como un gesto compasivo: Ruth era más adulta y serena que el resto de la concurrencia, al punto que tuve ganas de sentarme junto a ella en ese rincón. Sentí deseos sobre todo de callar a su lado, de reposar en su calma y eso fue lo que hice. En cuanto la mujer de las gafas rutilantes se alejó unos metros para servirse otro vaso de whisky, tomé descaradamente su lugar. Le sonreí a Ruth con sincera simpatía y no hubo poder humano, ni siquiera el de mi amiga Beatriz, que me apartara de ahí en toda la noche. Ése fue el comienzo de nuestro idilio. En su rostro preservado por la magia de los cosméticos descubrí un cansancio fascinante. Adiviné –y no creo haberme equivocado– que era una mujer sin energía. Su presencia resultaba tan ligera que en ningún momento iba a representarme una amenaza. La miré sin decir una palabra durante más de un cuarto de hora, y después, sin ningún tipo de preámbulo o de presentaciones, le aseguré que una boca como la suya merecía toda mi admiración, que junto a una boca así era capaz de permanecer la vida entera postrado. Los labios de Ruth son grandes y carnosos pero no era eso y tampoco el color carmín que los cubría aquella noche lo que inspiró mi comentario, sino esa forma tan rotunda de callar. Le pedí su teléfono. La semana siguiente, no recuerdo si fue el sábado o el domingo, la invité a ver una película francesa, *Conte d'automne* de Eric Rohmer, en la que no pasa nada, como ocurre siempre en mis películas favoritas. No había mucho que comentar al salir del cine, pero encontré la oportunidad de deslumbrarla con mi francés, lengua que ella había aprendido en la escuela y recordaba muy poco. Fue Ruth quien escogió el bar de Tribeca donde tomamos el único trago de la noche, un vino excelente de cuarenta y cinco dólares la copa. Me gustaba la mesura con que Ruth consumía las bebidas etílicas. Las mujeres que he conocido en esta ciudad o lo evitan por completo o se dan al alcohol sin reservas, lo cual, la mayoría de las veces, desencadena espectáculos bastante bochornosos. Ella, en cambio, bebía casi siempre una sola copa, si acaso dos, pero nunca más, y esa actitud me parecía una buena prueba de su prudencia. Insistió en pagar y aquel acto de generosidad no sólo me convenció de la bondad de su alma, sino que consiguió que me sintiera seducido, envuelto en esa aureola protectora de las mujeres ricas a la que poco a poco me he ido acostumbrando. La llamé dos semanas más tarde, tiempo suficiente para despertar en ella un poco de ansiedad y anhelo. El mes de abril suele ponerme romántico, seductor, y empleé con Ruth mi técnica más efectiva: una mezcla intermitente de indiferencia e interés, de ternura y desprecio, que suele poner a las mujeres de rodillas. Sin embargo, esta hembra inmutable permanecía tranquila y resignada. Al parecer le daba lo mismo que yo albergara la urgencia de besarla o que la mirara como a un ser frívolo y desabrido. Su afabilidad me intrigaba.

Una tarde, Ruth me llamó a la oficina. Me había demorado en salir, corrigiendo un libro de historia para estudiantes de secundaria, y era el único empleado en el piso 43. Respondí a su llamada con alivio pues sabía que nadie iba a escucharme. Cuando hay gente alrededor, me resulta casi imposible pronunciar una frase por teléfono sin la sensación de que todos en la editorial están al pendiente de cada palabra que digo. Disfrutando de la absoluta soledad del piso, me instalé frente al ventanal de la oficina. La ciudad emitía su murmullo nocturno. A mis pies tenía las luces de Manhattan. Me sentía exaltado frente al paisaje de Penn Station, cuyos edificios conozco de memoria, como si en vez de hablar por teléfono con una mujer prácticamente desconocida estuviera susurrando al oído de la ciudad, esta ciudad impersonal a la que amo justamente por la libertad que me concede. Le conté los detalles de mi día, el lugar y las personas con quienes había almorzado, el libro que estaba corrigiendo. Le hablé del gimnasio al que voy por las tardes y le describí el placer que me provoca aumentar la velocidad de la máquina caminadora.

–¿Cuándo nos vemos? –preguntó Ruth, y su voz alquitranada me devolvió a la realidad. Nueva York podía estar frente a mí, pero había alguien del otro lado del teléfono. Por poco cuelgo el auricular–. ¿Quieres venir a cenar? –insistió la voz–. Mis hijos no duermen en casa y podremos estar tranquilos. –La palabra *children* repercutió en mis oídos. Me sorprendió la soltura con que fue dicha, como si se tratara de la cosa más natural del mundo. Esa mujer que hasta entonces se me había revelado traslúcida, trémula como un papel de china en el que sólo se puede calcar, no escribir ni pintar algo, cobró una dimensión insospechada. Por primera vez pensé en la posibilidad de que tuviera una historia, una familia, una vida.

–No me dijiste que tenías hijos.

–Te lo digo ahora –respondió tan serena como siempre.

Llegué a Tribeca con un vino de tres dólares que mi delicada anfitriona guardó en la despensa y reemplazó discretamente por otro de mayor calidad. Aún guarda esa botella, junto a los Saint-Émilion y los Château de Lugagnac de su cava, como un valioso recuerdo de aquella visita.

Templé con Ruth por primera vez en la cocina de su departamento. Se había parado de puntas para buscar no sé qué especia en la alacena. Levanté su falda de seda y le hice el amor como nadie en su vida, ya que nunca antes había estado con un latino, mucho menos con uno de estos hombres que sólo se producen en la isla donde yo nací. A sus cincuenta y tantos años, Ruth grita como una felina cuando mi pinga le golpea los ovarios. Terminamos en su cama entre unas sábanas color durazno y dormimos juntos esa noche. Por la mañana, me fui sin hacer ruido y llegué al trabajo oliendo a alcohol y a desvelo. Ninguno de mis compañeros hizo un solo comentario. Me conocen de sobra como para saber que no soporto las indiscreciones. Tenía ganas, sin embargo, de contarle a alguien mi aventura, aun sabiendo que en toda la oficina no había una sola persona que mereciera mi confianza. De modo que en el almuerzo me decidí a llamar a Mario, mi amigo más cercano, quien conoce todas mis facetas, desde los años de nuestra niñez en El Cerro hasta los últimos episodios de mi vida, que en ese momento ni siquiera imaginaba. Había pasado más de un año desde nuestra última conversación y ninguno de los dos había intentado reanudar el contacto.

Cuando terminé de contarle la historia, exaltado, casi con romanticismo, Mario guardó silencio, gesto que consideré una señal de respeto de su parte. Probablemente quería disfrutar durante unos minutos suplementarios la atmósfera de mi relato.

–Pobre mujer –exclamó al fin, en voz baja–. ¿Qué maldad habrá hecho para merecerte?

Lo decía en serio.

Al colgar el teléfono tenía muy clara la razón de nuestro distanciamiento. Entre Mario y yo la cortesía había quedado aplastada bajo una sinceridad implacable. Volví a ver la imagen de Ruth recargada en su despensa, desvestida a medias por mis caricias furiosas. Miré de nuevo su expresión de abandono, de quien se deleita ofreciéndose a otro, aunque yo fuera un extraño, el cabello rubio desparramado junto al fregadero, las pecas en los hombros. Ese cuerpo esbelto que se deja atrapar con un candor fingido, semejando el de una quinceañera incauta. Sentí náuseas, aunque ignoro exactamente por qué. No volví a llamarla en un mes.

PARÍS

El París idílico, ese París de las películas que los turistas convencionales esperan encontrar durante su viaje, empieza en mayo y dura, con un poco de suerte, hasta principios de septiembre. En esos meses toda la ciudad parece determinada a hacer una amnistía, una tregua en su histeria, en su frenesí. Hay olor a flores, los parisinos canturrean por las calles, los camareros y los vendedores de quiosco adoptan una actitud amable, el buen humor se esparce en el aire como una nube benéfica. Llegué a vivir aquí en esos días y pasé los primeros meses en un ambiente de tarjeta postal. A mis veinticinco años veía a la gente feliz con cierta desconfianza. Consideraba que las personas inteligentes, aquellas con el valor necesario para enfrentarse a la realidad, no podían sino vivir apesadumbradas. Toda esa alegría primaveral me pareció no sólo impostada sino decepcionante. Yo había dejado mi país para escapar del sonido omnipresente de los organilleros de Oaxaca. La algarabía mexicana me resultaba opresiva. La idea que tenía de París no era la de aquella ciudad en donde decenas de parejas de todas las edades se besaban en los parques y en los andenes del metro, sino la de un lugar lluvioso don-

31

de la gente lee a Cioran y a La Rochefoucauld mientras sorbe, con labios fruncidos y preocupados, café expreso sin leche y sin azúcar. Como muchos de los extranjeros que se quedan para siempre aquí, llegué con la intención o, mejor dicho, con el pretexto de estudiar un posgrado. El gobierno francés me había otorgado una beca y estaba inscrita en un DEA de Literatura en el Instituto de Altos Estudios sobre América Latina. Estábamos en el mes de junio, durante el cual se realizan los exámenes, y la mayoría de los profesores estaban ilocalizables, el mío también. No tenía amigos en la ciudad. De los cuatro millones de parisinos, yo no conocía a ninguno. Contaba tan sólo con dos nombres apuntados en mi agenda: David Dumoulin y Nicole Loeffler. Esas amistades lejanas de mi padre y mis tíos constituían todas mis referencias. Aunque lo intenté varias veces, no conseguí vencer la timidez y la vergüenza para llamarles y pedirles alojamiento. En vez de eso, preferí hospedarme en un hostal de estudiantes ubicado en la rue Saint-Jacques y compartir la habitación con una joven rumana que no hablaba ningún idioma salvo el suyo.

Una tarde, mientras esperaba en la fila para pagar la inscripción a la escuela, entablé conversación con una chica franco-cubana llamada Haydée. La cola era larga y, mientras avanzábamos, tuvo tiempo de contarme, a una velocidad vertiginosa, parte de su vida. Me explicó que estudiaba ahí desde hacía cuatro años la carrera de antropología visual y que deseaba hacer una tesis sobre las prácticas santeras del Caribe. Cuando llegó mi turno y le expliqué mi situación, insistió en que me quedara en su casa. Aunque apenas la conocía, preferí por mucho a Haydée que a la rumana. Por lo menos podíamos comunicarnos. De modo que esa misma tarde dejé el cuarto en el hostal de Saint-Jacques y llegué al departamento de mi nueva amiga, ubicado en el sexto piso de un edificio antiguo del XVIIème arrondissement. En París, la superficie es algo muy importante. Las personas suelen hablar de las medidas del suelo como de la primera característica de sus hogares, más que de la orientación o el número de habitaciones. El departamento en el que Haydée y su compañero vivían tenía cincuenta y tres metros cuadrados, divididos de la siguiente manera: una cocina americana con una barra que servía de comedor, una sala de estar, una habitación pequeña y otra minúscula, un cuarto de baño y un balcón. Haydée era una persona afectuosa y de temperamento alegre. Desde la tarde en que llegué con mis cinco maletas, me trató con una amabilidad exagerada que me desconcertó al principio pero que después identifiqué como una prueba de solidaridad latina. Cuando llegué a su casa, me pareció que la mejor forma de demostrar mi agradecimiento era invadir lo menos posible su vida, hacerme notar apenas lo necesario y, por supuesto, aportar dinero para mis gastos dentro de la casa. Los primeros días intenté desayunar y comer a horarios distintos de los suyos, pero no me lo permitieron: antes de cada comida, tocaban a la puerta de mi habitación para avisarme que podía sentarme a la mesa. Poco a poco, por el simple hecho de vivir ahí, pasé a formar parte de la cotidianidad de esa pareja. Justo lo que, por consideración, me había propuesto evitar.

El compañero de Haydée era estudiante de artes visuales. Se llamaba Rajeev y había nacido en la India. Ambos ocupaban la habitación más grande y me ofrecieron el estudio. A diferencia de ella, Rajeev casi no iba a fiestas. Había terminado de cursar las materias e intentaba redactar una tesina. Cada mañana, como a las seis, emergía del cuarto conyugal, se daba una ducha y de inmediato se instalaba sobre el tapete de la sala, para practicar no sé qué ritual de respiraciones. Al terminar, ponía un disco de cítara y preparaba un té de vainilla que dejaba hirviendo varios minutos y cuyo olor impregnaba toda la casa; abría su portátil en la barra de la cocina y permanecía escribiendo hasta las nueve y media, hora a la que solía levantarse Haydée.

El momento de mayor convivencia entre nosotros era el desayuno. Bebíamos el té concentrado de Rajeev y comíamos *baguette* con mermelada, mientras Haydée nos contaba su recorrido nocturno por los bares de la ciudad. Si era día de mercado, Rajeev aprovechaba el tiempo que su novia tardaba en bañarse y arreglarse para hacer la compra. Al volver, preparaba la comida. Las idas al mercado, al correo y a la biblioteca constituían sus únicas salidas. Hacia las dos, Haydée se iba del departamento y no la volvíamos a ver en toda la tarde. Esa casa de cincuenta y tres metros constituyó un buen lugar para aterrizar en la capital francesa y familiarizarme con su gente y sus costumbres. Afuera, la ciudad me parecía extraña y en cierta forma amenazadora. La mayoría de mi tiempo lo dedicaba a cuestiones burocráticas tanto con la prefectura como con la universidad. Aunque mis días eran generalmente apacibles, a mitad de la noche la angustia y la incertidumbre me mantenían dando vueltas sobre el colchón. Podía escuchar la respiración de Rajeev, mucho más serena que por las mañanas, los ruidos de la calle, que entonces me resultaban asombrosos, el ronroneo del ascensor en el edificio... Haydée y yo éramos muy diferentes y es probable que por eso mismo nos hayamos entendido tan bien. A pesar de la generosidad con que me ofreció hospedaje, la nuestra no fue una amistad inmediata. Nos tomó varias semanas descubrirnos, pero cuando lo hicimos, surgió entre nosotras un cariño estable que aún prevalece. Recuerdo que una tarde, en la que regresé exhausta tras haber pasado todo el día haciendo trámites de migración y me disponía a dormir una siesta, pidió permiso para entrar. Pensé que necesitaría buscar algo en el escritorio o en las carpetas de su estudio y, al verme dormida, no iba a tardar en salir. Sin embargo, una vez adentro, se sentó en el borde de la cama con visibles intenciones de quedarse a conversar. A pesar de mis intentos, no lograba entenderla. Su voz me resultaba hipnótica y debía hacer un gran esfuerzo por mantener los ojos abiertos. ¿Quién puede callar a una cubana que necesita hablar? Todavía no conozco a nadie que lo haya conseguido. La conversación de esa tarde inauguró una costumbre. Cada vez que se le daba la gana, a no ser que antes yo hubiera cerrado con llave la puerta del estudio, se metía a mi cuarto para contarme cualquier estupidez que le rondara la cabeza. Algunas de esas conversaciones eran interesantes, otras en absoluto. Al final acabé por acostumbrarme a sus visitas intempestivas, incluso por sentir verdadero interés en sus historias cotidianas.

Mientras viví en su casa, Haydée se dedicó a escrutarme. Observaba mi ropa y mis zapatos como si mi forma de vestir constituyera un código difícil de descifrar. Después de algunos días, se atrevió a salir de todas sus dudas y me preguntó con evidente impaciencia: «¿Tus cinco maletas están llenas de harapos como ése?» Más que ofenderme, me sorprendió su desparpajo. De inmediato propuso llevarme a un par de tiendas cerca del metro Alésia, donde iba a encontrar algo «que no me hiciera parecer una estudiante de liceo». Asentí por no llevar la contraria, pero me aseguré de que nunca cumpliera su promesa. A diferencia de ella, yo no atribuía tanta importancia a la vestimenta. Para mí, unos pantalones no son ni han sido nunca más que un pedazo de tela, no un mensaje que le enviamos a la sociedad. Pero ella insistía mucho en esas cosas.

35

—Lo primero que debes hacer —me dijo un día, con el tacto que la caracterizaba— es comprarte una bicicleta para que pierdas todos los kilos que te sobran.

Pronto me di cuenta de que esa obsesión con el cuerpo no era un rasgo particular de Haydée, sino una actitud típicamente francesa. Los anuncios del metro no dejaban de machacar la importancia de la línea, sin hablar de las revistas que se exhibían en los quioscos. La ciudad entera parecía centrada en cultivar la belleza como una cuestión de vida o muerte. El baño de Haydée, por ejemplo, era un reflejo muy elocuente de la forma en que la publicidad se había apoderado de una parcela de su cerebro. Bastaba abrir el armario para encontrar una acumulación de productos, la mayoría destinados a reducir la silueta. Vichy, Galénic, Decléor, todas las marcas que uno puede encontrar en las farmacias de la ciudad estaban representadas en sus repisas, donde ya no había espacio para otro frasco. Cada vez que yo secaba con la toalla mis muslos rollizos en el mismo lugar donde ella untaba su cuerpo con esos potingues de lujo, me preguntaba con genuina curiosidad si realmente funcionaban y si valía la pena gastar fortunas en ellos.

A pesar de lo que pueda pensarse, Haydée no era una mujer frívola. Leía las noticias de los diarios, tenía opiniones sobre política y arte. Debajo de esa cabellera rizada e impenetrable, albergaba una infinidad de preguntas sin respuesta a las que le encantaba dar vueltas en voz alta. De padre cubano y madre judía marroquí, de nacionalidad francesa pero apellido castizo, Haydée Cisneros se sentía implicada en la mayoría de las polémicas que suelen suscitarse en esta ciudad. Nunca he visto a alguien más dispuesto a ofenderse. No podía conversar sobre el embargo, el conflicto en las *banlieues,* la guerra en Israel sin sentirse involucrada. Cuando los demás defendían a Fidel Castro, ella asumía todo el exilio y la persecución de intelectuales y gays como algo personal. En cambio, si alguien lo criticaba, blandía los logros y los valores de la revolución en términos de enseñanza y salud que, comparados con el nivel general de América Latina, eran innegables.

Un día, después de mucho pensarlo, decidí hacerle caso y compré una bicicleta en una tienda de Saint-Michel, pero no supe ir a casa en ella. Hice grandes esfuerzos por cargarla y conseguí subirla al RER. Nada me daba más miedo en ese entonces que perderme y, por esa razón, nunca salí a pasear sola en ella durante los primeros meses. Para utilizarla, empecé a acompañar a Haydée a la biblioteca del centro Georges Pompidou, en la que ella permanecía cuando mucho dos horas seguidas, estudiando para sus exámenes. El resto de la tarde lo pasábamos en un café-brasserie de la rue Vieille du Temple, llamado Le Progrès, al que ella apodaba «el comunista». Ahí se encontraba cotidianamente con los compañeros del instituto así como con cualquier persona que quisiera localizarla. Muy pronto me acostumbré a sus horarios y a su forma de vida tan ajena a la que yo habría tenido de no conocerla.

Durante el tiempo que pasé en su casa, Haydée me hizo visitar algunos de los clubs nocturnos de París. Lugares como Le Nouveau Casino, La Locomotive, el 9 Billards, el Satélite Café, casi todos situados en la ribera derecha. Llegábamos siempre de madrugada, nunca antes de las dos, cuando la mayoría de los bares cierran sus puertas. Mi lugar preferido se llamaba Le Bateau Phare. Se trataba de un barco encallado en el Sena, a la altura de la Biblioteca Nacional, donde tocaban jazz, reggae y música latina. Las mejores fiestas a las que fui durante ese verano se organizaron ahí, fiestas de disfraces en las que el exotismo y el humor eran los principales valores de un atuendo. Había chicos travestidos, otros disfrazados como los Jackson Five, con pantalones de campana y pelucas afro; mujeres con falda de bananas a lo Josephine Baker. Fuéramos a donde fuéramos, la rutina era más o menos la misma para entrar: después de un tiempo de espera —que variaba entre veinte y sesenta minutos— formadas en una fila, pasábamos al vestidor donde nos deshacíamos de la bolsa pesadísima, repleta de cintas de video, maquillaje, mudas de ropa y hasta alguna botella que mi amiga solía cargar a todas partes. Una vez adentro, dábamos una vuelta por las orillas del lugar, saludando a todas las personas conocidas. Así es como Haydée inspeccionaba el terreno. Terminada esa fase, en cuanto ponían alguno de sus temas favoritos, hacía su entrada en la pista.

Cuando Haydée bailaba, era imposible quitarle la mirada de encima. Junto a ella, yo era del todo invisible, peor aún, formaba parte de sus numerosos accesorios, como un paje o un animal de compañía. Bien hubiera podido apartarme de esa mujer, escabullirme entre la marea humana que fumaba y reía como una masa autónoma, vivir mi propia versión de la fiesta en la que yo misma fuera la protagonista, y sin embargo, sin que pueda explicar la razón, nunca me otorgué esa libertad. Permanecí cada noche junto a las faldas diminutas de Haydée, criticándome internamente por no moverme con ritmo, por no intentar conocer a nadie, por no disfrutar de la música, y fue en esas condiciones como deambulé junto a ella dentro de los diferentes clubs nocturnos de París.

Las otras amigas de Haydée, las que se encontraban con ella en Vieille du Temple y aparecían también a mitad de la noche en los clubs o en las fiestas particulares, eran tan escuálidas como ella. Algunas seguían siendo estudiantes. Si no, trabajaban en el ámbito del cine o del teatro, o producían programas culturales para la televisión, y aunque nunca carecían de temas para conversar, nada de esto les entusiasmaba tanto como los nuevos fármacos para evitar la retención de líquidos. ¿En qué momento empecé yo a obsesionarme con la línea? ¿Cuándo abandoné mi sana indiferencia hacia el físico para contribuir con mi propio malestar a la psicosis colectiva? La bicicleta y el tren de vida al que me inició Haydée durante cinco semanas, y en el que no había espacio para cenar, me hicieron bajar de peso casi sin darme cuenta. Mis pantalones flotaban más que antes y mi cara se veía un poco más angulosa en el espejo, y sin embargo, en vez de contentarme con eso, el cambio despertó en mí una extraña avidez: ya no me conformaba con estar menos gorda, quería pertenecer a la estirpe privilegiada de las flacas. No me importaba que mis huesos fueran anchos y que mi «constitución oaxaqueña», como la llamaba Haydée, hubiera sido robusta desde la infancia. Algún arreglo habría para mí. Cualquier persona que se interese por esas cuestiones sabe que el alcohol es lo primero que debe eliminarse de una dieta cuando se pretende perder peso, y sin embargo ¡hay que ver cómo bebían! Bastaba observarlas una sola noche para darse cuenta. Casi todas las veces que salí con ella, Haydée tomó varios tipos de cocteles, sin detenerse a contar ni su número de copas ni los euros que iba gastando hasta alcanzar velozmente la cima de la euforia etílica y nadie, ni siquiera yo, era capaz de detener su carrera hacia la embriaguez, que generalmente llegaba a su punto culminante alrededor de las cuatro y media. Por suerte, en los *afters* a los que íbamos, servían un ron infecto que ni ella misma era capaz de ingerir, de modo que después de bailar un par de horas le era posible recobrar la compostura y regresar a su casa en el autobús nocturno, cuyo trayecto y horarios conocía de memoria. Ocurrió un par de veces que al llegar nos encontráramos con Rajeev, entregado ya a su *prana yoga* y demás rituales matutinos de purificación. Sigo sin entender qué les permitía estar juntos a aquellos dos, además del hecho de no verse casi nunca. Las relaciones de pareja son un misterio y supongo que mi falta de experiencia las convertía a mis ojos en uno incluso mayor.

Cuando terminó el verano yo ya conocía la mitad de los tugurios parisinos. Según Haydée, esas vacaciones fueron particularmente intensas en su vida —¡ni que decir lo que habían sido para la mía!—. Mi amiga acabó con una hernia en el hígado y una deuda en el banco. Ambas le impidieron volver a salir de noche en varios meses. Como es de suponer, el encierro le cayó muy mal. Su irritación era constante y también las discusiones con el pobre de Rajeev, habituado a ser el amo y señor de ese reino silencioso de cincuenta y tres metros cuadrados. Me dije que había llegado el momento de mudarme. A esas alturas, el barrio de Haydée me resultaba más familiar que ningún otro y, por eso, lo primero que se me ocurrió fue responder a los papeles pegados en la puerta de la panadería que anunciaban: *Studio à louer, 12m carrés*. Visité al menos cinco. La mayoría de estos estudios eran antiguos cuartos de servicio sin baño ni cocina. Los doce metros cuadrados eran en realidad nueve. Para acceder a la ducha común, muchas veces era necesario bajar una planta o recorrer un largo pasillo expuesto a las corrientes de aire. El único estudio con baño que encontré era un ático, con techos muy bajos e inclinados, que la propietaria me mostró con un orgullo inexplicable. El codiciado retrete interior estaba dentro de la cocina entre la estufa y el refrigerador sin que mediara entre ellos más que un frágil cortinero. La dueña me sugirió que colocara una tela o una persiana por si alguna vez recibía ahí a algún invitado. No conseguí resignarme a vivir en ninguno de esos agujeros. Antes de probar suerte en las residencias universitarias (a principios de septiembre todos los cuartos estarían ya asignados), decidí utilizar alguno de los contactos con los que había llegado a Francia. Llamé primero a Nicole Loeffler. Una amiga de mi padre me había dado su número insistiendo en que era dueña de un edificio. Con suerte podría alquilarme uno de sus departamentos.

Madame Loeffler estaba al tanto de mi llegada. Nuestra amiga común la había contactado en cuanto salí de México y llevaba dos meses esperando que le hablara. Me comentó que una de sus propiedades estaría disponible el veintinueve de octubre. Se trataba de un *deux pièces* de treinta metros cuadrados con baño y en buenas condiciones. Lo único que esperaba era que el precio no rebasara mi escaso presupuesto. La señora Loeffler me recibió en su casa como si fuera un miembro lejano de su familia. Me sirvió té y pastelitos de almendra. Yo no había comido nada en todo el día y me preocupaba que escuchara los rugidos de placer que emitían mis tripas mientras mi boca deglutía sus deliciosos *financiers:* si no tenía para comer, mucho menos podría pagarle la renta. Al menos eso es lo que habría pasado por la mente de cualquier francés desconfiado. Sin embargo, Madame Loeffler –quien había conocido en su niñez el exilio y la guerra– no puso nunca en duda mi solvencia económica. No me pidió ningún tipo de aval y tampoco una fianza. Cuando nos terminamos el té, me acompañó a visitar el *deux pièces* que estaba dispuesta a alquilarme a un precio tan bajo como fuera necesario. Así que subimos juntas por la rue du Chemin

Vert hasta llegar al boulevard de Ménilmontant donde se encontraba el edificio. Era el comienzo del otoño y los árboles estaban llenos todavía de hojas verdes y anaranjadas. Eso fue lo que vi la primera tarde, al asomarme por las ventanas. Tras la cortina de hojas, se extendía el vasto cementerio. Aquel paisaje no sólo me pareció una fortuna sino una señal. En todo París no podía haber un departamento más adecuado a mi persona. Todos los defectos dejaron de tener importancia. No me preocupó por ejemplo que, para enfrentar el invierno, el lugar no tuviera más que un radiador viejo y desvencijado.

En el mes de noviembre las hojas que yo había visto durante mi primera visita habían desaparecido por completo. El chofer del taxi bajó mis cinco maletas y, mientras Haydée las acomodaba en la puerta del edificio, busqué en mi agenda el código de la entrada. ¡Qué feliz estaba de tener por fin mi propio espacio! Quise a ese edificio desde el primer momento, a pesar de su olor a humedad, del parquet que rechinaba con sólo caminar encima, y del viento helado que entraba por las ventanas comunes. Tuvimos que hacer tres viajes para acabar de subir todas mis pertenencias pues las escaleras eran más empinadas de lo normal en un edificio del siglo XIX.

–¡Ay Dios mío! –exclamó Haydée, frente al apacible paisaje de tumbas, el único que podía verse–. Con un paisaje así, tú te me vas a deprimir antes de que empiece el invierno.

Intenté explicarle que las tumbas no me disgustaban. Prefería que mis vecinos fueran excesivamente silenciosos a que no lo fueran en absoluto. La habitación contaba con una cama pegada a la pared, un escritorio pequeño, un librero y una chimenea inhabilitada sobre la que pendía un espejo muy grande. Amueblé el resto del lugar –lo que de forma optimista denominaríamos la sala– con dos alfombras marroquíes compradas en el barrio y unos pufs. El baño era del tamaño de un armario. Detrás de una cortina plegable, en forma de acordeón, estaban la ducha, el lavabo y el retrete. Ambas lo usamos varias veces, no como animales que intentan marcar su territorio sino por el frío que estaba haciendo esa tarde.

INICIACIÓN

Más allá de la ausencia de ventanas, mi departamento es un mausoleo que otorga una dimensión épica a los momentos importantes de mi existencia, los libros que me han forjado, algunas cartas, ciertas fotografías y sobre todo mis discos, sin los cuales la vida sería incolora e insípida. Con los audífonos puestos, rodeado de un silencio casi perfecto, me entrego a la música de Keith Jarrett y entonces es posible que un sentimiento se presente, una sensación suave, discreta, como cuando un rayo de sol logra filtrarse hasta mi cama tendida, irradiando calor y luz durante unos minutos sobre la colcha y el suelo. Son momentos breves, en los que una parte de mí, habitualmente sepultada, despierta como por encantamiento hacia la ternura, hacia la suavidad. Los pulmones se me ensanchan, se abren y cierran con las notas de piano. Me siento frágil como cuando era niño. Vuelven a mí las calles malolientes y estropeadas de La Habana Vieja, el calor pegajoso al que nunca logré acostumbrarme, mis hermanos metiendo las manos sucias a la olla donde tarda en cocinarse la malanga, ese tubérculo sempiterno cuyo olor nauseabundo se esparce en toda la casa, obligándome a salir al patio donde juegan los vecinos. A pesar de Jarrett, no consigo soportar los recuerdos mucho tiempo. La vida así, cruda, miserable, me lastima.

Comencé a odiar a la edad de cinco años, cuando la familia de Facundo Martínez llegó al solar. Hasta entonces esa casa antigua de un solo piso y un patio interior había sido exclusivamente nuestra, es decir, de mis padres, mis hermanos, mis tíos y mis primos. Nosotros vivíamos de un lado del patio y mis tíos del otro, de una manera armoniosa, equilibrada. Todavía recuerdo la mañana en que el camión de mudanza se estacionó frente a la puerta. Un miliciano llegó con un papel y una sonrisa, informando que a la familia Martínez le había sido asignada la mitad del terreno. Sólo en ese momento comprendí que mi casa, la casa donde nací y pasé los primeros años de mi vida, no era precisamente mía sino de la Revolución y que la Revolución podía meter ahí a quien le diera la gana. Nosotros, es decir la familia de mis tíos y mis padres, todos juntos pasamos a ser una sola, los Ruvalcaba, y por lo tanto nos correspondía la mitad del solar. Poco importaba que ellos fueran ocho y nosotros quince. En ese momento, la casa se convirtió en un tablero de ajedrez, ellos eran mulatos y nosotros blancos. Todo eso lo vi a mis cinco años con la mirada atemporal de quien ve su mundo derrumbarse, pero nadie dijo nada. Mi madre recibió al miliciano con la bata de casa, el delantal puesto y la misma sonrisa resignada que él le dirigía. Saludó amablemente a la madre de Facundo y la llevó a conocer el lugar, mientras mis hermanos y yo ayudábamos a nuestros primos a sacar sus cosas de la parte de enfrente y las poníamos en el cuarto. Le enseñó la cocina, el patio trasero donde ella y mi tía lavaban la ropa a mano, y desde entonces en el tendedero no dejarían de ondular los calzoncillos de Facundo como una bandera defendiendo de manera simbólica su territorio.

Escondido detrás de una columna, observé sin pestañear la mudanza de los Martínez, y también sin pestañear los vi ocupar los cuartos de mis tíos con sus muebles de colores brillantes y sus estatuas religiosas. Desde ese momento, la Virgen de la Caridad del Cobre y San Lázaro nos miraron con ojos amenazantes siempre que nos metíamos a jugar en su lado del solar. Cuando terminaron de bajar las cajas y los sacos, dos pies apenas igual de largos que los míos pero mucho más anchos aparecieron junto a la columna donde me había refugiado. Levanté la vista y vi a un niño de cabello pajoso y crespo. No intercambiamos una sola palabra, pero en esa larga mirada de reconocimiento quedó claro que la columna estaba dentro de su territorio, es decir la parte del patio interior más cercana a sus dominios, y que, al ocultarme tras ella, me convertía de inmediato en un intruso. Facundo me tendió la mano como habíamos visto a su padre saludar al mío y, con la misma humillación, se la acepté sabiendo que creceríamos juntos y también que habría de detestarlo el resto de mi vida. Pero fue una de esas certezas que después dejan de oírse, de la misma forma en que uno se acostumbra a los ruidos de la cuadra. Con el tiempo uno ya no escucha el camión de basura en la madrugada ni el ronroneo de la bomba que acarrea el agua. Conviví con Facundo cada día de mi infancia. Lo vi llegar del colegio al mismo tiempo que yo y, en la noche, apagar la luz de su cuarto tantas veces que terminé por no pensar más en él ni en mi odio, como uno no piensa en el hígado aunque esté ahí trabajando, hasta que un día revienta, dejándonos paladear el inconfundible sabor de la bilis.

Como dije antes, el tiempo pasa lento a esas edades y en unos cuantos meses olvidé que el otro lado de la casa había sido ocupado por el enemigo invasor. Los Martínez dejaron de serme hostiles para convertirse simplemente en nuestros vecinos, es decir en un elemento más de la vida cotidiana. Facundo y yo teníamos casi la misma edad pero llevábamos una existencia que al menos en ese entonces me parecía muy distinta. Mientras que para mí las calles de El Cerro –en donde la casualidad quiso por un equívoco que yo naciera– constituían un territorio hostil, habitado por desconocidos con aspecto de delincuentes, para Facundo no eran otra cosa que una extensión del patio de recreo. Mientras yo me esforzaba la tarde entera para mantenerme en el Colegio Felipe Poey donde me había matriculado gracias a un pariente lejano que trabajaba en el Comité Central, él salía al parque a jugar pelota con los vecinos de la cuadra. Aun así ocurría que camináramos juntos o que aceptara merendar en el comedor de su casa, llena de velas y estatuillas de santos, el pan con aceite y ajo que preparaba su madre o el pan guayaba que era nuestra merienda preferida. Con la escasez las lascas de guayaba llegaron a ser tan delgadas y traslúcidas que se podía ver a través de ellas como en una diapositiva. Los sábados por la mañana, su prima Regla venía a ayudar en las labores domésticas. Regla era una negrita de dieciséis años cuyo culo emulaba la forma y la dureza de los cocos. Su piel suave y sus movimientos creaban una tensión eléctrica en esa casa habitada casi enteramente por varones. Facundo, quien no había cumplido entonces los diez años, era el único que parecía inmune al hechizo de su prima. Su edad, sin embargo, no le impedía notar la perturbación que la muchacha me causaba y se complacía en propiciarla cada vez que le era posible. Encontraba cualquier pretexto para invitarme a su casa siempre que Regla hacía la faena doméstica. Mi corazón palpitaba con sólo mirar a esa mulatica planchar la ropa o inclinarse para sacar alguna cosa de los es-

47

tantes de la cocina. Facundo parecía disfrutar con mi deseo. Al final de la tarde, cuando Regla se iba a bañar, Facundo me conducía por la parte trasera de la casa hasta una rendija que él mismo había fabricado entre los tabiques del muro y a través de la cual era posible observarla a cambio de una moneda de un peso.

–¿Te la para? –me preguntaba con aires de quien está informado.

Y la verdad es que –vestida o desnuda– Regla me provocaba una urgencia impostergable. En cuanto salía de la ducha envuelta en su toalla inmaculada, imposible de olvidar, yo corría a ese mismo baño donde había estado desnuda para masturbarme. No sé qué habría sucedido si un día, por alguna razón, Facundo me hubiera negado el espectáculo de Regla, probablemente nuestra historia sería diferente como lo habría sido mi vida si su familia no hubiera transformado nuestra casa en un solar más de aquel barrio lamentable. Se puede decir que ese amigo de infancia jugó el papel de iniciador en los placeres del voyerismo, actividad vergonzosa de la cual me costó un buen tiempo desprenderme. Hay desviaciones de la mente que se contagian con la misma facilidad que las enfermedades venéreas.

Mario, a quien frecuento cada vez menos, apareció en esa época de formación y quizás por eso su figura siga siendo tan importante. Aunque era un año mayor, él y Facundo se habían conocido en la escuela y a veces jugaba con nosotros en el patio del solar. Mario disfrutaba tanto como yo la compañía de los libros y, puesto que en su casa no abundaban, los perseguía con argucias y artimañas por las diferentes bibliotecas de la ciudad. Cuando descubrió que la parte de la casa que correspondía a mi familia estaba llena de novelas y volúmenes de poesía, comenzó a visitarnos asiduamente, sin molestarse en saludar a los de enfrente. Lo recuerdo muy bien, encaramado en una silla mientras inspeccionaba los libreros polvorientos de mi casa. Entablé con él la primera amistad intelectual de la que tengo memoria. Le gustaba el teatro de Lorca y el de Ionesco pero leía con gusto a Sófocles si yo se lo recomendaba. Recorrimos juntos las páginas de Hesse, Borges y Cortázar, y cuando en mis estantes ya no hubo más libros de ellos que pudiéramos leer se las arregló para conseguir otros títulos en la Biblioteca Nacional y obtener préstamos con una credencial falsa de la UNEAC. Mario era extrañamente rubio para vivir en El Cerro. A sus catorce años parecía mayor de edad. Asistía como si nada a las fiestas de escritores en departamentos de El Vedado y frecuentaba a varios bitongos inscritos en mi colegio. Mientras yo me conformaba con conservar mi lugar en la escuela, estudiando como un demente, él mantenía con mis compañeros una relación de intimidad con la que yo ni siquiera soñaba. Varias veces, lo vi pasar en carro por la calle 23. Vestía de blanco la gran mayoría del tiempo. Sus camisas estaban siempre impolutas. No sólo tenía éxito con las niñas de El Vedado, sino que éstas lo perseguían. En casa, a unas cuadras de la suya, Mario se deshacía de la máscara; dejaba de ser el personaje público, bailador y ocurrente que la gente conocía y se entregaba a los hábitos simples y cotidianos de nuestra clase social. No creo que en toda su vida alguien lo haya conocido tan bien como yo. En vez de trajes blancos, llevaba a mi casa los pantalones grises que heredaba de su padre o el uniforme de la escuela. Lo que nunca abandonaba era su elegancia y su limpieza. Como el desodorante era ya en ese entonces un artículo difícil de conseguir, se bañaba al menos dos veces al día y, al hacerlo, dejaba el jabón impregnado en sus axilas. Tenía siempre en la boca una ramita de perejil para prevenir el mal aliento y evitar la indigestión. En un ambiente donde todo el mundo suda, donde la piel se vuelve pegajosa por la humedad, donde la peste a grajo convierte el aire en una plasta densa, asfixiante, yo agradecía a mi amigo por recordarme que algunos seres humanos pueden ser agradables si se esmeran.

Para mi desgracia Mario se fue a vivir dos años a Cienfuegos, dejándome en una soledad insondable. Recuerdo que dos días antes apareció en la puerta de mi casa en un coche. Debían de ser las doce del día de un domingo. Tenía puesta su característica ropa blanca y llevaba en la mano una botella de Habana Club abierta. Frente al volante, venía un tipo de espejuelos negros y una camisa a cuadros de manga corta.

—¡Súbete al carro! —dijo—. Vine a brindar contigo.

Obedecí sin avisar a nadie. No pregunté adónde íbamos. El amigo de Mario nos condujo al patio de la UNEAC, donde Alejandro Robles presentaba *Ficciones ornitológicas*. Nos sentamos unos minutos en una de las mesas del jardín. Alguien nos acercó un par de mojitos. Cuando empezó el evento Mario me pidió que lo acompañara a la biblioteca, la más grande que había visto en mi vida, y me extendió la credencial:

—Es para ti, hermano. Guárdala bien.

—¿Estás seguro? —pregunté sorprendido.

—Claro que sí. Tú le vas a sacar a esta mierda más jugo que yo en Cienfuegos. Aquí están casi todos los libros permitidos de la isla. Cuando te los termines, empieza a buscar los proscritos, si es que ellos no te encuentran primero a ti.

Seguí su consejo. A partir de aquella tarde frecuenté la sala de lectura de la biblioteca UNEAC como una segunda casa. Ni siquiera me molestaba en sacar los libros de ahí, sino que los dejaba señalados y volvía la tarde siguiente para terminarlos. Esos dos años fueron clave en mi formación. Conforme más tiempo pasaba en la biblioteca, más aficionado me volvía a las duchas de Regla. Habría pagado el dinero que fuera necesario con tal de verla varias veces a la semana, pero ella sólo iba el sábado. El resto del tiempo debía conformarme con su recuerdo.

–¡No esperes a que salga del baño! –insistía Facundo–. Hazlo cuando te dé la gana. Nadie sabe que estamos aquí.

Entonces, movido por la urgencia que la muchachita me provocaba, metía mi mano en el pantalón hasta dejarlo cubierto por el engrudo de mi semen. Al principio Facundo se mantuvo tan imperturbable como antes, pero la edad no perdona a nadie y también él acabó sumándose a la paja del sábado en la tarde, aunque de manera mucho menos pudorosa: en vez de introducir la mano por la portañuela como yo, se sacaba la pinga, un miembro ancho y pesado como sus pies, y, en el silencio de la incipiente noche, eyaculaba salpicando con alarde las baldosas del patio o el muro a través del cual veíamos a Regla desnudarse.

A veces, mientras las notas del piano resuenan en el pasillo de piedra, un muro de contención se impone entre esas imágenes y yo. Ese muro me ha permitido sobrevivir todos estos años, sabiendo que mi padre está enfermo y solo, en la provincia de Cienfuegos; que mis hermanos siguen viviendo en esa misma casa donde pasamos la infancia pero ahora con las familias que han formado. El disco termina y todo vuelve a la normalidad. Bendita sea la barrera que me mantiene seco, impermeable a las emociones.

Pasaron algunas semanas en las que no tuve ninguna señal de Ruth. Ni una llamada por teléfono, ningún correo electrónico invitándome al cine o a cenar en su *loft* de

Tribeca, nada. Los primeros quince días me hizo sentirme aliviado no encontrar jamás su voz de fumadora. Nada parecía acusar el hecho de que nos habíamos conocido. Ni siquiera tuve la impresión de que pensaba en mí y se estaba conteniendo. Simplemente desapareció. Como siempre, en el contestador apenas había algún mensaje de un compañero del trabajo para verificar no sé qué dato en las pruebas de imprenta, o de algún conocido de la familia, recién llegado de La Habana con recados de mi madre, pero de Ruth ni una palabra.

Conforme pasan los años, las noticias de Cuba me resultan una ficción cada vez mayor. La voz de mi madre en el auricular suena como la de un locutor anciano que narra una radionovela antigua, la vida cotidiana de personajes cada vez más borrosos y perdidos en el olvido. ¿Qué coño puede importarme a mí que la tía Carmen se haya pintado el pelo de rojo o que a Robertico, su hijo, lo haya dejado la novia de catorce años? Ni siquiera recuerdo a varios de los amigos que me atribuye y cuyas noticias me cuenta mientras yo le regalo mi dinero a las tarjetas de AOL. No puedo describir las ganas que tengo a veces de colgar el teléfono. Si no lo hago es porque, entre todas las caras y nombres difuminados que aparecen en mi memoria mientras mi madre habla sin parar, las únicas imágenes nítidas son las de ella, su dedicación y su desvelo, las veces que, durante la infancia, estuve enfermo y no se apartó de mi lado; las innumerables ocasiones en que sacó a mis hermanos del cuarto —el cuarto donde dormíamos los seis— para que yo pudiera leer en paz y en silencio. Gracias a ella, a su certeza de que de todos los zánganos que había parido yo era el único que sobresaldría, logré leer a los clásicos y a los rusos, a César Vallejo y a Pablo Neruda, a Walter Benjamin y a Marcuse. En más de una ocasión, con el dinero que ganaba lavando ropa ajena, mi madre llegó a ir a La Moderna Poesía para comprarme algún libro –la mayoría de las veces infame–, como los poemas comunistas de Nicolás Guillén o *Con las mismas manos* de Fernández Retamar que le recomendara el librero. En ese libro ilegible yo no podía sino ver las horas que mi madre había pasado lavando camisas percudidas. Cada una de sus páginas confirmaba la esperanza que ella tenía puesta en mí, su único hijo digno, su niño dorado, su justificación, su bote salvavidas. Después Mario me contó que Retamar le dio a leer a José Lezama Lima el manuscrito de aquel poemario para que le diera su opinión. Unas semanas más tarde fue a verlo y le preguntó qué le había parecido. Lezama, haciendo gala de la exquisita y refinada ironía que lo caracterizaba, le contestó: «*Con las mismas manos* con que lo escribiste destrúyelo.» Jamás supe si aquella anécdota era real o si era una de las frecuentes invenciones de mi amigo.

Como a la tercera semana, la ausencia de Ruth pasó de ser un alivio a resultar una interrogante divertida y curiosa. ¿Qué le habría ocurrido a la temba? Me parecía impensable que hubiera preferido alejarse después de lo bien que la había pasado conmigo en sus sábanas color durazno. ¿Se habría enfermado?, ¿estaría de viaje?, ¿había conocido a otro? Con el tiempo, mi rechazo hacia ella se fue transformando en una curiosidad bienintencionada. Si entraba a un Starbucks y veía a una mujer que me la recordaba –aun sabiendo perfectamente que ella nunca iría a un lugar como aquél–, pensaba en su casa, en lo bien que se comía ahí y me preguntaba: «¿Cómo estará la tembita?» Antes de que transcurriera un mes completo, la llamé por teléfono para averiguarlo.

–¿Dónde te habías metido? –pregunté con interés genuino.

–No me he movido de aquí. Dijiste que ibas a llamar y te estuve esperando.

Entonces lo recordaba, antes de salir de su casa le había asestado la frase de rigor, la que utilizo con todas mis amantes: «Tendré mucho trabajo estos días. Yo te llamo cuando me desocupe.» Por asombroso que parezca, una mujer –ésta– lo había entendido de inmediato, sin necesidad de ninguna reprimenda previa.

Así es como volví a caer en las garras de Ruth. Esa tarde, nos encontramos para cenar en Les Lucioles, un restaurante francés clásico, un poco conservador para su gusto y perfecto para el mío. No soporto las lámparas de colores ni el ambiente setentero que les ha dado por poner en los bares de su barrio. Esa época ya pasó y no hubo nadie que la padeciera más que yo. En Cuba no se fabricaban los pantalones de campana pero la gente les cosía un triángulo de tela, casi siempre de otro color, para transformarlos en patas de elefante. También pegaban pedazos de madera a la suela de sus zapatos para construir unas pesadas y aparatosas plataformas. Aquellos intentos por doblegarse a una moda que nada tenía que ver con nosotros me parecían ridículos y no fueron pocos quienes acabaron en la cárcel sólo por empeñarse en llevar el pelo largo. Pues bien, toda esa parafernalia de maricones ha vuelto a la moda aquí desde hace años, tanto en la ropa como en la decoración, y a Ruth le gusta especialmente. El restaurante que eligió para complacerme era tan austero como podía haberlo sido una *brasserie* parisina de la posguerra, mi etapa favorita del siglo XX. A pesar de que era viernes, el sitio estaba casi vacío, quizás por los precios inaccesibles. Ruth pidió una ensalada de verduras frescas –lo recuerdo porque me llamó la atención el color pálido de las zanahorias y le pregunté al camarero a qué se debía.

–Son zanahorias traídas desde Francia –me dijo, como si eso fuera una respuesta, un tipo bajito y escueto que parecía haberse alimentado de verduras así durante toda su vida. Pero a la temba no le desagradaron. En cambio, mi *confit de canard* era una delicia. Aunque se lo propuse, Ruth se negó a compartirlo, uno más de los gestos compasivos que tenía siempre conmigo, como su discreción al pagar la cuenta. Al salir me sentía pletórico, casi saturado, así que le propuse volver a pie hasta su casa. Me gusta caminar por las calles de Tribeca. La soledad de las veredas contrasta con la luz tenue que despiden las ventanas de los edificios. Aunque no había ningún coche, esperamos a que cambiara el semáforo. Recuerdo que, a pesar de su costumbre, Ruth venía un poco ebria esa noche. Habíamos tomado dos botellas de Nuits-St.-George durante la cena pero en vez de vociferar o reír a carcajadas, como hacen la mayoría de sus coterráneas –y de las mías– en situaciones así, mantenía su hermoso silencio. Sólo de vez en cuando trastabillaba por los zapatos de tacón con una actitud de abandono y *nonchalance* que logró animarme sexualmente. Al llegar a la esquina, mi mano fue a dar a una de sus nalgas. El semáforo había cambiado al rojo y ella frenó de inmediato, permitiendo que la amasijara. Fue absurdo esperar a que se pusiera el verde para cruzar la avenida. De no haberlo hecho, quizás habríamos evitado lo que ocurrió después: antes de que Ruth o yo nos diéramos cuenta, un individuo harapiento, cubierto por un abrigo raído que yo recuerdo gris y ella verde, se acercó a nosotros blandiendo un artefacto punzante, entre navaja y desatornillador.

–*You give me just the money. Do quick mother fucker!* –dijo con un fuerte acento dominicano, apuntando hacia mí la curiosa herramienta. De inmediato me llevé la mano al bolsillo del pantalón para sacar mi billetera y entregársela al hombre.

—¡No te muevas! —me ordenó Ruth, evitando que lo hiciera. En su voz no había ni pizca de nerviosismo.

Entonces fue él quien se acercó. Sus ojos desorbitados mostraban una cólera ancestral. Al parecer, la reacción de Ruth había aumentado su ira y, con un gruñido de oso, se nos vino encima. Pero antes de que pudiera alcanzarnos, algo lo hizo tropezar y, cuando nos dimos cuenta, ya estaba en el suelo. Ese algo había sido la pantorrilla de Ruth, extendida a propósito cerca del suelo. La sangre fría que yo siempre había considerado parte de su belleza, cobraba ahora una dimensión épica. Acto seguido, sin perder la actitud desenfadada de siempre, la temba paró un taxi que se acercaba por la avenida. Subimos a él como suben los náufragos al bote de rescate.

Como en el poema de Baudelaire, la música es a veces para mí una nave que me transporta a lugares que no existen. Caigo, por ejemplo, en el ridículo de imaginar una vida impecable, distinta de la que llevo, sin sus carencias e imperfecciones. Me gustaría por ejemplo que mi pasillo de piedra fuera del tamaño de una casa verdadera. Podría permanecer años encerrado ahí, recorriéndola en silencio, con la misma parsimonia con la que me desplazo en este departamento. Mis libros tendrían espacio en los libreros y, en vez de estar amontonados unos sobre otros, respirarían rozagantes, con dignidad. En un lugar más grande, los periódicos que se apilan en el suelo podrían ocupar un cuarto especial, un archivo, una hemeroteca. No tendría que cuidarme de los vecinos, porque alrededor no habría nada, excepto un jardín boscoso y fresco donde escuchar mis discos sin tener que usar los audífonos. En ese mundo ideal existiría también una mujer perfecta, es decir muy semejante a mí mismo, un ser sensible, lúcido y culto, del cual sería posible enamorarse. Como yo, sabría apreciar el silencio, el orden, la limpieza. No frecuentaría las tiendas frívolas donde se viste Ruth ni me invitaría a los restaurantes en los que comemos para compensar las deficiencias de nuestra relación. Estar con ella iba a ser suficiente. Conozco casi a esa mujer; sé exactamente la sensación que me produce su cercanía, su olor, la textura de su pelo, la atmósfera de suavidad que existe entre nosotros. Cuán familiar me resulta su presencia, a la que sólo accedo a través de ciertas notas, ciertos acordes o mientras duermo. No sé si me es más doloroso pensar en el pasado o en esa vida tan alejada de mí y de mis posibilidades. Aunque intente detenerla, la imagen nunca dura mucho. La mujer ideal termina siempre convirtiéndose en una cara conocida y por lo tanto ominosa. Inútil decir que considero este sueño tan imposible como el de la casa en el bosque. En el pasado, he convivido con suficientes personas del sexo femenino como para comprender que no sólo son inferiores, sino que su inestabilidad emocional puede conducirnos a la muerte. Siendo honesto diré que, para mí, la experiencia del amor sólo existe de manera utópica, imaginada, como cuando nos detenemos a soñar con un recuerdo.

Ciertas imágenes de mi juventud me proyectan hacia esa sensación exaltada; por ejemplo, la tarde en que conocí a Susana, o el viaje que cinco años más tarde hicimos juntos a Varadero, dos semanas durante las cuales el estado de deslumbramiento mutuo fue casi permanente. Susana es quizás la mujer más hermosa con la que haya estado en toda mi vida, con la piel casi mineral y una expresión núbil en sus ojos de un azul muy intenso, una mujer dedicada a mí, volcada, perdida en mí. Hija de una acaudalada familia española residente en Cuba desde hacía generaciones, no tenía ningún problema para entrar y salir de esa isla putrefacta a la que yo me sentía encadenado y, sin embargo, decidió afincarse ahí para permanecer conmigo. La tarde en que la vi por primera vez, Mario y yo habíamos llegado en bicicleta hasta El Vedado, donde estaban las muchachas más lindas de toda La Habana. Tanto a Mario como a mí nos gusta la carne blanca y bien alimentada, sólo que Mario, siendo rubio, prefiere mirar a las trigueñas y yo a las de cabello y ojos claros. La mayoría de las veces íbamos a El Vedado por la noche. Habíamos terminado por formar parte de un grupo de chicos mayoritariamente extranjeros, seducidos por el encanto natural de Mario, por su manera única de bailar casino o guaguancó en las fiestas, pero también por la inteligencia de mis conversaciones. Yo no sé bailar y ni siquiera lo intento. No estoy dotado para los pasatiempos del vulgo. Esa tarde, el calor había bajado un poco y era como si las bicicletas marcharan solas, llevándonos por la calle sin que nosotros hiciéramos el menor esfuerzo. Nos paramos a tomar un helado en Coppelia, sucios los dos, bañados en sudor. Ahí vimos a Susana y nos quedamos frente a ella como quien contempla una aparición. Aunque estábamos acostumbrados a hablar con las jevitas, a meterles muela, a enredarlas con la labia, mi mejor instrumento, ese día Mario y yo permanecimos mudos, desconcertados. Susana era demasiado hermosa para ser real, no tenía en la mirada el fuego que caracteriza a las mujeres de la isla, su sonrisa incitante, su desparpajo. Sus ojos miraban con una suerte de resignación, como un animal contempla el cuchillo del carnicero a un centímetro del cuello. Supongo que en ese entonces ninguno de los dos habíamos visto algo así. Ahora, conforme pasan los años, no sólo la reconocemos sino que sabemos lidiar con esa certeza que tiñe la mirada de nuestros conocidos cada vez que un médico, o un babalawo, anuncia un diagnóstico fatídico. Con el pelo aún mojado por una ducha reciente –el olor a jabón se percibía en el aire–, Susana comía su helado en una mesa del fondo. Cuando por fin levantó la vista y nos vio, también ella pareció sorprenderse. Seguramente en toda su vida –que constaba de dieciséis años en ese momento– nunca había visto a dos energúmenos tan sucios y desagradables.

La regla era tácita e inquebrantable: Susana era rubia, ergo me correspondía. Mario debía permanecer fuera de la jugada y por lo tanto se puso a hacer la cola para dejarme el terreno libre mientras yo saltaba al cuello de la gacela. Sin embargo, intimidado por su belleza y por mi aspecto, no se me ocurrió otra cosa salvo apartarme de ella y alcanzar a Mario en la cola de la caja. Esperamos nuestro turno en silencio y también en silencio nos tomamos nuestros helados. Cuando se terminó el suyo, Mario arrugó la servilleta como era su costumbre y la arrojó al cesto de basura con precisión de basquetbolista. Volteó hacia mí y sonrió enternecido.

–Qué comemierda eres –me dijo.

El tema no volvió a salir hasta una semana después, pero yo no dejé de pensar ni por un minuto en la niña de Coppelia.

MÉNILMONTANT

El otoño duró un suspiro. Todos los días, el noticiero no hacía sino comentar las nevadas que estaban cayendo a lo largo del país. Según las estadísticas, habíamos superado ya las peores temperaturas de los últimos treinta años y la radio estaba ahí para recordarlo constantemente. Desde mis ventanas, observaba con curiosidad la lucha de las hojas por sostenerse en las ramas de los árboles y su inevitable caída. Poco a poco había ido descubriendo la curiosa ubicación de mi edificio. El boulevard de Ménilmontant no sólo separa el barrio de los vivos y el de los difuntos, sino también dos distritos muy diferentes. Se trata de una suerte de frontera. En el XI, hay restaurantes, verdulerías, tiendas de mayoristas y una gran cantidad de bares. El XX, en cambio, es un barrio popular y más pobre. Durante un largo tiempo constituyó los límites de la ciudad intramuros y por esa razón ha albergado siempre a marginales de todo tipo.

Me gustaba caminar por las mañanas por la avenida, a esa hora en que el bullicio no había alcanzado todavía sus decibeles habituales. Sobre las cortinas de metal lucían letreros de comercios cerrados varios años atrás. Miraba con curiosidad los escaparates de las tiendas religiosas que exhiben los flecos rituales, los candelabros de fiesta. Muy cerca de ahí, la carnicería *kosher* y, justo en la esquina, su equivalente *halal*. Era tan pacífico el ambiente a esas horas, tan familiar, que costaba trabajo imaginar a los parientes de estas mismas personas llevando a cabo una guerra encarnizada a no muchos kilómetros de distancia.

La gente del barrio me parecía tranquila pero no podría decir que era amigable. Al verme entrar en sus tiendas, advertían de inmediato que yo no formaba parte de ninguna de las comunidades vecinas, las que constituyen su clientela habitual. Me permitían husmear en sus estantes llenos de productos cuyas etiquetas se leen de derecha a izquierda, sin esperar nada de mí. Esa actitud, cortés pero indiferente, me acomodaba aunque también me hacía sentirme un poco aislada. Era tanta la mezcla concentrada en ese barrio que ya nadie se sorprendía con mis rasgos latinoamericanos. En Belleville nadie me preguntaba de qué extremo del planeta había salido.

Cualquiera que no haya vivido aquí podría pensar que las condiciones en que me hallaba, con un departamento, una beca y el propósito de obtener un posgrado, bastan para subsistir felizmente, al menos durante un tiempo. En cambio, quienes han pasado una estancia medianamente larga en esta ciudad saben que no es fácil adaptarse a ella. Los franceses de la provincia critican la amargura de sus habitantes y los consideran una plaga que arruina la belleza de su capital. Lo cierto es que basta quedarse un par de meses para empezar a impregnarse de esa apatía gruñona y antisocial. No hace falta hablar con nadie para sufrir el contagio. El mínimo escarceo con sus habitantes –en los vagones del metro, en la escalera del edificio, en la panadería– es suficiente para empezar a sentir los síntomas.

Quizás ni siquiera. Quizás basta respirar el aire mohoso del río o beber el agua de las cañerías, que yo bebía sin filtrar, para sentir ese malestar tan característico e inexplicable. Poco a poco, mi entusiasmo se fue reduciendo hasta desaparecer. Mi mayor preocupación era resistir al frío del invierno, al viento gélido que me golpeaba la cara y a la constante presencia de la lluvia, callada y terca, como una rata que se ha instalado en nuestra casa, imposible de ahuyentar.

Haydée lo había intuido bien: mis cinco maletas estaban llenas de harapos. Había llegado de América cargada con ropa caliente que había pertenecido a mis padres. Ropa vieja, en ocasiones apolillada, de buena calidad pero no lo suficientemente escogida para ser considerada *vintage*. Para vestirme, no seguía ningún estilo excepto el de evitar el frío a como diera lugar. Recuerdo sobre todo un abrigo de lana de corte setentero y demasiado grande que se convirtió en mi segunda piel. Mi padre lo había comprado para abrigarse en un viaje a Roma y lo había conservado durante años con la esperanza de que algún día su hija o uno de sus sobrinos viajara a Europa y volviera a ponérselo. Hubo en particular una mañana en la que no conseguí llegar al instituto. Había perdido más de cuarenta minutos esperando el metro, que ese día funcionaba de manera deficiente, cuando me decidí a parar un taxi en la esquina de Chemin Vert y Ménilmontant. Debajo del abrigo de mi padre, llevaba un par de suéteres y una bufanda tejida, sin embargo seguía temblando de frío. Mientras pensaba seriamente en volver a mi casa, un taxi apareció por la avenida. Lo detuve ansiosa por encontrar un asiento cálido. Cerré la puerta y me froté las manos mientras enunciaba la dirección de la escuela. Antes de avanzar, el chofer me miró largamente por el retrovisor. Hacía meses que nadie demostraba por mí el menor interés y por eso me sorprendió su manera de observarme. Aún no había decidido si sentirme halagada u ofendida, cuando el chofer me espetó con su marcado acento parisino: «Con un abrigo así, usted no debería subir a mi taxi, señora. Me lo va a llenar de pelusa. Si quiere seguir aquí tendrá que ponerlo en el maletero.» Con el paso del tiempo, aprendí a considerar estos comentarios las espinas que desarrolla un erizo mutante en un ambiente demasiado hostil y peligroso, pero, recién llegada, estaba convencida de que esas actitudes de arrogancia estaban exclusivamente destinadas a mi persona. Por eso aproveché que el semáforo se puso en rojo y salí del coche sin decir nada. Regresé a mi guarida y pasé la mañana entera debajo del edredón.

A diferencia de lo que había imaginado, el Instituto de Estudios sobre América Latina no era un lugar hospitalario. Casi todos los alumnos salían en cuanto terminaban las clases y el restaurante no estaba lleno de jóvenes risueños como el café que frecuentaba Haydée, a quien por cierto casi nunca me encontraba. Los seminarios constaban de unas quince personas cuando mucho. Mis compañeros, pedantes y engreídos, no hacían el menor esfuerzo por conocer a los demás. Como un espectro en el que nadie repara, caminaba por los pasillos del edificio, asombrada por el silencio y la soledad que en él había. Las tardes de clase, yo no pensaba en otra cosa más que en salir lo antes posible. Para volver a mi casa debía atravesar la ciudad entera y hacer dos transbordos en la línea del metro. No es que me gustara estar bajo el suelo, pero, con sólo verlas en un mapa, las líneas del autobús me producían una especie de vértigo. Además, era muy incómodo esperar en el frío. La gente había cambiado mucho desde el verano. Aquellas personas que saludaban y entablaban conversación a las diez de la noche en el mes de julio eran las mismas que me empujaban ahora con gestos bruscos hacia la boca del metro, ¡y ay de quien osara quejarse o decir algo! No tenía ninguna duda, se trataba del París huraño con el que tanto había soñado, y sin embargo, a pesar de todos mis esfuerzos, no conseguía entenderme con sus habitantes, sus gestos, ni sus códigos. En vez de acogerme como a alguien merecedor de ella, la ciudad me hacía víctima de su contundente rechazo. Como si en algún tribunal invisible se hubiese decidido que no era digna de vivir ahí.

Entre las primeras cosas que llamaron mi atención en ese lugar invernal, estaba la cantidad de personas que parecían pertenecer a una realidad aledaña, independiente, individuos que mantienen conversaciones acaloradas con ellos mismos o con interlocutores hipotéticos, aquellos que, en el metro, interpelan a los pasajeros para injuriarlos, por el placer de injuriar o por alguna razón desconocida. Estas personas perturbadas –a las que no me atrevería a calificar de psicópatas– me parecían extrañamente similares, víctimas de alguna epidemia psicológica. Los síntomas se manifestaban sobre todo en individuos visiblemente empobrecidos que, después de agredir a uno o dos transeúntes, subían a los autobuses o a los vagones del metro solicitando la ayuda económica de los pasajeros; pero también podían aparecer en los camareros, en los dependientes del quiosco de tabaco o en las operadoras del teléfono. Con demasiada frecuencia, el metro se detenía por eso que los altoparlantes explicaban como un «accident de passager», eufemismo empleado púdicamente para no enunciar la muerte de alguien que había saltado a las vías. Yo miraba todo eso sin comprender los motivos, con la actitud sorprendida y distante con la que uno analiza las costumbres extranjeras. Me daba miedo esa gente. ¿De dónde salía? Y, sobre todo, ¿cómo era posible que fueran tantos? Pero también me daban miedo los otros, los que exhibían un aire de superioridad y desprecio por quienes parecían haberse desquiciado o, como ellos mismos decían, se habían salido de los rieles.

¿Qué diablos esperaba de la vida? La pregunta empezó a deslizarse como una sombra amenazante y a minar el frágil equilibrio de mis días. Me acosaba por las mañanas justo a la hora de despertar, estropeando cualquier comienzo. Aparecía de nuevo en el desayuno o más tarde, cuando me daba una ducha para aclararme las ideas. Se presentaba también en el autobús camino del instituto o al abrir la puerta del salón de clases. De haber tenido una respuesta convincente, quizás habría concentrado mis esfuerzos en busca de aquel objetivo. Pero no tenía ningún indicio, ni siquiera una intuición. La verdad, ahora lo veo claro, es que no esperaba nada. Los primeros meses había dedicado mi tiempo y todos mis esfuerzos a adaptarme a la ciudad, pero una vez resuelto ese problema me encontré frente a una gran cantidad de horas muertas. Mi pequeña beca me daba lo suficiente para vivir y yo no tenía ninguna razón para intentar ganar más dinero. La gente ahorra cuando persigue algún objetivo preciso, como comprar una casa o salir de viaje, cuando tiene hijos o padres que mantener, algunos ahorran por placer acumulativo. Sin embargo, ninguna de esas circunstancias era la mía. Vivir en el presente me resultaba ya una proeza, pensar en el futuro bastaba para que me sintiera asfixiada.

Al salir de la escuela, podía pasar horas en un café mirando caminar a los peatones, a los estudiantes vestidos de colores llamativos que realizaban encuestas en los lugares turísticos como Odéon o Place Saint-Michel. Todo el mundo iba de prisa. Me intrigaba el ritmo apremiante de esos pasos, tan distintos de los míos, que la mayoría de las veces carecían de un destino preciso. Seguramente todos ellos tenían un objetivo en la vida, y acababa preguntándome cómo había hecho yo para quedar fuera de esa dinámica. Era como si las personas que me rodeaban poseyeran una información que nadie me había transmitido o como si en algún momento de su vida alguien les hubiera revelado un secreto que yo, por un motivo u otro, desconocía. Era así de simple: ellos tenían claro lo que hacían en el mundo, yo no. Ellos eran los protagonistas de algo apasionante o estúpido –como puede ser cualquier vida–, yo era la espectadora de una película cuyo inicio no recordaba. Tampoco es que tuviera la necesidad imperiosa de conocer aquello que tornaba interesante la vida de los otros. Mi aburrimiento no dejaba el menor resquicio a la curiosidad, ni siquiera al entusiasmo que surge ante la posibilidad de escapar al tedio.

Para el mes de diciembre, mi vida se había reducido a un estado fantasmal del que nadie tenía noticia, excepto la cajera del supermercado, el vendedor del quiosco, frente al que pasaba todos los días sin detenerme jamás a comprar el diario, o la panadera, quien me veía llegar a su comercio dos o tres veces por semana, envuelta en un abrigo gris oscuro como el cielo de la ciudad. Lo que ocurría en el mundo me tenía sin cuidado. Cada vez con menos frecuencia, Haydée llamaba para saber de mí. Yo le decía que estaba concentrada en mis estudios. Por el tono de su voz me daba cuenta de que esa respuesta le repugnaba –la pobre tenía suficiente con el autismo de Rajeev–, pero a mí me daba lo mismo. En más de una ocasión intentó convencerme de que la acompañara a alguna fiesta pero nunca accedí. No me sentía de ánimo para conversar con nadie, mucho menos para ir de juerga y darme a los excesos con semidesconocidas que sólo hablaban de dietas y me producían fastidio. No quería ver a nadie.

La situación empeoró en las vacaciones. Si antes no socializaba casi nunca, en cuanto dejé de ir al instituto mi comunicación con los demás se extinguió por completo. Las clases habían terminado hacía un mes y dedicaba mi tiempo a esperar el veintiuno de diciembre, fecha que marca la llegada del invierno, el verdadero, cuyo preludio era ese frío lacerante que ya se estaba sintiendo. Como no tenía dinero, no salía casi nunca. Me pasaba horas mirando por la ventana y escuchando, sin demasiada atención, las noticias de la radio. Cualquier otra actividad representaba un gran esfuerzo. El viento azotaba sin cesar los vidrios de mi departamento ocasionándome una suerte de cansancio mental. Las contraventanas desvencijadas dejaban entrar el frío y, para defenderme, sólo contaba con el viejo radiador eléctrico. Procuraba bañarme lo mínimo indispensable para no ahogarme en mis propios olores, y cuando bajaba a comprar alguna cosa, lo hacía con el abrigo de mi padre sobre la pijama y un gorro de lana que usaba para esconder el desorden de mi pelo. El calor obliga a la limpieza como el frío empuja a conservar la temperatura corporal al precio que sea, no importa si para ello debemos acostumbrarnos a nuestro miasma o infligirlo a quienes se nos acercan. Mis únicas dos salidas a la calle tenían que ver con el banco o con el supermercado. Ese estilo de vida, normal para cualquier estudiante francés, constituyó para mí un periodo excepcional. Jamás hubiera creído que viviría en condiciones semejantes, practicando sin vergüenza lo que en mi país se conoce como la suciedad europea. Mi departamento era el reflejo fiel de mi estado de ánimo: lleno de papeles y calcetines sembrados por el suelo. El radio, al que pocas veces prestaba atención, estaba encendido las veinticuatro horas, emitiendo un tranquilizante ruido de fondo. Comía cuando me daba la gana, tampoco me cambiaba la ropa ni lavaba los platos acumulados en el fregadero, y sin embargo nunca antes había vivido de una forma tan consecuente. Todos mis años anteriores me había visto obligada a guardar cierto orden para alguien: mi padre, mi abuela, mis compañeros de casa. Ahora, por primera vez, vivía sola y no pensaba limitarme a ninguna regla social.

Como dije antes, lo único que llamaba mi atención en ese entonces era el espectáculo que me ofrecía la ventana, el bulevar, sus coches, las escenas familiares o los pleitos de los borrachos. Me agradaba el aspecto desaliñado de la zona, me hacía sentirme en casa. Como era de esperar, el cementerio se convirtió desde el principio en mi mayor fuente de distracción y también de aprendizaje. Más que recorrerlo a pie, cosa que hice en muy pocas ocasiones, prefería verlo de lejos. Los domingos o los sábados en la mañana me sentaba frente a mi ventana para tomar café y observar los entierros. Por lo general, las ceremonias eran tan entretenidas como un reportaje de sociales. Desde ese departamento, veía desfilar a la burguesía parisina exhibiendo autos de lujo, ropa, joyas, anteojos y uno que otro sombrero. La discreción de cada familia era un asunto variable. Las había extravagantes o exhibicionistas, parcas y austeras, católicas, judías, musulmanas o evangelistas. Algunas acompañaban el evento con discursos altisonantes, otras movilizaban a todas las florerías de la cuadra o, por el contrario, lo hacían de manera rápida, casi subrepticia, de modo que la única espectadora externa de su sufrimiento era yo y tal vez, desde su ventana, algún vecino aficionado también a ese tipo de espectáculos. Así descubrí que cada entierro tiene una personalidad y un estilo propios. La gente se muere, deja su nombre escrito sobre una lápida, sus vidas cesan de correr en línea recta. Desaparece el cuerpo y con él su rutina, sus necesidades, pero quedan una infinidad de pruebas. Las emociones que cultivaron durante años siguen flotando en el aire: la ira, la frustración, también el desamparo y la ternura. Todas esas cosas son como garras minerales que se perciben más allá de las lápidas. No es casual que las tumbas sean tan distintas entre ellas. Ni siquiera los nichos son semejantes. Se ensucian de manera desigual. Uno tendrá manchas de grasa junto al epitafio, en otro crecerá el musgo, en otro el mármol se verá más pulcro, intacto. También la muerte tiene sus ironías: permanece lo que uno quisiera expulsar y lo que desearía conservar se olvida con rapidez.

TRIBECA

La temba se desvive complaciéndome. Me resultó muy fácil acostumbrarme a su mundo. Tal vez fue la suavidad de sus almohadas, el butacón de la sala donde disfruto leyendo el periódico o la calidad del vino que hay siempre en su casa, pero de una manera inesperada, totalmente distinta a lo que me ha ocurrido antes con otras mujeres, en su *loft* me siento cómodo, acogido y, durante muchos meses, eso me bastó para seguir frecuentándola. Los fines de semana, sus hijos suelen salir al campo con el padre y entonces nada me impide disfrutar de ese departamento como un señor que, tras una larga cacería, vuelve a su palacete.

A Ruth le gusta comprar alimentos en las tiendas de *delicatessen* de Tribeca que son como jugueterías para señoras. Cada platillo está envuelto en cajitas doradas o en papel de cera de distintos colores. La mañana del sábado me deja leer el periódico a mis anchas y vuelve a la hora del *lunch* con manjares de todo tipo. Mis preferidos son los entremeses polacos, pero Kutsher's cierra el sábado y a Ruth no siempre le da tiempo de pasar el viernes por la mañana a comprarlos. Entonces, para hacerse perdonar, trae a casa un surtido de quesos franceses y alguna botella de vino. Extiende sobre la mesa un mantel inmaculado, cuatro copas de cristal, y nos sentamos a comer en silencio: esta mujer sabe perfectamente que no soporto la palabrería inútil y procura no hablar más de lo necesario. Durante la comida, apenas emite un par de preguntas acerca del pan o del té que me apetece beber. Para recompensarla, le dirijo alguna mirada tierna que exprese mi reconocimiento. Al terminar, cuando sobre mi plato ya no quedan sino algunas migajas de *strudel,* Ruth levanta la mesa procurando no hacer ruido con las copas y los cubiertos. La contemplo de soslayo mientras fumo un Popular algo seco. Un colega del trabajo me trajo un par de cajas hace más de seis meses y, desde entonces, consumo uno sólo a la semana, generalmente el sábado. Después de comer, pasamos a su cuarto para dormir una siesta larga que casi siempre culmina con un aquelarre violento.

Una de las reglas que me impongo con las mujeres es no saber nada acerca de su vida anterior a mí. Eso las mantiene, a su vez, apartadas de la mía. En pocas palabras, la discreción levanta una barrera de distancia tan necesaria a mis ojos como la higiene más elemental. Sin embargo, una tarde de sábado, mientras tomaba café en el sillón de la sala, me puse a mirar con detalle las estanterías del *loft* de mi temba. Por extraño que parezca, reparé en una serie de detalles que jamás había visto en ese lugar, frecuentado por mí desde hacía ya varios meses. Sentí curiosidad por saber de dónde venían algunas de las máscaras que aún cuelgan de los muros o la historia del candelabro de plata que descansa sobre el librero. Ella había terminado de limpiar la mesa y se puso a ordenar unos folletos tirados, desde tiempos inmemoriales, junto a la chimenea. Ese rincón es también el lugar donde se almacenan casi todos los libros de su departamento. Muchos de ellos encuadernados en piel, a la antigua usanza, como los libros de mis abuelos que conservaban mis padres en su biblioteca. Por extraño que parezca, nunca me había puesto a revisar de cerca los títulos de aquellos volúmenes. Desde mi primera visita los consideré parte del mobiliario, como los objetos que adornan los anaqueles o las mesas esquineras. Sólo había analizado los libros de diseño textil que Ruth mantenía cerca de ella en su cuarto, también algunas revistas de moda. Entre ellas, la colección entera de *Vogue*. Es verdad que podía ampararse en su profesión para guardar tal cantidad de basura en su dormitorio. Al principio me había preguntado si, de haber tenido otro oficio, Ruth hubiera acumulado revistas así, como hacen muchas neoyorquinas, por simple afición a la moda, pero lo cierto es que tampoco hablaba apasionadamente de los temas relacionados con su trabajo de diseñadora. Era raro que abriera uno de esos catálogos enormes para enseñarme algún modelo o para pedirme una opinión acerca de una prenda. Esa noche, mientras Ruth se entretenía en la cocina, abandoné la poltrona donde cada sábado recorría el diario hasta el menor detalle y me acerqué a la biblioteca. Al leer los títulos descubrí, para mi gran sorpresa, que se trataba de ensayos de filosofía y de religión. Varios de ellos en alemán, otros en hebreo, muy pocos en español antiguo. Entre ellos reconocí una vieja edición del *Zohar,* traducido en Inglaterra, y la *Guía de los Perplejos* de Maimónides. Abrí una página al azar. No pude sino sentir reverencia hacia esa riqueza cultural de la que Ruth descendía y que, a la vez, por una extraña razón, le era vedada, como un secreto de familia que no hubieran compartido con ella. Me entretuve también mirando las fotografías que había en las repisas y que presentaban a un hombre barbudo, probablemente el padre de Ruth, con un sombrero negro. No sé si fue por el atuendo que llevaba, pero me dio la impresión de que ese individuo pertenecía a una época muy remota y no a la generación inmediatamente anterior a la suya. Me dije que, en realidad, el padre de Ruth era contemporáneo de mi abuelo. Otra mostraba a dos niños, los hijos de su matrimonio, un varón y una hembra, ambos parecidos a ella. Una pintura pequeña, en la que tampoco había reparado antes, atrajo mi atención hacia la pared del fondo. Algo en ella me resultaba familiar. Quizás la había visto antes o conocía al artista.

—¿De quién son todos esos libros? —pregunté.

—Eran de mi padre. Los rescaté cuando se lo llevaron a la casa-hogar.

—¿Y para qué los quieres? —la interrogué con cierta sorna—. ¿Piensas leerlos algún día?

—No. Sólo los tengo como parte de la decoración de esta casa.

Me pregunté si había una nota de ironía en su respuesta, pero de inmediato descarté la posibilidad. No iba con su carácter dócil y bondadoso.

—Crecí rodeada de libros como éstos. El olor de esas páginas me hace sentirme en casa.

—¿Todavía hay café en la cocina? —inquirí, volviendo a mi asiento con dificultad. Otra vez habíamos comido demasiado.

—No te muevas —me regañó ella, con la dulzura de siempre—. Te lo traigo ahora mismo.

Pero seguramente no quedaba nada en la cafetera porque oí que Ruth abría el refrigerador y encendía de nuevo la máquina. Después sonó el teléfono y se entretuvo conversando el tiempo que tardó en hacerse el café.

Volvió a la sala con las tazas y una caja de galletas.

—Llamó Isaac. —Aunque lo había escuchado pocas veces, reconocí el nombre de su ex marido—. Dice que ayer los niños pasaron la tarde en el lago y ahora están resfriados. ¡Qué ocurrencia! Con el frío que está haciendo. Tendrán que faltar a la escuela.

–Ayer hacía calor –le recordé para tranquilizarla–. Lo raro es que se hayan enfermado. ¿De quién es esa pintura?

–¿Cuál? ¿La pequeña del fondo? De Mark Rothko. Era amigo de mi padre y se la regaló.

–¿Qué hacía tu familia? –le pregunté intrigado. Seguramente le resultaba extraño que después de tantos meses me interesara súbitamente por su pasado. A decir verdad, a mí también me lo parecía.

–Mamá era arquitecta, pero nunca ejerció, dicen que heredé su talento para la decoración, y mi padre, profesor de filosofía judía en Columbia. Isaac era alumno suyo.

De inmediato me invadió una sensación de vértigo. Me aproximaba a un abismo insondable o, por lo menos, a una serie de explicaciones semejantes a las que se desprenderían si alguna vez intentara describirle a ella las costumbres santeras, así que preferí cambiar el rumbo de la conversación. Nunca he asimilado bien la idea americana del *melting-pot,* menos aún cuando se trata de religiones. Había cometido un error al preguntar tanto. Era mejor aceptarlo y buscar la manera de evitar que ella también se pusiera a hacer preguntas sobre mi gente. Así que metí la mano bajo su falda y la tiré de los *bloomers* hacia mí. La senté sobre mis piernas y le acaricié el pelo largamente, con ternura, como se hace con una niña de la que tarde o temprano se terminará abusando. La temba aprendió muy rápido cuáles son las actitudes que me calientan. Sabe que, al principio, durante lo que suele llamarse los prolegómenos del sexo, me gusta que de verdad se muestre asustada ante mi cuerpo, que se debata y huya. No importa si para escapar debe morderme o enterrarme sus uñas de felina.

Pero una vez que la tengo bajo mi vientre, una vez que sus piernas están abiertas bajo mis ingles furiosas, debe permanecer inmóvil, si es posible ni siquiera respirar, hasta el momento del orgasmo durante el cual sí le permito desahogarse. Nuestra forma de templar se asemeja a menudo a la violación. A diferencia de otras mujeres con las que he convivido, reacciona a la violencia, ya sea física o verbal, de una manera deliciosamente sumisa y ésa es otra de las características que me hacen sentirme tan a gusto junto a ella. Más de una vez he roto sin querer sus *bloomers* de seda o dejado algún moretón sobre su piel frágil y quebradiza. Lejos de molestarla, esas muestras de deseo la hacen sentirse halagada. Se podría decir que somos buenos amantes si no fuera porque al terminar me inunda una inexplicable sensación de asco. Algo en ese cuerpo marchito que yace sobre el colchón con el cabello suelto, esparcido sobre las sábanas, me la provoca. Al principio pretextaba haber comido demasiado. Sin embargo, al cabo de unos meses, decidí dejar de lado la hipocresía y asumir la realidad por compleja que fuera.

Esa vez el sexo fue particularmente bueno y duró toda la tarde. Me di una ducha y salí de su casa limpio y relajado. En la calle me recibió el aire fresco de finales de septiembre. Nueva York en todo su esplendor, con sus hojas secas y sus arbustos rojizos, como una mujer que se entrega en la madurez, a sabiendas de que en poco tiempo la secará el invierno.

Volver a mi casa, después de pasar uno o dos días fuera, me aporta una tranquilidad indescriptible. Aunque nadie me espere –o quizás justo por eso– me siento arropado en la madriguera que he construido. No hablo únicamente de mis escasos muebles, de mis libros y discos, de mis recortes de diarios, incluso la falta de luz en mi departamento, su humedad y su temperatura me resultan familiares y benéficos. Todos los días, al volver del trabajo, me quito los zapatos y los acomodo en el lugar que les he asignado, en el armario de la entrada. Me pongo las zapatillas de tela y superviso los cambios que puedan haber ocurrido durante mi ausencia: reviso el correo, recojo el diario que han dejado bajo la puerta, abro las ventanas para que entre aire fresco. Antes de sentarme a descansar en mi butacón azul, sobre todo si he estado fuera durante varios días, me gusta coger la escoba y el plumero y sacudo el polvo que pueda haberse acumulado en mi pasillo de piedra. Friego también el baño y, si lo considero necesario, limpio los vidrios de la ventana, aunque a través de ellos no se vea nada excepto los muros de enfrente. Una vez terminada la faena, puedo acostarme a escuchar música, a leer o a fantasear todo tipo de cosas apetecibles hasta quedarme dormido.

Me doy cuenta de que en Nueva York mi casa ha venido a sustituir las funciones que suele cumplir una familia o una madre durante la primera etapa de vida. Aquí –y le doy gracias a Dios por eso– no tengo ni parientes ni amigos demasiado cercanos. He conseguido preservar mi intimidad todo lo necesario para sentirme tranquilo. Sin embargo, como cualquier ser humano, necesito disfrutar de un territorio propio, un refugio en el cual pueda sentirme protegido. Ese territorio es mi departamento, y mi manera de agradecer que exista es cuidarlo al máximo como se cuida de un ser querido. Limpiarlo, ordenarlo, darle una estructura, practicar en él una serie de rutinas de buen comportamiento. Preservarlo de cualquier intruso es mi manera de honrar mi santuario y convertirlo –la imagen me gusta muchísimo– en el panteón donde me gustaría ser enterrado para la eternidad.

VECINOS

Otra vez había amanecido lloviendo y así continuó durante toda la mañana. Eran casi las doce. En diez minutos cerraba la panadería y el resto de los comercios. Los parisinos se quedarían en casa todo el domingo a leer el periódico, a refunfuñar o a mirar televisión. Tenía hambre, pero no lograba decidirme a salir. Me horrorizaba el frío, la bóveda de nubes bajas que se había apoderado del mundo. Si alcanzaba a llegar a la panadería antes de que cerraran, me iba a llevar un regaño por aparecer tan tarde. Con su voz aguda e irritada, la empleada me preguntaría una vez más si en Perú la gente no conoce los horarios comerciales. Diría Perú a pesar de que le hubiese explicado una infinidad de veces que era mexicana. No era por ironía o por ser desagradable, como sospechaba yo al principio, sino porque para ella Perú y México eran prácticamente lo mismo. Lejos de considerarlo un insulto, me tranquilizaba que la gente no supiera situar en un mapa ni mi ciudad ni mi país de origen. Tenía unas ganas urgentes de comer un croissant pero no me sentía de ánimo para enfrentarme al mal humor de mi panadera. Mientras lo consideraba, me puse a observar las bifurcaciones de una tela de araña que, sin que yo supiera cuándo, había aparecido en la puerta de la cocina. Antes de que lograra tomar una decisión, escuché que tocaban a la puerta. Algo malo debía de estar ocurriendo para que golpearan de ese modo. Me asomé al pasillo por el ojo de buey y me encontré con la cara del vecino del cuarto derecha. Nos conocíamos de vista. Varias veces habíamos cruzado algún saludo de prisa, en las escaleras. En general parecía un hombre agradable, incluso atractivo, pero esa mañana su expresión era muy distinta. Se le notaba molesto y decidido a expresar alguna queja. «No puede ser», pensé. Me estaba privando de comer pan con tal de no enfrentar la neurosis de esa gente y ahora esto.

—¿Pasa algo? —pregunté a la defensiva en cuanto abrí la puerta. Yo también puse cara de fastidio.

—El radio —respondió como quien pronuncia una palabra clave.

Guardé silencio algunos segundos, tratando de entender a qué se refería, pero fue inútil.

—Lleva más de cinco días encendido en su habitación. Ni siquiera por las noches tiene la gentileza de bajar el volumen.

Su respuesta me sorprendió. A esas alturas, la presencia del radio se había convertido en un ruido de fondo en el que nunca pensaba.

—Si le molesta tanto, puedo apagarlo —contesté para zanjar el asunto.

Me pregunté si debía hacerlo pasar, sobre todo para evitar que los otros habitantes de nuestro edificio escucharan la disputa, pero me contuve: el departamento era un asco. Como no me decidía, abrió él mismo la puerta con ademanes exasperados, se dirigió hacia mi habitación, donde estaba el aparato, oprimió un botón y, en el acto, dejó escapar un suspiro de alivio. Fue como si le hubieran sacado un pedazo de vidrio de la planta del pie. La expresión que había en su rostro desapareció de inmediato.

—Fíjese bien —me dijo mientras golpeaba la pared con los nudillos, produciendo un sonido hueco—. Esto es de cartón. Detrás de esta pared tan delgada, está mi cama. Yo escucho *todo* del otro lado. Venga para que lo compruebe.

La forma en que pronunció la palabra «todo» me hizo gracia. Pensé que al menos en mi cuarto no ocurría nunca *nada*. Yo no hacía fiestas, ni llevaba amigos a mi casa. Tampoco tenía pareja, ni me entregaba a orgías o a largas y ruidosas sesiones de onanismo. Lo único que tenía era un miserable radio y, al parecer, eso le molestaba. Por otro lado, si la pared era tan fina como decía, tampoco él tenía una vida privada que pudiera dar envidia. En pocas palabras, el vecino era un infeliz, igual que yo, y quizás por solidaridad acepté hacer lo que me pedía en vez de mandarlo a la mierda. Así que me puse las pantuflas, cerré la puerta tras de mí y entré a su departamento.

De inmediato me llamó la atención la diferencia de nuestras viviendas. Ejemplo de orden y limpieza, la casa de mi vecino era exactamente opuesta a la mía no sólo por atildada y espaciosa, sino por su orientación hacia el oeste, en contraste con mi covacha, que daba hacia el norte. El sol de la tarde entraba de lleno a través de sus ventanas. ¡El sol! Hacía varias semanas que había olvidado esa delicia. Otra diferencia notable consistía en que en su departamento abundaban las plantas, grandes, pequeñas, de diversas especies y texturas, mientras que en casa yo no tenía ninguna. Un poco más grande que la mía, su sala de estar conformaba una acogedora biblioteca. El comedor, situado en el fondo, cerca de la cocineta, me recordó el de una casa de muñecas. La ventana también estaba limpia y, al asomarse a través, la vista no desembocaba en el paisaje monótono del cementerio sino en una callecita cerrada, con muchos árboles. Desde el comedor se veía el boulevard de Ménilmontant, y del otro lado, la extensión del cementerio, aunque de una forma menos abrupta que desde el mío. Al estar ahí, era fácil adivinar que, años atrás, su departamento y el mío habían formado un espacio único hasta que Madame Loeffler optara por dividirlo para duplicar sus ingresos. En ese tiempo primordial, su habitación y la mía habían conformado una sola pieza cortada a la mitad, justo por la chimenea, inhabilitada, cuyo escape compartíamos como dos hermanos siameses comparten la espina dorsal. Sin embargo, nuestros cuartos resultaban totalmente distintos. En el suyo, la cama estaba tendida y no había ropa fuera de sitio. Sobre la mesita de noche se apilaban los libros que el sonido de mi radio le había impedido leer.

Para tener de qué hablar le pregunté si él había elegido vivir en esa calle o si, como yo, había llegado al edificio por casualidad. Me respondió, sin dudarlo, que se trataba de una elección y que adoraba los cementerios. Tom –así se había presentado– me invitó a que mirara las fotos que colgaban de la pared. Eran imágenes de tumbas en diferentes lugares del mundo que él mismo había sacado durante sus viajes. Casi todas en blanco y negro aunque también había una que otra de colores muy brillantes. Reconocí el cementerio de Praga y el de Fez cuyas fotos había visto en la biblioteca de Oaxaca. A pesar de que lo tenía enfrente, el Père-Lachaise aparecía en varias de ellas. Saber que compartíamos esa afición me llenó de simpatía por él. Más de una vez, en los meses que siguieron a nuestro encuentro, me pidió permiso para mirar el Père-Lachaise desde mi casa, no los entierros de fin de semana que yo observaba con curiosidad morbosa, sino el cementerio desnudo, sin turistas ni visitantes, en sus momentos de mayor desolación, que generalmente eran los días feriados o las madrugadas. Sin confesarme a mí misma que mi admiración era de otro tipo me dije, mientras miraba con asombro sus fotografías, que sin duda podríamos ser amigos.

Ya no había irritación en sus ojos. Mientras yo miraba sus fotos, Tom me observaba sin ningún tipo de extrañeza, como se observa un objeto cotidiano, una ventana que conduce a un paisaje familiar, algo que no amerita ningún juicio, si acaso cierta contemplación. Una mirada limpia en un rostro atractivo. Me sentí extrañamente a salvo junto a él hasta que volvió a abrir la boca.

—¿Sabes? A ninguno de los dos nos trajo aquí el azar. Fueron los que habitan el barrio de enfrente.

—¿Te refieres a los muertos? —pregunté con incredulidad.

—Sí. Son ellos los que deciden quién vive a su alrededor.

Sentí miedo. No de los difuntos sino de él. Una cosa era tener fascinación por los cementerios y otra muy distinta creer en la existencia de los espíritus o en su supuesto influjo sobre nosotros. Decidí no preguntar nada más y, pretextando alguna actividad inminente, regresé a mi casa convencida de que mi vecino pertenecía a la legión de chiflados que invadían la calle y el subterráneo de la ciudad.

Al volver, resentí de inmediato la ausencia del radio que, como dije antes, representaba mi única compañía, pero no podía encenderlo nuevamente: habría sido una afrenta y ya para entonces tenía muy claro que a los locos parisinos no conviene provocarlos. Debían de ser alrededor de las cuatro y en las ventanas el cielo empezaba a oscurecer ocultando, como cada tarde, las tumbas del cementerio. El silencio provocó en mí una sensación de inquietud y desasosiego. Recordé que en los estantes de mi cuarto me esperaban dos novelas prestadas que aún no había comenzado. Abrí una de ellas pero no conseguí concentrarme. En más de una ocasión me descubrí mirando el radio inerte. Era increíble la adicción que había desarrollado por aquel aparato. Durante unos segundos pensé en encenderlo de nuevo a un volumen muy bajo, también consideré cambiarlo de lugar. Podía, por ejemplo, ponerlo en las repisas de la cocina, lejos de los oídos y la animadversión de mi vecino, pero algo dentro de mí se negaba a seguir alimentando esa dependencia.

Afuera, el invierno había alcanzado su cúspide, estábamos a −8. Yo salía lo mínimo indispensable. El resto del tiempo, me quedaba en casa intentando leer. Los ruidos de la calle y de la escalera me distraían constantemente. Desde que había apagado el radio, cualquier irrupción sonora me parecía sorprendente y, sobre todo, muy molesta. Podía pasar horas observando esos ruidos en los que nunca antes me había detenido. Empecé, por ejemplo, a escuchar las bocinas y las ruedas de los coches en el bulevar, pero también los movimientos y los carraspeos de la gente que vivía en el edificio, sus llamadas telefónicas. Comprendí que era posible descifrar la vida de todos ellos a través de los sonidos que emitían. En un par de semanas logré incluso reconocer la diferencia de las pisadas y la forma en que cada uno cerraba la puerta. Algunos de esos crujidos me producían una sensación de consuelo, entre ellos la voz de mi vecina del tercero izquierda que conversaba por teléfono alrededor de las ocho, en un idioma totalmente desconocido para mí, y muy semejante a como yo me imaginaba el croata. Otros ruidos, por el contrario, lograban martillarme los nervios como los pasos entaconados de la mujer del quinto, quien solía volver de noche, borracha y trastabillando. Pero la detestaba menos que a la cafetera del cuarto izquierda, que silbaba cada madrugada, impidiéndome dormir. De todos esos ruidos, los más evidentes e insoslayables eran los que provenían del cuarto derecha, es decir, del departamento de Tom. No sólo porque era el más cercano, sino porque, desde mi visita a su casa, adquirí la costumbre de imaginar cada cosa que hacía. Se trataba de una costumbre incómoda, a decir verdad, que me delataba ante mí misma como una desocupada, y sin embargo me entregaba a ella cada vez con menos resistencia. A veces, para exculparme, trataba de pensar que era él quien, al quitarme el radio, había provocado esta suerte de espionaje que ejercía compulsivamente y de la que, sin saberlo, era víctima. Quizás otra persona más sana habría aprovechado la ausencia de un ruido de fondo para leer, escuchar música o llamar a sus conocidos. Yo pude haber aceptado por fin la invitación de Haydée y visitarla en su departamento de la rue Levy para cambiarme un poco las ideas pero, en vez de eso, preferí llevar el inventario de las actividades que tenían mis vecinos.

Un par de semanas me bastaron para comprender y memorizar la rutina cotidiana de Tom. Sabía, por ejemplo, que se despertaba a las seis cuarenta y cinco y que, mientras la tetera eléctrica hervía en su cocina, iba de un lado a otro de su departamento, arrastrando los pies. A las nueve y media se daba una ducha –la primera del día– poniendo en marcha el calentador más ruidoso del edificio. Antes de entrar en el agua, orinaba largamente. Uno de cada dos días se afeitaba con una navaja manual, dando tres golpes sobre el borde del lavabo después de cada pasada. Por la tarde, cuando volvía del trabajo, arrojaba las llaves dentro de un recipiente de vidrio y preparaba un té. El exceso de teína debía de ser la causa de sus frecuentes visitas al baño que no cesaban ni siquiera durante la noche.

Lo cierto es que era imposible no imaginarlo de pie, frente al retrete, mientras el líquido caía en grandes cantidades. Dos horas después, Tom empezaba a cocinar. Entonces no sólo eran notorios el abrir y cerrar de sus despensas sino también el olor celestial de sus platillos. Habría dado cualquier cosa por poder probarlos. La forma en que subía las escaleras era particularmente intrigante y permitía identificarlo de inmediato. Caminaba con una lentitud inusual para un hombre de su edad, en la que, más que desgano, traslucía un enorme cansancio. Por lo general llegaba al cuarto piso agotado y sin aire.

Cuando ya tenía perfectamente identificados sus movimientos, la costumbre de escuchar tras las paredes se agudizó incluso un poco más: con la ayuda de mi reloj despertador, empecé a medir el tiempo que transcurría entre un evento y otro. Así me enteré de que, después de cenar, tardaba exactamente dieciocho minutos en levantar la cocina y fregar los trastes. Los intervalos entre cada visita al excusado eran de tres cuartos de hora. La ducha de la mañana duraba poco menos de siete minutos. Los ocasionales baños en tina, alrededor de treinta. Tal y como había pensado, la vida sentimental de mi vecino era un auténtico desierto. La única voz femenina que se escuchaba en esa casa era la de una tía que con cierta frecuencia dejaba largos mensajes en el contestador, gritando en italiano que se cubriera ahora que estaba haciendo frío o para recomendarle las infusiones de eucalipto. ¿Qué edad podía tener Tom? Vestía y actuaba como alguien de treinta, pero por su mirada y la expresión de su cara se veía mucho mayor. Quizás había vivido mucho, como suele decirse, o había bebido hasta dañarse la piel y el hígado, ¿quién podría saberlo? Muy pocas veces –dos para ser exacta– escuché que tuviera visitas. En ambas ocasiones se trataba de un amigo que pasaba a tomar un té y a hablar de su propia vida privada. Tom parecía cumplir la función de confidente para aquellos chicos que, a diferencia de él, sí contaban con una vida interesante. Cuando se iban, yo no podía dejar de asomarme a la puerta para verlos. Ambos aparentaban ser más jóvenes o, por lo menos, estar mejor conservados. Varias veces, al buscar mi correo, había visto su nombre, Tommaso Zaffarano, en uno de los buzones de metal. Desde nuestra conversación me había asomado en ocasiones ahí dentro para saber si al menos recibía correspondencia.

En la jerarquía de las obsesiones parisinas, la del sexo ocupa un lugar importante. Toda la sociedad parece estar al pendiente de eso. *«Mal baisé»* es uno de los peores insultos que uno puede dirigirle a un francés adulto, pero no es tanto la falta de actividad lo que afecta su autoestima como que esta carencia se vuelva pública. Los franceses no suelen admitir el celibato. Lo viven como una humillación. Son muy pocas las personas que confiesan no practicar el coito en absoluto y sin embargo las encuestas revelan que un porcentaje importante de la población vive fuera del sexo. Son encuestas anónimas, por supuesto. Tiendo a creer que cuanto menos contacto tiene un hombre con mujeres, menos atractivo resulta para nuestro género, pero no era verdad en el caso de Tom.

Una noche escuché algo que llamó mi atención y que por un momento me hizo pensar que me había equivocado al juzgarlo. Todo comenzó con un rechinido inhabitual en los resortes de su cama. A varias sacudidas del colchón siguió un silencio de dos minutos y más tarde un gemido, pero éste no delataba placer sino el inicio de un largo y estruendoso llanto. El descubrimiento me perturbó por inesperado. Ignoraba por completo sus razones pero eso no me impidió sentir por él una pena infinita. Permanecí inmóvil durante uno o dos minutos, tendida sobre mi cama, como si en vez de ofrecerle mi hombro le estuviera prestando mi pared y mi oído, hasta que no pude más y me alejé convencida de que debía protegerme: la tristeza, como casi todos los estados de ánimo, es increíblemente contagiosa. El mío ya era extremadamente frágil, lo único que me faltaba era caer en una de esas depresiones descaradas que mandan a los estudiantes extranjeros de regreso a su país.

Nuestro segundo encuentro se produjo a mediados de diciembre. Esa tarde, yo había salido a abastecer mi despensa a Ed l'épicier –un supermercado de octava, convengamos en ello, pero también el más barato del barrio– y subía con las bolsas repletas de comida en conserva que planeaba consumir esa semana. Cuando llegué al cuarto piso, casi tropiezo con Tom que acababa de subir y se había detenido a descansar un momento junto a las escaleras.

–Soy un anciano –bromeó–. Ya me dijo mi madre que debía hacer deporte.

–O buscarte un edificio con elevador –contesté yo–. Aunque no esté frente a tus amigos los muertos.

Me ofreció un nuevo té. Yo estaba muy ansiosa en esos días. Mi estómago se comprimía con frecuencia provocándome siempre una suerte de calambre intestinal. Sin embargo, por primera vez en dos semanas, esa tarde en su departamento me sentí extrañamente en paz, como quien regresa a un territorio amigo después de varios días de una lucha encarnizada. A diferencia del que yo compraba en Ed, el té de mi vecino no venía en una bolsita de papel, sino en un bote negro de metal que contenía hojas secas y perfumadas.

Tal y como había imaginado por el apellido que había visto en su buzón, el vecino era italiano, pero llevaba más de quince años viviendo en París, ciudad a la que había llegado para estudiar antropología. Abandonó sus estudios en el segundo año después de su ingreso en la facultad. Desde entonces, se dedicó a viajar y a trabajar en muy distintos lugares, muchas veces ejerciendo labores de jardinería. Ahora, en cambio, se ganaba la vida como encargado de compras en una tienda de libros cercana a la Place de la République, frente a la que yo pasaba con frecuencia. Hablamos de la señora Loeffler y de lo descuidado que estaba el edificio. Llevaba mucho tiempo sin conversar con nadie y quizás por eso todo lo que decía me resultaba interesantísimo. Tom fue amable esa tarde, más de lo que me hubiera atrevido a esperar tras el incidente del radio.

Bebimos nuestro té recostados en un sofá de los años setenta y nos quedamos ahí hasta el final de la tarde, escuchando música de Ry Cooder. Entre todas las cosas que me contó esa tarde, me dijo que había vivido en Roma hasta los diez años antes de mudarse a Nueva York con su familia. Su padre, ya difunto, había sido diplomático.

—¿Y tú de dónde te sientes? —pregunté.

—No me siento ni francés ni totalmente italiano, mucho menos estadounidense. En realidad, soy un ser fronterizo. Ahí es donde me encuentro cómodo, en las zonas intermedias. Mira el bulevar, por ejemplo. Pertenece al XIème arrondissement pero se asemeja mucho más al XXème que está ahí, del otro lado del cementerio. ¿No te parece?

—Supongo que sí —contesté, por decir algo.

—Los países donde mejor estoy son Francia e Italia. He vivido muchos años oscilando entre ellos, sus capitales están llenas de inmigrantes de otras latitudes. Aunque no lo creas, muchos se sienten en casa.

—Tengo un par de amigos –dije pensando en Haydée y Rajeev– que, a pesar de serlo, no se sienten extranjeros aquí. Quizás porque llevan muchos más años que yo.

—No es cuestión de tiempo sino de sintonía o magnetismo con la ciudad, como decían los surrealistas. A mí me encanta Sicilia. ¿Has estado alguna vez ahí?

Negué con la cabeza y miré discretamente el reloj de pared. Me dije que dentro de poco iba a levantarse para orinar. Pero él se dio cuenta.

—¿Te estoy aburriendo? –preguntó. Mi hipótesis se confirmó casi de inmediato–. Voy al baño un segundo, no te muevas hasta que regrese.

En realidad, yo no tenía la intención de irme pronto. Sabía que iba a empezar a preparar la cena en menos de una hora y tenía la esperanza de que me invitara.

Esa noche cocinó ravioles frescos rellenos de queso ricotta y una salsa de tomate con albahaca, simple y deliciosa. Descorchó una botella de vino del que apenas bebió una copa y se dedicó a interrogarme. No sé si era idea mía, pero me pareció contento de tenerme en casa. Describió con soltura su infancia en Roma durante los años sesenta y su adolescencia en Nueva York. Según me dijo después, no solía hablar casi nunca de sí mismo. Sin embargo, a la luz de la distancia, puedo decir con toda seguridad que no me contó lo que más le preocupaba en ese momento, la razón por la cual tenía las repisas del baño llenas de medicamentos. Tampoco volvió a mencionar a los muertos. Era como si mi presencia lo hubiera transportado a otra época en la que era posible vivir en la *insouciance* y en la alegría del presente. Yo tampoco me di cuenta aquella noche de que esa alegría era extraordinaria y que la expresión de su cara distaba mucho de la que le había visto casi siempre que nos topábamos en el pasillo o la tarde en que había llegado a casa para censurar la presencia del radio. Al despedirnos, me agradeció la visita y me aseguró que no la pasaba tan bien desde hacía mucho tiempo. Sólo entonces volvió a soltar una de sus frases inquietantes:

—Tenerte en el edificio es algo muy especial para mí. Tal vez se trate de un regalo de despedida.

De la misma manera en que una burbuja de aire altera el contenido de un frasco cerrado, el contacto con el vecino rompió las condiciones climatológicas en mi periodo de hibernación. Dediqué todo el día siguiente a limpiar el departamento. Levanté la ropa del suelo, las servilletas usadas, los pañuelos con los restos de mi último catarro. Lavé los platos sucios acumulados en la cocineta, llevé la ropa a la lavandería. Volví a casa y esperé toda la tarde, deseando que Tom tocara el timbre. Desde las cinco, el cielo estaba oscuro y era necesario encender la luz eléctrica o alguna vela. Varias veces me vi tentada a recurrir al radio pero me contuve. Como a las seis y media salí al pasillo para llamar a su puerta. No estaba. ¿Qué podía estar haciendo? Me resultó inconcebible que alguien saliera de casa tanto tiempo con un clima semejante, si no era para trabajar. La escuela estaba cerrada, también los restos U del centro. No había nada que hacer en las calles de esa ciudad inhóspita. Debían de ser casi las nueve cuando escuché sus pasos en la escalera. Conteniendo la respiración, lo observé llegar a través de la mirilla. Antes de meter su llave en el cerrojo se detuvo frente a mi puerta con actitud de duda pero pasó de largo. Me senté abatida en el sofá de mi sala y me quedé ahí, esperando a que algo ocurriera. Volvió media hora más tarde para anunciarme que estaba lista la cena.

La tarde anterior, Tom había terminado de leer *Los elixires del diablo* de Hoffmann y no hacía sino elogiar al escritor.

Le pregunté si no tenía suficiente con vivir frente a aquellas tumbas y le confesé que había noches en las que, agobiada por la soledad, no conciliaba el sueño.

—Por eso enciendo el radio —dije—. Para saber que, al menos en alguna transmisora, la gente está viva, toma café y charla tranquilamente, hasta las tres de la mañana.

—Es normal —respondió en tono condescendiente—. Aunque tienes sintonía con el lugar, aún no estás acostumbrada.

Según Tom, para sobreponerse al miedo había que aprender a mirarlo de frente y entrenarse en ello.

—¿Y a ti qué es lo que te asusta? —pregunté dispuesta a escuchar un nuevo disparate.

—Nada original. La decrepitud, la enfermedad y la muerte, como a todo el mundo.

Me sorprendió su respuesta. ¿Cómo podía estar tan seguro de que los demás temían eso? A mí me agobiaba el presente, el sinsentido de mi propia vida, el enorme hueco entre mi esternón y mi espalda, nunca mi propia muerte, mucho menos la vejez, que consideraba tan lejana en el tiempo. Los suyos —incluso en mis peores momentos de pesimismo, en los que me arrastraba por la calle como un alma condenada— eran temas en los que yo casi nunca pensaba.

—Sólo a alguien con deseos de estar vivo le puede agobiar así la posibilidad de morir —dije muy convencida.

Su boca insinuó una sonrisa.

—O tal vez sólo cuando la muerte se anuncia con una fecha probable empieza a interesarnos de verdad seguir en este mundo.

Empecé a cenar en casa de Tom de manera cotidiana. A veces, pasaba al supermercado y cortaba los ingredientes en mi casa para que él los cocinara al llegar del trabajo. Aprendí a comprar la pasta fresca en la rue de la Roquette y la seca en el colmado del boulevard Voltaire donde vendían *fusili* De Cecco. Cuando Tom no hacía una salsa, usaba las hojas de salvia mojadas en mantequilla y eso bastaba para tener un festín. Comprábamos vino sin marca en Chez Nicolas. Como él casi no bebía, la mayoría de las veces era yo quien daba cuenta de esas botellas.

Teníamos el pacto tácito de no hacernos preguntas. Sólo sabíamos las cosas que el otro quería contar acerca de sí mismo. Yo había visto algunas fotos de su familia enmarcadas y dispuestas en sus libreros, pero nunca me habló de sus padres ni de nadie más. Tampoco le pregunté para qué se medicaba tanto, ni cuál era la razón de su cansancio constante. Decidí dejar que él abordara el asunto cuando le diera la gana. Nuestras conversaciones se limitaban casi siempre a lo que había a nuestro alrededor: la calle, los vecinos, los comerciantes del barrio, su trabajo en la librería cuyo nombre aparecía muchas veces en los precios de los libros que tenía en casa, novelas como la de Hoffmann o las obras completas de Proust que tenía en la edición de la Pléiade y que yo había leído en español. Sin embargo, la mayoría me eran por completo desconocidos. Tampoco llegué a saber si los compraba o si los adquiría de otra manera.

–Me gustan tus libros –le dije alguna vez.

–¿Conoces a algunos de estos escritores?

Le conté que había leído a varios de ellos en una biblioteca de Oaxaca y que durante años los libros habían constituido mi única compañía.

Por segunda vez, desde nuestro primer encuentro, sentí sobre mí la fuerza de su mirada.

–Tienes razón –dijo–, los libros acompañan. Encierran

91

los pensamientos y las voces de otras personas que viven o han vivido en este mundo. Todos estos autores tienen en común el hecho de estar enterrados aquí, frente a nosotros. Aunque no los escuches todavía, nos hablan todo el tiempo. No sólo ellos, también los que nunca escribieron nada. Los oirías si no pusieras el radio. Si empiezas a leerlos, verás que te resultan familiares. –(Pensé en toda la gente que había visto discutiendo sola por las calles, en voz alta.) Hizo una pausa. Supongo que se dio cuenta de que una vez más había empezado a dudar de su cordura–. Te propongo una cosa: detente unos segundos frente a la estantería y escoge un libro que no conozcas. El que quieras. Puedes llevártelo, te lo presto.

Permanecí varios minutos de pie, frente a las repisas donde Tom guardaba a los autores del cementerio, clasificados por orden alfabético. Revisé los títulos, algunas contraportadas y sobre todo los nombres. Colette, Balzac, Molière, Alfred de Musset, Marcel Proust y Oscar Wilde, entre otros. Me pregunté si los unía algún vínculo además del hecho de estar enterrados en el mismo cementerio. Decidí sacar uno al azar que no me parecía demasiado grande. Conocía a su autor de nombre, aunque nunca lo había leído, y se trataba de una publicación póstuma: *Lo infraordinario.* Georges Perec había vivido no muy lejos de nuestro edificio. Belleville, su barrio, era el mismo donde yo deambulaba la mayor parte del tiempo. Esas calles y sus edificios eran los indiscutibles protagonistas del libro que me prestó Tom. Mientras el narrador camina por las banquetas, reconoce edificios de su infancia. Algunos clausurados y como suspendidos en el tiempo, otros transformados por completo. Cuando me di cuenta de esto, no pude sino salir de mi casa y repetir el mismo recorrido. El propio Perec exhortaba a hacerlo: «describan su calle, describan otra. Hagan el inventario de sus bolsillos». «¿Qué hay bajo su papel de pared?» No se trataba de una simple distracción o de un entretenimiento, sino de buscar la verdad escondida en lo más evidente, en lo más cotidiano. Leyendo la descripción de la rue Vilin, daba la impresión de que la ciudad escondía muchas cosas debajo de sus fachadas y de su «papel de la pared», historias de comerciantes, de exiliados, de personas en tránsito que habían vivido ahí durante décadas; historias de ausencias, de niños huérfanos con padres deportados cuyos rastros aún impregnaban las fachadas de las casas. El libro lo decía claramente: vivimos lo habitual sin nunca interrogarnos acerca de él y de la información que pudiera aportarnos: «Esto no es ni siquiera condicionamiento. Es anestesia. Dormimos nuestra vida en un letargo sin sueños. Pero nuestra vida, ¿dónde está? ¿Dónde está nuestro cuerpo? ¿Dónde nuestro espacio?», preguntaba. Seguí tomando prestados los libros de Perec que había en el librero de Tom y, aunque al principio no haya querido descubrir a ese autor, fue tal vez una prueba más de ese azar objetivo del que él intentaba convencerme.

Cuando alguno de los dos terminaba un libro, discutíamos largamente acerca de él durante la cena. Tom cocinaba, yo lavaba los platos y luego abríamos una nueva botella de tinto. Nunca se nos ocurrió invitar a algún amigo. Pasamos varias semanas en total intimidad, incluidas las fechas decembrinas en las que la gente suele reunirse, y cuando las clases se reanudaron en el instituto, me di cuenta de que ya no me importaba tanto socializar.

QUÍMICA

Siempre he sido un hombre escéptico y, por lo tanto, dudo de que exista una relación en que la magia de los primeros encuentros no acabe por desarticularse y revelar su lado tramposo. Habrá quienes prefieran vivir en la ignorancia con tal de seguir maravillados el mayor tiempo posible. Sin embargo, tarde o temprano, la verdad acaba por descubrirse. Uno comprende que los rizos cautivadores se fabrican cada dos semanas en la peluquería o que los senos amados deben su firmeza al bisturí de un cirujano con talento. Y, como por casualidad, es justo en el detalle que más admiramos donde se esconde casi siempre el artificio o el engaño. En lo que a mí respecta, prefiero saber cuanto antes los mecanismos de la seducción –aunque dejen de resultarme efectivos– a vivir en la incertidumbre, sin saber en qué momento se romperá el resorte que sostiene la sutil escenografía. Si mi novia quiere usar peluca y enfrentarse a la humanidad con una falsa cabellera, que lo haga; pero yo necesito, para sentirme bien, estar al tanto del secreto. De modo que, en cierta medida, agradezco una vez más a la casualidad por haberme permitido descubrir los artilugios de mi temba. Recuerdo que a los seis meses de haberla conocido, descubrí la causa de su fascinante resignación. Habíamos templado más de lo habitual. Yo estaba tan cansado que me quedé dormido antes de que ella alcanzara el orgasmo y desperté en la madrugada con la sensación de tener algún trabajo pendiente. En su mesita de noche estaba encendida una lámpara y Ruth, apoyada en la cabecera de la cama, bebía agua con una avidez que yo nunca había visto en ella. Sus manos sostenían una tableta de medicamentos, semejante a las pastillas anticonceptivas que tomaba Susana.

–¿Te estás cuidando? –pregunté en voz baja para no despertar a sus hijos, que esa noche dormían en el cuarto de junto–. Pensé que ya habías pasado la menopausia.

Ella me miró asustada, como quien se ve descubierta segundos antes de cometer algún delito.

Tomé de sus manos la tableta y leí el nombre de la medicina: Tafil 1,5 mg.

De cerca, las pastillas dejaban de semejarse a las que había visto años atrás, en el bolso de mi primera novia. Le pregunté si alguien vigilaba de cerca el tratamiento. Y ella asintió con la cabeza, con actitud infantil.

–Me las dio el doctor después del divorcio. Lo veo una vez a la semana. Me ha ayudado mucho, pero me gustaría dejar de tomar medicinas. Siento que me insensibilizan, como si me aislaran de la realidad en la que vivo. No quería que lo supieras, me avergüenza.

Le dije que prefería saberlo y que no me importaba. Al contrario, estaba de acuerdo con su médico: si las necesitaba, era mejor que las siguiera tomando.

–Además, así no habrá secretos entre nosotros –comenté aliviado–. ¿Existe alguna otra cosa que no me quieras decir?

Se quedó pensativa unos minutos.

–Creo que no.

Su voz me pareció sincera. Aparté con el dorso de mi mano el mechón de pelo que tenía sobre la cara y le besé la mejilla como a una niña buena a quien se ha reprendido injustamente. Volví a poner la tableta en la mesita de noche y apagué el velador sin decir nada. Cuando desperté, las medicinas que Ruth me había estado escondiendo seguían ahí. Junto a ellas encontré también un vaso de agua y un pastillero con píldoras más pequeñas que después aprendería a identificar como «las de la mañana».

Ruth tomaba antidepresivos tres veces al día y ansiolíticos por las noches. Lo hacía recetada por el doctor Paul Menahovsky cuyo consultorio, situado en la Tercera Avenida, visitaba una vez a la semana. Prozac y Tafil combinados. Ése era el secreto de su inquebrantable tranquilidad y yo no podía sino agradecer a la farmacología moderna por haber inventado la receta de la mujer adecuada a mi temperamento. A pesar de lo que algunos puedan pensar, saber que esa tranquilidad no era natural en ella sino inducida no me decepcionó en lo más mínimo. Diría incluso que sucedió lo contrario. Es mucho más confiable una reacción química provocada por medicinas que una actitud basada en circunstancias vitales, siempre tan impredecibles. Además, como he dicho antes, no creo en el amor como un encantamiento, pero sí en una serie de pactos y complicidades, de recreos compartidos y preferencias. Claro está que los pequeños placeres que Ruth y yo nos dábamos no eran en nada comparables a los que yo me procuro a mí mismo en los instantes de soledad y recogimiento. Jamás me habría venido a la mente, por ejemplo, la idea de recitarle un poema de Vallejo. Tampoco podría sentarme a escuchar junto a ella alguno de mis discos favoritos, ni siquiera a leerle una página de Walter Benjamín o de Theodor Adorno. No, las aficiones que Ruth y yo compartíamos eran pequeñas, casi nimias, como el buen vino, las películas francesas y los embutidos polacos. Esas afinidades, por minúsculas que fueran, resultaban lo suficientemente sólidas como para sostener nuestra vida común, el equilibrio que nos permitía convivir armónicamente una o dos veces por semana. Por desgracia, pocas cosas son tan efímeras como el placer.

En cuanto me acostumbré a ellos, tanto la tranquilidad como el silencio de Ruth dejaron de conmoverme. Es triste si se piensa: cuando dos personas no están enamoradas, como era el caso –al menos para mí–, el aburrimiento siempre termina infiltrándose como los hongos en la comida que uno deja demasiado tiempo en el refrigerador, y así sucedió con nosotros. Llegó un día en que el tedio se introdujo en nuestros encuentros. No es que la estuviera viendo con demasiada frecuencia, en realidad sólo pasábamos juntos uno o dos días a la semana. Tampoco es que me presionara con demasiadas exigencias o preguntas sobre mi vida. Sus intentos por cambiar mi manera de vestir –manía que comparten todas las mujeres– se manifestaban en ella en forma de regalitos dulces y bienintencionados: una billetera, un pulóver de cachemira, nada a lo que uno pudiera oponerse. Sin embargo las almas, incluida la mía, se hacen débiles si uno deja de entrenarlas. Me había vuelto demasiado afecto a las comidas del sábado o a ciertas tardes de cine, seguidas de cena íntima, a las que no estaba dispuesto a renunciar. Tal vez movido por esto, o por el cariño sincero que Ruth me tenía, decidí mantener la relación, aun si muchas veces, estando con ella, me ocupaba cumpliendo obligaciones laborales como corregir algunas pruebas en las que debía avanzar el fin de semana o encendía el televisor para ver las noticias.

Después de algunos meses, las mujeres de la editorial volvieron a interesarme. Mientras las miraba caminar frente a mi escritorio –situado en un lugar estratégico para mantenerme aislado y a la vez al tanto de lo que ocurre en el mundo– me preguntaba si una de ellas sería la mujer ideal cuya presencia he sentido tantas veces cuando cierro los ojos para invocarla. Siempre que una empleada nueva me parecía susceptible de serlo, urdía alguna estrategia para hablarle o para cruzarme con ella en el comedor de la empresa. La esperaba en la cola del bufete y prolongaba mis frases de presentación o cualquier pregunta inocua para conseguir sentarme en la mesa con ella. Una breve charla, acompañada de quiche lorraine o crema de champiñones, era suficiente para convencerme de que aquellas editorzuelas o secretarias de lujo no podrían ser nunca la mujer con la que yo soñaba. Comprenderlo, claro está, no me impedía acostarme con ellas. Pero ninguno de esos lechos compartidos me parecieron dignos de frecuentarse en más de una ocasión y mucho menos sus propietarias, a las que desde entonces evitaba siempre que el destino pretendía hacernos coincidir en un pasillo o en algún ascensor. En cambio, seguía visitando asiduamente las sábanas de Ruth a pesar de su color durazno, a pesar de las náuseas que me causaba en ocasiones y también a pesar del tedio, más difícil de sobrellevar que las propias náuseas, pues no hay vómito ni medicina capaces de aliviar una relación que se sabe fracasada de antemano. Pero a Ruth no parecían importarle ni la ruptura predecible, ni mis mareos, ni el fastidio que cada fin de semana llevaba en el rostro como una piel intermedia entre la mía y la máscara del invitado. Sin embargo, por impensable que me haya parecido en aquel entonces, Ruth terminó saliendo de su adormecimiento.

Una noche, a mediados de noviembre –debían de ser entre las tres y las cinco de la madrugada, no recuerdo con exactitud–, el teléfono comenzó a sonar con insistencia. Como dije antes, en mi departamento el timbre de ese aparato es prácticamente inaudible, pero tengo el sueño ligero y noté de inmediato que el contestador se había puesto en marcha. Lo último que me pasó por la cabeza es que fuera ella quien llamaba a esas horas. Pensé que quizás era algo urgente, tal vez una mala noticia, como un proyectil lanzado desde Miami, que intentaba destrozar la paz de mi guarida. Preferí no responder pero llamaron otra vez y el contestador volvió a encenderse. Así ocurrió de manera intermitente durante un par de horas hasta que se agotó mi paciencia y descolgué el auricular, dispuesto a escuchar una tragedia en labios de alguien recién llegado de Cuba con noticias de mi madre.

–¿Qué sucede? –dije al responder, explícitamente aterrado.

–Soy yo –anunció Ruth del otro lado del hilo. Reconocí su voz, pero no el tono con el que hablaba. Algo debía de andar mal de verdad para que hubiera perdido la calma de ese modo.

–¿Qué te pasa, cariño? –pregunté, esta vez con genuina preocupación.

Me dije que quizás algo le había ocurrido a alguno de sus hijos. Pero pronto me di cuenta de que no había ninguna razón objetiva y que una vez más –con las mujeres tarde o temprano acaba sucediendo– era víctima de un ataque de nervios de esos que jamás creí tener que soportarle a ella.

–Empezó a mediodía –me dijo–. Llamé a Menahovsky pero está de viaje y su asistente no se atrevió a cambiarme la receta. ¡No sé qué voy a hacer!

—Pero ¿qué es exactamente lo que te pasa? —insistí. Error absoluto. Jamás debí haber formulado esa absurda pregunta y jamás lo habría hecho de no haber habido medicinas de por medio. Temía que se tratara de una sobredosis o de una intoxicación.

—Lo que me sucede *exactamente* es que no tengo ninguna razón para vivir. Me siento sola en el fondo de un pozo negro. No puedo confiar en nadie.

Mi primera reacción fue de asombro. Nunca hubiera imaginado escuchar palabras semejantes en labios de Ruth. Para mí, su vida —y también su manera de sobrellevarla— había sido siempre más parecida a un día de campo que a un pozo negro.

Después del desconcierto, me asaltó la indignación: una vez más, estaba atrapado en una telaraña emotiva, uno de esos dramas imaginarios que las mujeres son expertas en fabricar. Durante más de tres días —el tiempo que Menahovsky tardó en volver a la ciudad— tuve la oportunidad de observar a Ruth despojada de su sempiterna calma: un espectáculo lamentable. No sólo había perdido su mayor atributo, sino que por unos días se convirtió en un ser atormentado y sufriente, algo así como la otra cara de la moneda. Lo peor es que yo no podía sino preguntarme si la verdadera Ruth Perelman era más parecida a esto que a la mujer que yo había conocido hasta entonces. Si esa corta pero intensa depresión hubiera tenido lugar en una privacidad absoluta de la que sólo hubiese percibido algún eco cada vez que yo llamara para tener noticias, probablemente mi reacción habría sido muy distinta. Quizás habría llegado a compadecerme de ella de una forma genuina, incluso a sentir ternura y preocupación, pero, como asegura Mario, una mujer sólo sufre en silencio si no tiene un teléfono cerca y el *loft* de Tribeca estaba lleno de estos aparatos. A esa llamada nocturna siguieron otras seis, todas en el transcurso de la madrugada. En ellas me suplicaba que fuera a verla de inmediato, amenazando con aparecer en la editorial si no lo hacía. Tuve que faltar al trabajo, cosa que no me ocurre casi nunca, a menos que haya superado los cuarenta de fiebre. Cuando llegué a su edificio debí permanecer unos instantes en la acera de enfrente para no cruzarme con sus hijos que en ese mismo momento subían al automóvil de su padre. Antes de que el coche avanzara, alcancé a ver por la ventanilla trasera que la niña lloraba. Aunque hacía frío, la luz de esa mañana era prístina, como decantada por el sol del invierno. Estuve a punto de dar media vuelta y aprovechar el día en Central Park. Pero estaba ante una Ruth desconocida y por lo tanto impredecible; ¿quién me aseguraba que no iba a cumplir su amenaza de hacerme un escándalo en la oficina? Así que en cuanto el coche de Isaac desapareció en la esquina, entré al edificio y subí a visitarla. Había visto a otras mujeres en medio de un ataque de nervios, las cubanas —una raza con la que intento convivir lo menos posible— son muy afectas a este tipo de espectáculos, así que no me perturbó demasiado ver a Ruth con los ojos inyectados en sangre y el gesto contraído (¡y pensar que eran esos mismos labios los que me habían cautivado el primer día!). Pero lo que más me sorprendió en ese momento fue el estado de su casa. En el tiempo que había durado nuestra relación, nunca la había visto fumar, ni siquiera había mencionado que hubiera dejado de hacerlo, y sin embargo esa mañana tanto la sala como la cocina y hasta la habitación estaban repletas de colillas. Junto a la chimenea, llena de cenizas y de carbones recientes, encontré fragmentos de un vaso roto y, en el otro extremo de la sala, una botella de Hennessy, lo cual me llevó a pensar que había pasado la noche bebiendo coñac y hablando por teléfono. ¿Pero me había llamado sólo a mí? No pude evitar preguntárselo y también esto fue un error.

–Como no atendías, marqué a casa de Isaac. Me respondió la ramera que se mudó con él el año pasado.

También su vocabulario había sufrido una metamorfosis. Su boca había dejado súbitamente de ser silenciosa y mostraba ahora una faceta locuaz totalmente nueva. Prefiero no hablar de su aliento. Como es de esperar, la imagen idílica que alguna vez tuve de Ruth se fue al carajo esa mañana. De la mujer que me había seducido durante aquella cena en la casa de Bea no quedaba nada o quizás sí: una fórmula inexacta de ansiolíticos. Pude haber aprovechado esta crisis para deshacerme de ella o, mejor dicho, de aquel despojo humano que tenía frente a mí, pero, por una razón que aún no logro comprender, no conseguí pronunciar las palabras de ruptura. Le sugerí que llamara a la chica de la limpieza, que por fortuna acudió esa misma tarde, y después de escucharla llorar durante más de dos horas le anuncié que no iba a quedarme a dormir. Salí de su casa exhausto y caminé de prisa por el parque, con las manos metidas en los bolsillos del abrigo para protegerlas del frío. Cuando por fin llegué a mi departamento no pude sino refugiarme en la música. Elegí un disco de Stevie Wonder, un autor que muchos pretenciosos menosprecian injustamente. *La vida secreta de las plantas* era la única vida secreta que me interesaba escuchar esa tarde. Antes de dormir descolgué el teléfono. No estaba dispuesto a permitir que me arruinara otra noche con la trampa de su sufrimiento. Sin embargo, una vez en la cama, y a pesar de que me encontraba agotado, me fue totalmente imposible conciliar el sueño. Por mi mente circulaban todo tipo de ideas incriminatorias. ¿Hasta dónde sería capaz de llevarla ese desequilibrio en su medicación? Cuando por fin lograba dormirme, los sueños que tenía eran peores que la vigilia. A mi memoria regresaba sin cesar la mañana en que salí de Cuba para siempre y la cara desencajada de mi madre, que a pesar de su dolor me alentaba para que me fuera. ¿Tendría razón el descarado de Mario que insistía una y otra vez en que comenzara una terapia? Fue una de las noches más largas que recuerdo. El despertador sonó a las seis, como de costumbre, y salí de la cama con un salto despavorido. Antes de entrar en el baño para ejecutar mi ritual de purificación cotidiana, miré de reojo hacia la entrada y noté con una sensación de alivio que el periódico se encontraba ya debajo de la puerta. Pocas cosas me reconfortan tanto como recibir el *New York Times* cada día. Pensar en la cantidad de personas que han tenido que permanecer despiertas o salir de casa mucho antes de que suene mi reloj, para que yo pueda sentarme a leer las noticias durante el desayuno, me devuelve la dignidad y de alguna manera me hace sentirme a salvo. Me fui al trabajo sin conectar el teléfono. Preferí correr el riesgo de ver aparecer a Ruth en la oficina a vivir bajo el chantaje que pretendía imponerme. Por fortuna, ella se mantuvo más o menos distante, a excepción de unos cuantos e-mails en los que me describía su desasosiego en un estilo torpe y, a decir verdad, también bastante cursi. Así transcurrió casi toda la semana. El jueves, en un arranque de generosidad, decidí mandarle una frase muy conocida de Milton en *Paradise Lost*:

The mind is its own place, and in itself can make a heaven of hell, a hell of heaven.

Quería hacerle saber que no me había desentendido de ella pero que tampoco creía del todo en sus dramas ilusorios. Le aseguré que, por la salud de nuestra relación, prefería guardar una aséptica distancia. No nos vimos el sábado a mediodía como era nuestra costumbre, pero el domingo por la tarde accedí a pasar por su casa a visitarla. Yo había quedado con Mario en un café de Tribeca. Esa noche Ruth iba a dormir en casa de su hermano en Long Island y me invitó a tomar un té después de la comida. Acepté y prometí acompañarla hasta que saliera de casa. Su comportamiento aquella tarde me hizo creer que estaba recuperando la cordura. No hubo sollozos ni otro tipo de aspavientos. Tampoco me reprochó mi ausencia. Sin embargo, la expresión de su cara delataba varias noches en vela y también un estado de angustia permanente. Después del té, me sugirió que me sentara en mi butacón preferido. Había comprado para mí *The New Yorker* y sugirió que lo hojeara mientras ella se arreglaba para salir. Miré la revista pero no pude leer ningún artículo. Todos me parecieron de una pedantería insoportable. El sol de la tarde entraba tímidamente por la ventana y, sin darme cuenta, me fui quedando dormido. Cuando desperté, vi en el reloj que habían pasado más de cuarenta minutos. Me acerqué al cuarto de baño y escuché que el grifo seguía abierto. Toqué a la puerta y pedí permiso para entrar.

–Pasa –dijo–. Estoy terminando de bañarme.

Su rostro sin maquillaje y surcado por la tensión de aquellos días se asemejaba al de una mujer diez años mayor. Su cuerpo delgadísimo iba y venía entre la espuma del jacuzzi. La mirada lánguida que me echó en ese momento me recordó una langosta que había visto pocos días antes en el restaurante de Williamsburg, donde Mario y yo habíamos cenado las últimas veces. Ruth salió del agua aún cubierta de espuma, como una sirena vieja que se dispone a morir a orillas del mar. Por fortuna no tardó en cubrirse con un albornoz blanco. Observé cómo se secaba el pelo con la pistola de aire y cómo, al terminar, volvía a guardarla en el armario. Cada uno de sus movimientos parecía indicar un gran esfuerzo.

–¿Qué puedo hacer por ti? –pregunté sinceramente, dispuesto a ayudarla, incluso a templar con ella aunque esa noche no sentía por su cuerpo la menor atracción. Ruth permaneció en silencio unos minutos.

–Acompáñame a París –dijo por fin, para mi absoluta sorpresa–. Tengo una cita de negocios pero no me veo viajando sola en estas condiciones. Podríamos tomarlo como una luna de miel. Todavía no hemos tenido ninguna.

La expresión rechinó en mi oídos como un graznido dulzón y empalagoso, pero no dije nada. Habían pasado varios años desde la última vez que había puesto los pies en Francia. La idea de volver a París, ciudad de la que tengo tantos recuerdos importantes, me llenó de júbilo. La tomé de los hombros y le prometí al oído que iría con ella a donde me lo pidiera.

Ruth se fue a Long Island y yo caminé un rato largo por el barrio, esperando la hora de mi cita con Mario. Al volver a casa, escribí varios e-mails a los amigos parisinos. Tengo muchos deseos de volver a ver a cierta gente. Si Ruth mejora con el cambio de entorno, quizás pueda presentarle a alguno de ellos. A Julián Pisani, por ejemplo, a Haydée Cisneros o a Michel Miló, cuyo libro traduje al castellano hace más de una década. Aunque no los he visto con frecuencia, esa gente se quedó suspendida en mi afecto como entelequias abstractas y al mismo tiempo persistentes. París otorga cierta profundidad a sus habitantes y sé que, como yo, también ellos sabrán apreciar el silencio y la paz que Ruth puede transmitir cuando está equilibrada, sin cuestionar el origen de esa tranquilidad.

Menahovsky regresó el lunes siguiente y quince días más tarde mi novia volvió a ser la de antes. Cuando por fin pude sentarme de nuevo, con una copa de vino y un Popular entre los dedos, en la poltrona de su departamento, me dije que había valido la pena tener un poco de paciencia. Una vez más había triunfado la cortesía hacia el género humano.

LECTURA

Aunque lo tenía enfrente, iba muy poco al Père-La-chaise. Me gustaba mucho mirarlo de lejos pero nunca lo convertí en un paseo cotidiano. Tom tuvo que insistir mucho para que lo acompañara. No se me antojaba nada acercarme a aquel lugar con alguien que pretendía conver-sar con los muertos y, antes de aceptar, le hice prometer que no se iba a poner a platicar con nadie que no fuera de carne y hueso. Ese viernes salió del trabajo a las doce. Nos encontramos en un café de Ménilmontant donde comi-mos a toda velocidad una sopa y un pedazo de quiche para acercarnos lo antes posible al Père-Lachaise. El paseo de aquella tarde fue más agradable de lo que imaginaba. A diferencia de los demás visitantes, no miramos el mapa que se despliega junto a la entrada ni pedimos uno al guardia. Deambulamos con calma, sin un itinerario fijo, como dos turistas despreocupados que se aventuran sin es-perar nada y dejan que el ritmo espontáneo de sus pasos los conduzca a cualquier sitio. Tom me iba siguiendo. Le gustaba que fuera mi atención la que determinara el rum-bo. Cuando me detenía en alguna lápida, leía en voz alta el nombre escrito en la superficie y si lo consideraba necesario hacía alguna referencia a la identidad del difunto, su profesión o la época a la que pertenecía el monumento. Encontramos más tumbas «famosas» de las que yo hubiera pensado. Recuerdo, entre ellas, la lápida blanca de Frédéric Chopin, casi escondida, detrás de unos arbustos muy bien cortados. Su nombre estaba escrito en una superficie blanca, de una simplicidad elocuente, con una hermosa escultura femenina. Me dije que había algo en el hecho de morir que no podía ser expresado con palabras ni en ningún libro del mundo. Probablemente la música fuera el medio más adecuado para hacerlo.

Conforme avanzaba la tarde, el aire se fue poniendo cada vez más frío. Empezó a oscurecer y me entraron ansias por salir de ahí. Instintivamente, traté de cortar camino en dirección a la puerta, pero sólo conseguí perderme. Entonces me di cuenta: a unos cuantos metros, se llevaba a cabo un entierro. Era una ceremonia laica, muy discreta, ni siquiera diez personas, rodeando un ataúd de madera rojiza. Junto a la plancha de granito, dispuesta a cerrarse para siempre, una velita blanca con el pabilo encendido recordaba la fragilidad y la belleza de una vida. Cuando por fin nos acercábamos a la salida norte, me desvié un momento hacia la sección donde se encuentran las urnas de las personas incineradas, un lugar llamado el «columbario». El término significa palomar en latín y se usa por su similitud con las construcciones que los romanos destinaban a esas aves, llenas de orificios cuadrados y profundos donde refugiarse.

—Como ves —dijo Tom—, aquí ya no hay tumbas sino nichos. Hace unos meses compré uno para mí.

Por más que insistió, me negué a que me lo mostrara. En su huida atolondrada de las piedras sin nombre, mis ojos se detuvieron en una lápida gris claro de cemento en la que alguien había pegado con cinta adhesiva una rosa roja. Me acerqué para mirarla. Era Perec.

Entonces comprendí que, al menos para Tom, el paseo no estaba siendo tan fortuito como yo había creído. Al salir de ahí, nos sentamos en un café con veranda, situado en la rue des Rondeaux, un lugar sencillo y totalmente desierto. Mientras nos atendían, Tom sacó de su bolso un mapa del cementerio y trazó nuestro recorrido, señalando varias de las tumbas en las que yo me había detenido por casualidad, y empezó a sacar conclusiones como si se tratara de un mapa o de una genealogía o también de una lectura de cartas, en la que cada nombre tenía un sentido oculto, un significado. «Primero te acercaste a la tumba de Colette, eso remite a tu independencia y a tu osadía, pero también a tus inclinaciones literarias. Luego te detuviste en la de Simone Signoret: un rostro que no se olvida nunca.» Mientras discurría, intenté saber si iba en serio o si se trataba de un juego, pero Tom no bromeaba y siguió con su lectura digna de Alejandro Jodorowsky: «Frédéric Chopin puede significar aquí una muerte joven, pero también tus tendencias hacia el romanticismo. Eres alguien que se emociona fácilmente. Que te hayas detenido en el monumento a los resistentes y en el Mur des Fédérés habla de tu valentía y de tu espíritu rebelde. La tumba de Kardec ya me la esperaba y no hace sino confirmar que eres capaz de percibir las voces de todos ellos.»

Aunque conocía a las más obvias, yo no sabía bien a bien quiénes eran todas esas celebridades a las que Tom hacía referencia, pero no me atreví a preguntar más. Me parecía indignante que se atreviera a hacer tantas afirmaciones acerca de mí sólo por el hecho de haberme acercado a tal o cual tumba. Tuve la sensación de estar siendo sometida a una prueba absurda y se lo reproché como pude.

–Si me hubieras dicho que este paseo sería para ti una radiografía de mi alma, me habría negado a hacerlo.

–La radiografía la hice antes, la tarde en que cenamos juntos por primera vez. Esto sólo confirmó mis conclusiones.

–¿Y qué pasa si te estás equivocando? –le dije yo–, ¿si con el tiempo descubres que no soy la persona que piensas ni tengo las características que me atribuyes?

–Tienes las cualidades que yo necesito –dijo mientras me tomaba de la mano.

Cenamos en silencio esa noche y, casi enseguida, volví a mi casa. Me acosté hecha un ovillo, diciéndome que del otro lado estaba su cama.

El sábado, después del almuerzo, me propuso que fuéramos a tomar el café al Square Gardette, cerca de Saint-Ambroise. Bajamos unas cuadras por la rue du Chemin Vert y, al llegar a la plaza, doblamos a la derecha. Había un bar en la esquina y pensé que me estaba llevando hacia allí. Antes de llegar, se detuvo en la puerta de un edificio. Introdujo el código y la puerta se abrió. Le pregunté adónde íbamos y respondió que quería presentarme a alguien.

Temía que se tratara de uno de los guardias del Père-Lachaise a los que saludaba cada mañana y que parecía conocer personalmente.

Mientras subíamos por el ascensor, llegó a nosotros una música alegre, cantada en portugués.

–Viene de su casa –aseguró él.

–¡Pensé que no conocías a ningún ser humano vivo además de mí!

Había olor a comida. Abrieron la puerta y apareció un chico de ojos negros muy brillantes, vestido con una camisa blanca de manta.

–Te presento a David. Un amigo que está vivo, pero no por mucho tiempo.

110

Se aplicaron mutuamente unas cuantas llaves de judo (nunca he entendido por qué los hombres expresan afecto de ese modo). Luego David nos mostró dónde dejar los abrigos y nos instalamos en la sala. «Llegan justo a tiempo», dijo él. «Estaba haciendo un *rôti*.» Aparecieron entonces dos chicas brasileñas y Marion, una francesa mulata, novia de David. Poco después, pasamos a la mesa en un ambiente tan festivo y desparpajado, muy distinto del que solíamos crear nosotros solos, en nuestro edificio, al punto que llegó a sorprenderme.

En realidad Tom contaba con algunos amigos, gente que lo quería y no tenía ningún reparo en enunciar su admiración hacia él. Lo fui descubriendo poco a poco, después de esa primera visita. Otra cosa es que él los viera con frecuencia.

–¡Gracias por soltarlo! —me espetó David en algún momento de la comida—. Desde que lo secuestraste, no le veíamos el polvo.

También me quedó claro aquella vez que todos sabían de mi existencia y daban por hecho que éramos una pareja. Esa inferencia tácita que Tom no se ocupó de disipar me puso nerviosa. Me preocupaba que me hicieran preguntas a las cuales yo no supiera responder y por eso, en vez de participar en la conversación, me dediqué a observar el departamento. También en los estantes de David había libros atractivos: todos los beatniks y la poesía completa de Diane di Prima. En algún momento fui al baño y aproveché para echar un vistazo al resto del departamento, constituido por un vestidor, la alcoba, la cocina y el salón donde nos había recibido. A través de una puerta entreabierta, pude ver la cama tendida con una colcha étnica de colores. Cada nueva amistad, sobre todo cuando hay atracción de por medio, es un pasaje a una dimensión desconocida o por lo menos

111

a parcelas de la realidad con las que no estamos familiarizados. Yo sabía muy pocas cosas acerca de Tom, tenía poco conocimiento de la cultura anglosajona en la que había crecido pero también las experiencias de su generación, una década mayor que la mía, me parecían ajenas y por eso mismo intrigantes. Era claro que él sentía algo parecido hacia mi historia personal y mis orígenes mexicanos, pero ¿qué tanto interés sentía por mi persona? Esa pregunta y sobre todo cuánto le gustaba yo físicamente ocupaban con frecuencia mis pensamientos y me asustaba responderlas. Prefería mantenerme el mayor tiempo posible en esa zona de incertidumbre en la que caben todas las posibilidades, a obtener una respuesta rotunda y negativa. Comimos más que de costumbre y al terminar tomamos el café que Tom había prometido. Las brasileñas forjaron un generoso porro y lo hicieron circular entre la gente. Tom y yo fuimos los únicos en abstenernos. Cuando los demás empezaron a reírse de cualquier cosa, regresamos a la calle.

Como si hubiera leído mi mente, esa noche, mientras caminábamos hacia nuestro edificio por la rue du Chemin Vert, mi vecino empezó a ofrecerme explicaciones que yo no tenía la intención de pedir.

–¿Te diste cuenta?, todos asumen que vivimos juntos.

Asentí con la cabeza.

–Y al mismo tiempo son bastante discretos. Como si temieran meter la pata –dije.

–Hubo un tiempo en el que me consideraban un *womanizer*. Ahora no saben bien cómo catalogarme.

Aunque entendía su significado, la palabra en inglés causó en mis oídos un efecto disonante. Era totalmente lo contrario de como yo lo veía.

112

–¿Por qué? –pregunté desconcertada. No podía imaginarlo mujeriego y mucho menos con poderes hipnóticos sobre el sexo femenino.

–Antes de estar enfermo, le resultaba atractivo a las chicas.

Le sonreí cariñosamente, como una sobrina cercana y no como alguien que se siente cortejada, y le aseguré:

–Todavía lo eres.

–Soy una sombra –contestó– más que ninguna otra cosa. Pero gracias, eres muy generosa.

Hubo un silencio de varios minutos y luego, como si tomara valor, Tom me anunció que necesitaba hablar conmigo.

–¿De cómo nos ve la gente? –pregunté en tono de broma, tratando de disminuir la tensión que se había creado entre nosotros, pero fue inútil. Tom no respondió a mi intento y una vez más volvimos al mutismo.

–Me voy a Sicilia –dijo él finalmente, a bocajarro–. Vuelo este fin de semana.

La posibilidad de quedarme en el edificio sin él bastó para que se me helara la sangre. Tom se había convertido en mi única fuente de calor y apenas estábamos en febrero. No podía imaginarme remontando el invierno sin él. Me explicó que en el sur de esa isla había encontrado el lugar ideal para retirarse con toda tranquilidad y avanzar en sus intentos por dialogar con el miedo. El motivo me pareció no sólo descabellado sino inverosímil. ¿Miedo a qué? ¿A seguir siendo un *womanizer?* ¿Miedo a involucrarse, a comprometerse? No pude evitar sentirme traicionada. Lo miré con incredulidad.

–Debía irme en diciembre pero aplacé el viaje varias semanas, después de nuestra primera cena. Tenía muchas ganas de conocerte. Todavía las tengo.

—¿Cuánto tiempo te irás?

—Lo menos posible. Te lo prometo.

Esa noche cenamos juntos. Su humor siguió sombrío toda la tarde. Tenía la certeza de que su mente estaba ocupada en asuntos distintos a los nuestros. Al terminar de comer se levantó de la mesa y sin decir una palabra se puso a fregar los platos. Estuve tentada de irme. Habría sido lo más lógico. Sin embargo, algo me hizo permanecer ahí, aferrada a la esperanza de un final feliz para esa cena llena de silencios. Después de lavar la vajilla, secarla y guardarla parsimoniosamente en la alacena, mi vecino entró a su cuarto y encendió la chimenea. Era como presenciar las imágenes de una banda sonora que había escuchado desde mi casa una infinidad de veces y que se interrumpía siempre que yo iba a visitarlo. Mientras lo observaba, comprendí que llevaba a cabo un ritual cotidiano de tareas domésticas con una actitud religiosa, como si también cada uno de esos gestos tuviera para él un significado y un orden con los que se sentía seguro o por lo menos apaciguado.

Cuando el fuego ardía bien en la chimenea de su cuarto, Tom se sentó a mi lado sobre la cama. Desde ahí era posible oír el crepitar de los troncos y también vislumbrar su luz anaranjada. Esa noche, me habló de su estado de salud y de la enfermedad con la que desde hacía varios años convivía y negociaba tanto su vida diaria como sus actividades. Me habló del deterioro en el que se encontraba su cuerpo, sus escasas expectativas de vida, las posibilidades de su tratamiento. Yo lo escuché con atención y, cuando terminó de hablar, dejé que mis ojos y mis pensamientos se perdieran en las formas del fuego, sin decir una palabra. Junto a todo lo que acababa de oír, su viaje de unos días a Sicilia se volvía superfluo e increíblemente benigno.

Finalmente mi lengua accedió a moverse y preguntó, como por voluntad propia, algo que no venía al caso:

–¿Por qué mi chimenea no se enciende?

–Por la misma razón por la que no escuchas a los muertos. Porque no has querido hacerlo todavía. Tu chimenea está en perfectas condiciones. Desde que llegué a esta casa, se ha limpiado cada año el conducto. Tú y yo compartimos el mismo.

Ya en mi cuarto, traté una vez más de percibir sus movimientos, esas idas y venidas al baño que antes no había sabido interpretar correctamente. En su casa, el fuego seguía encendido y me dije que quizás él también estaba despierto. Dieron las cuatro y media en mi reloj y decidí no seguir soportando la vigilia. Salí de mi departamento y golpeé su puerta. Permanecimos abrazados varios minutos en la entrada, aguantando la respiración, como dos seres que esperan el inminente fin de un mundo secreto. Había tristeza y estupor en nuestro estado de ánimo pero también alegría de estar aún juntos. Después, Tom empezó a besarme lentamente, como desafiando el transcurso del tiempo. Ahí, bajo el vaivén de sus manos, de sus labios y de sus movimientos, me pareció que realmente poseía aquello de lo que se había jactado durante la tarde, es decir una radiografía exacta de mi sensibilidad y de mis necesidades. Todas esas sensaciones se mezclaban con otras muy distintas: el tacto de su piel envejecida y flácida, su olor penetrante a medicina, la palabra «*womanizer*» dando vueltas en mi cabeza. No pude dormir esa noche. La voz de Tom resonaba en mi mente con todos sus términos científicos: hipertensión arterial, diuréticos, atrofia pulmonar y cardiaca, catéter intravenoso. Pasamos la noche en blanco, memorizando nuestros cuerpos. Después, desayunamos en el café de la esquina, mientras llegaba el taxi gris que habría de conducirlo al aeropuerto, sin mencionar ningún tema complicado. Antes de subir al coche me tendió las llaves de su casa.

—Por si hay algún problema, o necesitas algo.

Me dio un abrazo y un beso distraído como quien piensa volver ese mismo día, por la tarde. No quise mirar cómo se iba el taxi.

—Conocí a alguien —le dije a Haydée, sin ningún preámbulo.

Ella levantó los ojos de su copa de vino y me miró con la sorpresa desconfiada de quien escucha algo altamente improbable.

Le conté los pormenores de mi amistad con Tom y durante varios segundos —una eternidad en su caso— guardó un respetuoso silencio, tras lo cual me reprochó, ofendida, que hubiera tardado tanto en decírselo. Luego se concentró en un solo detalle: la ausencia de sexo.

—Tendrás que averiguar si se trata de algo definitivo.

Desde el instante en que lo vi subir al taxi, no volví a saber nada de él. Ni una llamada, ni siquiera un e-mail o un mensaje en el móvil. Durante semanas me dediqué a esperarlo. Semanas que parecieron lustros y durante las cuales no hice ninguna otra cosa importante. Lo imaginé meticulosamente en las calles del barrio, con ahínco, como quien efectúa una invocación. Buscaba cualquier rasgo parecido, ya fuera físico o de la vestimenta, en los peatones del bulevar y, de tanto encontrarlo a medias en todas las caras anónimas, lo poco que me quedaba de su presencia acabó por esfumarse. En cambio el dolor era persistente. En esas semanas, perdí y recuperé a Tom muchas veces, en una serie infinita de especulaciones a las que me entregaba sin precaución alguna, ignorando aún que la especulación es un ácido corrosivo que destruye la esperanza. En vez de resignarme, me estaba haciendo daño con esa serie de promesas y decepciones imaginadas, de llamadas que no eran las suyas, de cartas que no aparecían nunca en el buzón, de noches solitarias que desperdicié escuchando los ruidos de mis vecinos, sólo para comprobar que habían desaparecido los suyos y que de su casa no provenía nada más que un irremediable silencio. Las cosas se transformaban a mi alrededor como si la realidad fuera el patrimonio de los otros, de los que no vivían esperando. Empecé a tener la sospecha de que había ido a Sicilia para ver a otra mujer. La duda se convirtió en un verdadero suplicio. Una noche no aguanté más y entré en su departamento. Para ser honesta, había sentido deseos de volver desde el primer momento y logré controlarme sólo con grandes dificultades. Sin embargo, en cuanto crucé la puerta, me pregunté si en realidad no me había dejado las llaves para facilitarme buscar alguna pista que me explicara su ausencia. Amparada por esa posibilidad, empecé a revisar los libreros y los cajones de su casa. Abrí cada gaveta del escritorio y, cuando encontraba una carta o alguna fotografía, las leía o las miraba con atención. Así di con las fotos de Michela, una mujer no muy distinta de mí, en lo que al tipo físico se refiere: ojos grandes y oscuros, pelo negro y muy lacio, tez morena. En varias de esas imágenes aparecían juntos, abrazados o de la mano. En otras, ella estaba semidesnuda. Me detuve largamente a mirar su cuerpo y a compararlo con el mío. En casi todas sonreían o por lo menos se veían contentos, enamorados. Eran, en su mayoría, fotos de viajes: el mar, sombrillas, mesas de madera al aire libre. Ninguna había sido tomada en ese departamento en el que, al decir de Tom, llevaba viviendo más de tres años. En ninguna, tampoco, parecían hacer vida común. Por el papel amarillento y por la ropa que usaban, pero sobre todo por la expresión en la cara de Tom, concluí que no eran fotos recientes.

Miré el reloj de pared. Pasaban de las dos de la mañana. Me sentía soñolienta. Había salido intempestivamente de mi casa con la intención de quedarme a dormir ahí, de recuperar algo de ese olor que, al entrar por su puerta, me golpeó con todo su poder evocador, y del nuestro que debía de seguir entre las sábanas. Pero después de revisar aquellas fotografías decidí regresar a casa y no volver a meterme en su territorio. Lo cumplí durante varios días. Volví el viernes, ya sin ánimo detectivesco, simplemente para sentir su presencia, para hojear algunos de sus libros y prepararme un té.

Cuando ya no esperaba nada, llegó una postal desde Caltanissetta. Se trataba de una imagen a color, de estilo más bien pasado de moda, como de los años ochenta, mostrando la puerta de un cementerio. En el reverso, Tom había escrito esta frase de Oscar Wilde, uno de sus muertos favoritos: «No hay nada que censurar. Todo lo que se comprende está bien.» En mi primera lectura, no pude evitar relacionar aquellas palabras con mi intromisión en sus fotos y en sus pertenencias. Sin embargo, recibir esa postal me bastó para salir del abismo y ese nuevo estado de ánimo me envolvió durante un tiempo. Descubrí muchas cosas por esos días. Descubrí, por ejemplo, que la primavera había empezado hacía un par de semanas y que los árboles se habían cubierto de hojas nuevamente. Miraba sus copas desde el bulevar con arrobo genuino, casi sin dar crédito a tanta belleza, y agradecía a Tom que me hubiera permitido apreciarlas. Retomé la bicicleta y descubrí la maravilla de desplazarme en ella sintiendo la brisa fresca en el rostro. Descubrí lo útil que puede ser circular por la vida con una sonrisa en los labios; la gente desconfía menos y se porta más amablemente. Descubrí la sensación arropadora de saber que alguien, así sea del otro lado del mundo, piensa en nosotros con amor y nos anhela. Descubrí el inmenso poder de unas cuantas líneas y también descubrí –por desgracia– que ese poder es perecedero si éstas no se renuevan.

Así, por más que intenté prolongar la dicha y la seguridad que me produjo recibir aquella postal, mi recién estrenada sonrisa empezó a disolverse a fuerza de mirar el buzón cada mañana durante un mes y medio y comprobar que no había nada nuevo. No digamos una carta formal, ni tan siquiera otra frasecita enigmática a la cual aferrarse. Sin darme cuenta, volví a caer en la desolación que provoca el abandono en personas como yo, cuyos padres no estuvieron lo suficiente con ellos o los dejaron a merced de la vida a una edad muy temprana. Luego, una tarde, al volver a casa escuché un mensaje de Tom en el contestador del teléfono. Decía extrañarme y pensar en mí pero no dejaba ningún número al cual comunicarme. Debo de haberlo escuchado unas trecientas veces y a cualquier hora del día o de la noche.

Ya que estudiar distaba de ser una distracción suficiente, Haydée sugirió que buscara un empleo para no volverme loca. No le faltaba razón. Había sido, durante años, una privilegiada de las becas y trabajar me hacía falta. No tuve que empeñarme mucho para encontrar un puesto de «asistente de lengua» en un liceo. Bastó con ir al rectorado de París y dejar un currículum. El trabajo no era nada del otro mundo pero me entusiasmaba. Además, aunque sabía muy bien que los adolescentes pueden ser terribles, tenía ganas de enseñar y de aprender de ellos, de su frescura, de su rebeldía. Fue una medida eficaz. El horario matutino me obligaba a dejar la cama a una hora razonable, y salir de mi casa me despejaba la mente. El Lycée Condorcet, donde había obtenido el puesto, se encontraba a unos metros de la estación de trenes Saint-Lazare, un barrio totalmente desconocido para mí que me hizo adquirir otra perspectiva de la ciudad. Un mes y medio después, la rutina me había sacado del letargo. Seguía pensando en Tom pero no con la urgencia ni la obsesión de antes.

HOTEL LUTETIA

París nos recibió con frío pero sin esa lluvia persistente que lo caracteriza. Cuando subíamos por el boulevard Haussmann dentro del taxi que contratamos en el aeropuerto, mientras reconocía con embeleso sus fachadas agrietadas, sus puentes y sus monumentos fastuosos, comprendí que, a semejanza de Ruth, París es una cincuentona temperamental y con mucha clase. Me sentí entonces agradecido con ella por haberme devuelto a esa ciudad que he amado siempre y nunca dejaré de admirar. Teníamos reservada una habitación en el Hotel Lutetia, junto a Sèvres-Babylone, a dos cuadras de La Maison de l'Homme, en la que hice el posgrado. Le había comentado a Ruth que, mientras ella atendía sus negocios, deseaba asistir al seminario de mi amigo Michel Miló y pasar algunas horas en la biblioteca de ese centro. En función de eso y no de sus propias necesidades escogió el hotel y el barrio donde nos alojaríamos. Ruth tenía varias citas durante la semana pero había logrado guardar casi todas sus noches para nosotros. A cambio, me pidió que la acompañara el jueves a La Closerie des Lilas para cenar con un par de diseñadores franceses. El miércoles, viernes y sábado haríamos lo que

121

yo quisiera. Mientras el taxi sorteaba el tráfico que se embotella al caer la tarde en Montparnasse, me pregunté si debía presentarle a mis amigos. No era Miló quien me causaba conflicto. Siendo uno de los hombres más cultos e inteligentes que he conocido, optimista y esteta irredento, acostumbra salir con personas hermosas y de todas las edades sin considerar por un instante ni su sexo ni su coeficiente intelectual. Estaba seguro de que no juzgaría a Ruth de mala manera, ni por la distancia infranqueable que la separa de mis capacidades mentales, ni por los años que me lleva. Al contrario, apreciaría su elegancia y su buen gusto, del cual soy la prueba viviente. Sin embargo, no esperaba lo mismo de Julián ni de Haydée, mis amigos cubanos, instalados en París desde los tiempos en que yo cursaba la maestría. Aunque en presencia de ella se comportarían con diplomacia y amabilidad, estaba convencido de que, en cuanto nos encontráramos a solas, caerían sobre mi temba —e indirectamente sobre mí— las críticas más corrosivas.

El chofer del taxi encendió el radio, en un programa en el que un experto en economía europea contestaba a las preguntas de un periodista. Su voz era monótona y no logró captar mi atención por mucho tiempo. Pensé en Haydée. Ahora siento un enorme afecto por ella pero no siempre fue de esa manera. Nos conocimos hace veintiún años, durante el viaje que Susana y yo hicimos a Varadero. Los padres de ambas eran hermanos, pero la madre de Haydée, francesa de origen magrebí, nunca quiso vivir en Cuba. Iban durante periodos cortos y sólo de vacaciones. Gracias a eso, pudieron pasar juntas los veranos en los mejores hoteles de Cuba, hasta que Haydée empezó a viajar sola y a elegir destinos más exóticos y alejados de América Latina. A diferencia de mí, que visitaba Varadero por primera vez, Susana había estado ahí unas cinco veces. Nos alcanzó una semana más tarde. No puedo decir que haya sentido por ella una afinidad inmediata, más bien todo lo contrario. De inmediato noté con desagrado su temperamento exhibicionista y provocativo, su manía incontrolable por discutir acerca de cualquier cosa. Durante las horas siguientes a su llegada no hice sino verificar esa primera impresión, pero me abstuve de comentarlo con Susana, quien sentía por ella un profundo cariño –la famosa atracción de los polos opuestos–. En todo el viaje, Haydée intentó acaparar a mi novia con el pretexto de que tenía muchas cosas *íntimas* que contarle y, si bien nunca pude comprobarlo, sospecho que intentó convencerla de que rompiera conmigo. Su familia veía a Susana como una joven hermosa y llena de posibilidades, aferrada incomprensiblemente a un lastre. Sin embargo, Haydée cambió muy pronto de actitud. Sus intentos por secuestrar a Susana en su habitación, donde ambas charlaban hasta las tres de la mañana, se vieron interrumpidos súbitamente cuando, tras algunas indiscreciones de mi novia, Haydée se enteró de mis apetitos sexuales, y desde entonces adoptó hacia mí una complicidad más que desconcertante. Recuerdo que una mañana, mientras desayunábamos en el patio de ese hotel tan lujoso, en el que yo, por ser cubano, pernoctaba como un polizonte, Haydée salió en mi defensa.

–¡La sodomía no tiene nada de malo! –exclamó, como si ahí nadie comprendiera el castellano.

No pude evitar dirigirle a Susana una mirada de reproche por revelar a esa loca nuestras discusiones privadas. Ignoro si Haydée era insensible a nuestro bochorno o si disfrutaba viéndonos avergonzados. Durante los cinco minutos siguientes, estableció verbalmente un mapa de los países del mundo en los que esa práctica sexual no sólo era aceptable sino cotidiana.

—Me parece incomprensible —concluyó con su acento ligeramente afrancesado— que siendo pariente mía te niegues a practicarla.

Con la delicadeza de siempre, Susana le pidió a su prima que se ocupara de sus propios asuntos y cambió el tema de conversación. Sin embargo, la perorata de Haydée obtuvo resultados tangibles y durante el resto de mi noviazgo con su prima no pude sino estarle agradecido. A partir de aquel episodio, Haydée se mostró, si no respetuosa, al menos más indulgente. A sus ojos, yo estaba cumpliendo una función en la vida de Susana, algo así como asegurar su educación erótica y, en ese sentido, los cinco años de diferencia entre nosotros dejaban de ser un inconveniente. También yo empecé a ver de otro modo a esa joven chiflada y extravagante con la que me veía obligado a compartir mi viaje. Haydée había tenido unos padres demasiado ocupados y de ahí su necesidad de llamar la atención. El hecho es que nos volvimos amigos y no dejamos de serlo ni siquiera después de la muerte de Susana. Fue en París donde más nos frecuentamos. Solíamos comer juntos al menos tres veces por semana en restaurantes universitarios cuyos menús y localidades agotamos hasta que llegamos a aborrecer ese tipo de comida. Aunque ella estudiaba en la Sorbona, la convencí de que asistiera a las mejores clases de la Escuela de Ciencias Sociales donde yo cursaba la maestría. Participó, entre otros, en el seminario de lectura que impartía Michel Miló y fue ahí donde nuestra amistad tocó su cúspide. Junto a Julián y Sophie formamos un grupo de amigos alrededor del filósofo con el que cada uno de nosotros sigue unido a su manera.

El taxi que nos llevaba al hotel entró por fin en el

boulevard Raspail. Ruth me cogió de la mano mientras miraba fascinada las calles de París y a sus transeúntes. Aunque nunca interrumpimos el contacto, la correspondencia entre Haydée y yo se fue haciendo cada vez más escasa desde que me instalé en Nueva York. En esos e-mails y tarjetas postales, enviados un par de veces al año, nunca hablábamos de nuestra vida sentimental ni de otros detalles cotidianos. Casi siempre se limitaba a hablarme de sus lecturas o de sus descubrimientos filosóficos. Sabía por terceras personas que ahora vivía con un chico de la India, al decir de Julián –en cuyo juicio confío totalmente– un virtuoso de la fotografía. Seguía ocupando el departamento de la rue Levy que consiguió por unos amigos de sus padres el mismo año en que yo dejé la ciudad y en el que celebramos varias veladas inolvidables. No podía imaginar en pareja a esa cubana que, al menos en la época en que yo la conocí, cambiaba de amante una vez al mes. Debía de ser un hombre excepcional aquel que hubiera conseguido domar su apetito insaciable. Se trata de una de las pocas mujeres que he considerado una igual a lo largo de mi vida. Ni siquiera con su prima Susana –por quien sentía un amor muy grande, mitad erótico, mitad paternal– tuve tanta complicidad. Haydée puede ser de una lucidez feroz y yo puedo ser con ella como soy, entero, en la cercanía más entrañable, en la dimensión atemporal de la franqueza absoluta. Pocas personas me conocen tanto como ella y por pocas me siento querido de una forma que me deja ser y me libera. Para mí, Haydée abre un espacio sin poses, sin máscara, donde la ternura y la verdad son posibles, también el silencio y la lealtad como don –y no como deber– son posibles. Por eso, después de darle muchas vueltas, concluí que, en caso de querer hacerlo, podía presentarle a la temba.

Noté que había anochecido en las ventanas del taxi.

–En qué piensas, mi amor –preguntó Ruth tras respetar mi silencio durante casi una hora.

–En la Unión Europea –le respondí con un leve fastidio.

Se disculpó modosamente por haber interrumpido mis cavilaciones y no volvió a abrir la boca hasta que el valet abrió la puerta y sacó nuestras maletas.

En la habitación, una suite de color pistacho y oro con pinturas originales de Thierry Bisch, nos esperaba una botella de Moët Chandon que Ruth había encargado al hacer la reserva. Ella bebió con la prudencia de los primeros días mientras me dejaba dar cuenta de la mayor parte. No recuerdo si en mi estancia como estudiante había tomado champagne en aquella ciudad, pero esa noche quedé convencido de que es la bebida que mejor le sienta y no el ajenjo como pretende Mario. Me sentía pletórico, generoso y por primera vez consentí en compartir con ella mis recuerdos. Hablé y hablé como nunca antes, contándole detalles de mi juventud parisina, de mis amigos queridos, ignorando –o fingiendo ignorar por unas horas– que Ruth no tenía nada en común con ellos. Llegué incluso a asegurarle que me sentía emocionado por estar ahí con ella. Fue con ese estado de generosidad con el que me la templé esa noche. Debió de sentir alguna diferencia pues, al terminar el segundo tiempo, rodeó mi cuello con sus brazos desnudos y me confesó que llevaba meses pensando en la posibilidad de que me mudara a su piso de Tribeca. Al escuchar semejante disparate, mi borrachera y mi benevolencia se desvanecieron. Preferí no responder de inmediato. En vez de eso recosté mi mejilla sobre el almohadón de plumas y caí en un sueño profundo.

Pasé la mayor parte de aquella semana en París de la mano de Ruth, fingiendo estar enamorado. No lo hice de forma premeditada ni con un objetivo preciso, más bien con agradecimiento hacia ella por haberme invitado a ese viaje y por sus atenciones. El hecho de que no volviera a mencionar la posibilidad del concubinato facilitó las cosas, pero debo admitir que la idea me persiguió como una sombra. Me estremecía pensando que pudiera insistir en el asunto. Nuestros días parisinos transcurrieron con una velocidad apabullante. El miércoles por la mañana asistí al seminario de Miló y almorcé con él en un restaurante cercano a Saint-Sulpice. Ruth nos alcanzó más tarde en la cafetería del Bon Marché. La reacción de Michel fue exactamente la que yo esperaba: mi temba le pareció un encanto. El jueves la acompañé, como estaba previsto, a su junta con los diseñadores. En el hotel, poco antes de salir, dejé que escogiera mi ropa y le hice caso en sus sugerencias a la hora de afeitarme. Durante la cena, hablé lo estrictamente necesario y la ayudé a expresarse cuando su francés semiolvidado se le quedaba corto. Ruth había vuelto a su laconismo y a la delicadeza que admiré tanto la noche que la conocí en casa de Beatriz. La nueva dosis del doctor Menahovsky parecía funcionar a la perfección, de modo que el viernes me animé a presentarle a mis amigos. Los cité en el bar del hotel para después ir a cenar a un restaurante cercano. Sin embargo, sólo pudieron reunirse con nosotros Julián y Daniel. Este último llegó acompañado de una estudiante coreana que estaba saliendo con él ese trimestre.

A Haydée sólo pude verla el domingo, el último día de mi estancia en París y, con mucho, el mejor. Le sugerí a Ruth que nos separáramos hasta la tarde, en parte porque había pasado demasiados días con ella y empezaba a fastidiarme su cháchara escasa pero siempre frívola, y en parte porque, siendo totalmente honesto, me resistía a presentarle a mi querida amiga. Ella asintió sin suspicacia ni reparos y dijo que aprovecharía para visitar las tiendas del boulevard Haussmann, uno de sus paseos favoritos que a mí me causa una pereza indescriptible. Les pedí a Haydée y a Julián que nos encontrásemos cerca del Cementerio Père-Lachaise y que después del almuerzo me acompañaran a buscar la tumba de César Vallejo, uno de los hombres con quien mayor afinidad espiritual he sentido a lo largo de mi vida. A ambos les entusiasmó la idea. Nos dimos cita en un café de Ménilmontant que la temba habría considerado de mala muerte pero que a mí me despertó toda la nostalgia de mis épocas austeras de estudiante. ¡Cuánta razón tuve en deshacerme de ella! Creo que, más que una buena jugada, me asistió una inspiración divina. Haydée llegó acompañada de su amiga mexicana, a la que yo nunca antes había visto, una muchacha de ojos y cabellos oscuros por quien sentí una cercanía anormal, algo como el reconocimiento de almas del que habla Nietzsche tras su primera entrevista con Lou Andreas-Salomé: «¿De qué estrellas caímos para encontrarnos aquí?»

Es notable la influencia que siempre ha tenido Haydée en mi vida amorosa. Pienso primero en Susana y ahora en la joven que me presentó aquel domingo y que, desde entonces, no he podido quitarme de la cabeza. En otro momento, me habría ofendido, o al menos molestado, que llegara sin preguntar con una desconocida a la única cita que tuvo a bien concederme, lo habría tomado como una descortesía digna de un fuerte y contundente reproche, y sin embargo, desde el momento en que vi a la intrusa, sencilla y encantadora, inconsciente, al parecer, del inmenso poder de su belleza, me sentí agradecido por su presencia. No hice sino observarla durante toda la tarde, tanto en el café como en nuestro paseo posterior por el Père-Lachaise, con una suerte de extraño presentimiento. Cecilia, ése era su nombre. La condición del enamoramiento es, según dicen, la incapacidad de ver, y si el nombre de esa mujer significa «ceguera», sólo podía ser la que proviene del deslumbramiento.

Después del paseo por el cementerio, la amiga de Haydée propuso que fuéramos a su departamento situado a unas cuadras de ahí, un espacio digno de un filósofo por su austeridad y sus ventanas orientadas hacia el cementerio. Estar en su estudio me sirvió para comprobar las semejanzas que había entre nosotros. En el pisito de Cecilia, las paredes carecen de cuadros y de cualquier adorno o distracción. Son muros blancos, propicios para concentrarse y disfrutar del silencio. Me dije que, como yo, Cecilia era amante del orden y la limpieza. Su armario –lo descubrí cuando pasé frente a él para ir al baño– era un lugar estrecho y con la ropa estrictamente necesaria para vestirse. Ella –bastaba estar ahí para saberlo– no habría frecuentado jamás las tiendas frívolas donde se encontraba la temba en ese momento, ni me invitaría, aunque pudiera, a los restaurantes en los que comemos para compensar las deficiencias de nuestra relación. Por primera vez en mi vida había conocido a una persona del sexo opuesto –me cuesta seguir llamándola «mujer»– adecuada a mí. Supe también que mis hábitos frugales y mi estilo monacal no sólo le parecerían comprensibles sino que se adaptarían perfectamente a su modo de ser. Antes de haber visto a Cecilia, soñaba con ella. Imaginaba exactamente la sensación que iba a producirme su cercanía, la atmósfera de suavidad que habría entre nosotros, algo que hasta entonces ningún ser de carne y hueso me había hecho sentir.

129

No sé cómo pude salir de su casa y volver a Sèvres-Babylone. Tampoco me explico cómo pude dormir con Ruth esa noche, aun resistiéndome, como hice, a tocarla, ni cómo pude al día siguiente subir al taxi que nos conduciría al aeropuerto Charles de Gaulle. Mientras Ruth se afanaba en escoger revistas para hojear durante el vuelo, logré escaparme unos minutos de su presencia y corrí a una cabina para llamar a Cecilia por teléfono. Escuchar su voz me produjo sosiego pero también una gran impotencia. Era mucho lo que hubiera deseado decirle y debía callar para no asustarla. Conseguí mantener durante esa breve llamada un tono casual que expresara simplemente mi alegría por haberla conocido. Y fue con ese mismo tono desenfadado con el que deslicé la promesa de volver, una promesa destinada sobre todo a mí mismo, una especie de cábala, de conjuro. Apenas le dirigí la palabra a la temba en todo el vuelo de regreso. No soy un hombre melodramático. En términos emocionales siempre he optado por la sobriedad apolínea y las buenas maneras. Sin embargo, ¡cuánto trabajo me costó aquel día guardar la compostura y la continencia! Del aeropuerto, pasé a bañarme a mi casa y me fui directamente a la oficina. Apenas encendí la computadora, escribí estas líneas:

Cecilia:
Imagino que algún día, un día de éstos, escribirte y hablarte —o callarme al lado tuyo, contigo— sean no sólo esta tersa alegría de abrir una ventana y ver detrás de tus ojos. Aunque breve, el encuentro del domingo me enseñó cuán fuertes pueden ser las ganas de sentarse a caminar, como diría el bueno de César Vallejo, por tus ojos.
Si yo estuviera en París esta tarde y pudiera caminar a tu lado, o sentarme a tu lado, y dejar, suavemen-

te, que Claudio fuese lo que Cecilia ve en él, sería un hombre feliz, incluso más de lo que soy ahora mismo, por el mero hecho de poder escribirte.

Gracias por haber venido con Haydée a la cita, por la exacta distancia de tu calor, por estar en mí, por llamarte Cecilia, Cecilia Rangel, y deslumbrarme hasta la ceguera.

En las promesas se cree o no. Las promesas se cumplen o no. Pero con las evidencias no hay quien pueda. Las evidencias nos liberan de la necesidad de conjurar con promesas la incertidumbre. Toda evidencia se sostiene a sí misma en la redondez de lo que se revela. Las promesas son asuntos humanos, materia de la voluntad y del error humanos, las revelaciones lo son de nuestra participación en lo que nos trasciende y nos supera. Desde el domingo en que conocí a Cecilia, supe que la amaba de una manera incapaz de pactar con medianías. Quizás lo haya visto con súbita claridad esa tarde en su casa o quizás haya terminado de explicármelo a mí mismo mientras caminaba rumbo al piso de Ruth pensando en ella y en las veces que la conocí antes de encontrarla por fin en París, en las veces que pude haberla confundido con otra persona, las que pudo haberme confundido con otro o pude no haber estado a su altura. Hace tan sólo unos días me habría parecido ridículo decir *amo a Cecilia,* pero así es. La quiero de una manera que no me deja alternativa: o asumo ese amor o la pierdo y me quedo por el resto de mis días reinventándola con otros nombres, otros rostros, otras latitudes, cambiando misterio por «sabiduría».

RUMORES

Mucho tiempo después de la partida de Tom, David, el chico del Square Gardette, dejó un mensaje en mi contestador y me invitó a una fiesta que organizaba el viernes siguiente en su casa.

—Antes de irse, tu novio me insistió en que te invitara en caso de que hiciera alguna fiesta. Le preocupa que te quedes sola. Dice que eres una anacoreta.

Fui, después de pensarlo mucho, no por ganas de divertirme sino para seguir averiguando cosas sobre Tom. Haydée aceptó acompañarme pero apenas cruzamos la puerta me abandonó a mi suerte. Estoy segura de que me la habría pasado mejor de no haberme empecinado en mis investigaciones sobre el pasado y el futuro de mi vecino. El departamento frente al parque se había convertido esa noche en un bar de sesenta metros cuadrados con gente de todos los países imaginables. La música oscilaba entre varios estilos: soul, cuando aún había pocos invitados, después latina, electrónica y francesa retro. Brigitte Bardot con «Tu veux ou tu veux pas», Les Rita Mitsouko y Nino Ferrer sonorizaron los momentos cúspide de la noche. Casi todos bebían vino o cerveza, aunque también circulaba algún vodka y alguna ginebra. Todos: los angolanos, suecos, panameños, holandeses, sudafricanos, brasileños y coreanos que estaban ahí esa noche conocían y apreciaban a Tom. Casi todos, también, lo consideraban desahuciado. No fue difícil conseguir que me hablaran de su historia con él y de la influencia que había tenido en sus vidas. Lo hacían con el cariño nostálgico que suelen despertar los amigos muertos o los que están gravemente enfermos, haciendo que uno olvide cualquier vestigio de disputa o rencilla. No pude interrogar a David, como era mi intención. Su calidad de anfitrión –que cumplía perfectamente– le impedía detenerse a charlar largo rato con sus invitados. Sin embargo, pude hablar con Nick, un escritor neoyorquino que había sido amigo suyo desde la infancia, y con un italiano, llamado Ricardo, que trabajaba con él en la librería. Ellos dos eran los únicos que no resumían la enfermedad de su amigo a una condición «trágica e inevitable» sino que especulaban, con delicadeza hacia mí y cariño por él, sobre las posibilidades que la medicina le ofrecía. Ambos gastaron bromas acerca del carácter estrafalario de Tom. Me contaron, por ejemplo, que en los últimos años, desde que le diagnosticaron su enfermedad, había invertido una suma considerable de dinero adquiriendo nichos en distintos cementerios europeos. También me hablaron de su afición reciente por las novelas de horror. Tenían esperanzas en nuestra relación para subirle el ánimo y aumentar sus ganas de vivir. Me dijeron que su viaje a Sicilia podía resultar benéfico, ya que Tom adoraba ese lugar.

–Por favor, tenle paciencia –dijo Ricardo, con su acento napolitano–. Es como si se olvidara de todo cuando está allá. Como si ahí no existiera el tiempo. Seguro que va a volver con muchas ganas de verte.

Sin embargo, ninguno de ellos tenía la menor idea de

cuánto iba a llevar eso. Ya en el pasado, había viajado a la isla durante varios meses, sin fecha determinada de regreso. Traté de averiguar dónde se hospedaba pero ninguno de mis interlocutores lo tenía realmente claro. Alguien habló de una tía anciana, otros de una amiga de su madre. En pocas palabras, era del todo imposible localizarlo.

–¿Y Michela? –pregunté–. ¿Hay alguna posibilidad de que esté con ella?

Ambos se miraron con desconcierto, a ambos también les pareció una insensatez.

–Hace muchos años que dejaron de verse –explicó Ricardo.

Traté de saber más, traté de averiguar qué había pasado exactamente entre ellos, la naturaleza de su noviazgo, la duración, el desenlace y, sobre todo, cuál de los dos había sido el agraviado. Pero ninguno quiso explicarme los detalles.

–Duró varios años –dijo Nick– y estoy seguro de que fue importante pero también de que han pasado cosas desde que terminaron.

–¡Tú te pareces a ella! –añadió el italiano, ya para entonces bastante borracho–. No sólo físicamente, tu acento, tu personalidad. Tal vez eso le dé miedo. Debería darle... No hay un hombre que resista a dos mujeres así, menos estando enfermo.

–¿A dos mujeres así? ¡Pero si no me conoces! –respondí, indignada.

–¡No le hagas caso! ¡Está diciendo estupideces! –protestó Nick, obligando a su amigo a cambiar de tema.

Miré hacia el pasillo buscando a Haydée, a quien había visto circular entre la sala y la cocina, bebiendo ginebra primero, y después vino de diferentes botellas que David ofrecía a sus invitados. La encontré finalmente en la cola del baño, con dificultades para mantenerse en pie. Le sugerí que nos fuéramos de inmediato, sin despedirnos de nadie más que del anfitrión, y eso fue lo que hicimos. Mientras bajábamos, mi amiga tropezó en las escaleras y se perdió en un descenso que parecía doloroso y eterno. Cuando por fin la alcancé, desparramada en la alfombra del vestíbulo, se negó a levantarse. Se había torcido un tobillo. Tuvimos que llamar a David para que alguien nos ayudara a movernos. Habíamos planeado dormir juntas esa noche en mi departamento, ya que el domingo ella tenía cita con un amigo suyo en un café de Ménilmontant. Sin embargo, era impensable caminar hasta mi casa en esas condiciones y, peor aún, subir hasta el cuarto piso. David nos ofreció albergue esa noche, pero Haydée se negó con todas sus fuerzas y tuve que acompañarla en taxi hasta su casa, donde, por suerte, había ascensor.

Volví entonces a ocupar el cuarto de mis primeros días en París. Excepto yo, casi nada había cambiado ahí dentro. Los mismos libros en las estanterías, las mismas máscaras cubanas en las paredes. Estar en ese lugar era como haber salido para dar la vuelta al mundo y volver al origen del viaje. Quizás haya sido por eso, o por el whisky que aún irrigaba mis venas, por lo que tuve un extraño sueño en el cual me veía caminando por el boulevard de Sébastopol bajo un cielo encapotado y lluvioso. No tenía una idea muy exacta de cuál era mi destino, aunque sí una sensación de prisa, debida quizás al frío. Para averiguar la hora entraba en una cabina telefónica y, en el interior, reconocía a Ricardo –el amigo italiano de Tom– sentado en el suelo, mientras hojeaba aterido las páginas amarillas. Le pregunté qué hacía ahí y respondió, con toda naturalidad, que buscaba el número del dios Helio.

–No está en la letra H –me explicó–. Puede que lo

encuentres bajo alguno de sus otros nombres o en la sección siciliana. –Noté que su lengua estaba manchada de negro, como la de los monjes de *El nombre de la rosa*. Ricardo me miró con curiosidad y me preguntó–: Y tú, ¿sigues esperando?

Afirmé con la cabeza.

Entonces me extendió un papelito con un número de teléfono, el mismo de la cabina, y me dijo con mucha seriedad:

–Cuando te canses me llamas. Tendré algo que decirte.

–¿Qué es? Dímelo ahora mismo –insistí yo–. No soporto la incertidumbre.

–No puedo. No te has cansado aún.

Desperté con una sensación incomprensible de esperanza y agradecimiento, como si se tratara de un sueño premonitorio. Lo cierto es que no volví a recibir ninguna postal de Sicilia, ni en esos días ni en los meses siguientes.

Pasé toda la mañana en el departamento de la rue Levy con Haydée y Rajeev, como en los viejos tiempos. Desayunamos el delicioso té de vainilla que se preparaba ahí cada mañana, pero esta vez Rajeev fue a buscar croissants para agasajarnos. Haydée seguía lastimada del pie pero mucho más notoria y olorosa era su resaca. Nos quedamos varias horas en la mesa de la cocina, conversando y viendo fotografías de Rajeev tomadas en la India y en Cuba.

A lo largo de la mañana, el tobillo de Haydée fue mejorando y, aunque caminaba con dificultad, hacia la una ya tenía ánimos de salir a la calle nuevamente. Nos advirtió que su cita era impostergable: el ex novio de su prima Susana estaba de visita en París y ella había prometido acompañarlo al Père-Lachaise.

–¿A alguno de ustedes le interesa venir?

–Pensé que te asustaban mis vecinos –le dije, recordando su espanto la primera vez que había visitado mi departamento. Rajeev y yo nos dirigimos una mirada cómplice. «Sólo a alguien enamorado se le puede ocurrir que Haydée sea corregible», recuerdo que pensé. Le advertí que sólo haría el viaje en metro con ella, pero en el camino Haydée me fue contando tantas anécdotas acerca de su querida prima Susana, muerta hacía varios años, y de su ex novio, que sentí curiosidad y la acompañé al café donde habían quedado.

Cuando llegamos, el cubano neoyorquino nos estaba esperando. En su mesa vi a Julián, otro amigo de Haydée al que yo conocía superficialmente. Por la manera tan familiar en la que conversaban, dándose palmadas ocasionales en los hombros, me pareció que su vínculo era muy estrecho. Cuando nos vieron entrar, Claudio se levantó para abrazar a mi amiga. Al verlos juntos, comprendí cuán importante era aquel hombre para ella y el afecto tan grande que le tenía. Los verdaderos amigos de nuestras amistades siempre tienen algo intrigante. Conocerlos equivale a descubrir una parte constitutiva en la vida de ellos. Por eso, a pesar del recelo que en ocasiones inspiran, los adoptamos, con aceptación resignada, como a parientes lejanos de los que es imposible deshacerse. Al ver a Haydée tan conmovida, me pareció un privilegio poder asistir a esa cita y ser testigo silencioso del reencuentro entre ellos. No me importaba sentirme excluida o por lo menos ajena a aquella amistad. Para mí era suficiente con presenciar la alegría de mi amiga. Y eso fue lo que hice. Al menos durante la primera media hora, me dediqué a observarlos con curiosidad, a escucharlos hablar en esa jerga que, por consideración, Haydée moderaba tanto cuando hablaba conmigo. Poco a poco, sin que ninguno de los cuatro hiciera un esfuerzo para conseguirlo, me fui incorporando al grupo y, gracias al vino y al ambiente cálido y relajado que había en la mesa, llegué a sentirme parte de aquella reunión. Como Julián y Haydée, me dediqué a gastarle bromas al recién llegado, que parecía complacido con mi presencia. Al terminar el almuerzo olvidé, por segunda vez, mi promesa de fugarme y los acompañé al cementerio, desafiando el recuerdo de Tom que rondaba aquel lugar como una sombra tangible, mucho más peligrosa que la de cualquier espectro. ¿Qué les pasaba a los hombres? ¿De dónde venía ese nuevo interés por los cementerios? Me pregunté si no era yo quien por mi propia afición a las tumbas atraía a ese tipo de personajes. Sin embargo, a diferencia de Tom, Claudio no parecía tener inclinaciones esotéricas. Buscaba, como simple lector o como lector obsesionado, encontrar la tumba de uno de sus autores favoritos. Alguien de Nueva York le había dicho que Vallejo estaba junto a mi casa y por eso había citado a Haydée en el barrio, para aprovechar la tarde haciendo un poco de turismo necrológico.

Al llegar a la entrada principal, Julián pidió un mapa al vigilante, cosa que yo jamás había hecho, y se detuvo en la lista de «muertos ilustres», que está junto a la puerta, con más de trescientos nombres inscritos en ella –una suma ridícula si tomamos en cuenta que se estima en dos millones y medio la cantidad de cuerpos enterrados en ese lugar–. La lista, en orden alfabético, nos permitió orientarnos y, sobre todo, saber que ahí no estaba César Vallejo. Sin embargo, Claudio no se resignó. Convencido de que los franceses no conocían lo suficiente al poeta como para destacar su nombre, se adelantó dando por hecho que nosotros lo seguiríamos. Nos adentramos en busca de la tumba sabiendo perfectamente que era una empresa caprichosa, con grandes posibilidades de fracaso, pero también confiando en el azar objetivo que Haydée resumió en clave santera:

—Si está Vallejo ahí, nos va a llevar hasta él. En toda su existencia como poeta, no ha tenido un fan más tenaz que Claudio. Tiene que recompensarle esa fidelidad.

Al escucharla, pensé en Tom y en lo complacido que habría estado con esa creencia caribeña. Sentí una punzada en el pecho a la que preferí no hacer caso.

No pudimos avanzar mucho por las calles sinuosas del Père-Lachaise. A pesar de su necedad y sus esfuerzos por ocultarlo, Haydée seguía lastimada y a todos nos preocupaba que empeorara si se empeñaba en caminar demasiado. Al llegar a la avenida 3 del cementerio, Julián sugirió que nos sentáramos en unos escalones y le pidió a Haydée que le mostrara su esguince. El tobillo se había puesto azul, casi negro. Acostumbrado a los horarios neoyorquinos, Claudio se ofreció a salir para comprar unas vendas. Tuvimos que decirle que un domingo a las seis de la tarde era poco probable que encontrara una farmacia abierta. Lo miré desde la altura de mi escalón de piedra. La luz le daba en el rostro y lo hacía parecer varios años más joven. Bajo ese rayo de sol casi sobrenatural, me resultó conocido. No sabría decir dónde ni cuándo, quizás en las fotos que Haydée guardaba en su casa, pero tenía la seguridad de haberlo visto antes. Se había puesto de pie con un gran impulso y ahora no sabía qué hacer. Así que se entretuvo leyendo la inscripción de la tumba que estaba a nuestra derecha.

—¡Es la tumba de Kreutzer! —gritó como si estuviéramos lejos y no pudiésemos oírlo.

Pero no tuvo quórum. Nadie más que él sabía de quién se trataba.

Tuvo que explicarnos que había sido uno de los mejores violinistas en tiempos de Chopin.

—A él está dedicada la sonata número 9 para violín y piano. La famosa sonata a Kreutzer que dio título a una novela de Tolstói.

Haydée sonrió con ironía.

—Sí, claro. Todo el mundo la conoce.

Me pregunté qué habría pensado Tom acerca de Claudio y de las tumbas que le gustaban.

Había empezado a llover. Gotas finísimas de agua caían sobre nuestras cabezas. El guardia pasó muy cerca tocando su campanita.

—*Ça va fermer, messieurs, dames!*

—¿Qué hacemos con tu pierna? —preguntó Julián.

Sugerí que pasáramos a mi casa a tomar un té. En algún cajón debía de tener algo con que vendarla.

Haydée mencionó las escaleras.

—Ayer no dormimos ahí por eso. ¿Recuerdas?

—Si quieres voy yo sola y te la traigo —le dije—. Pero hoy tenemos dos hombres fuertes para llevarte en brazos.

Claudio se encargó de subirla hasta la puerta de mi departamento. Me alegré de no haber dormido en casa la noche anterior. Gracias a eso estaba ordenada, sin copas sucias en la mesita de centro ni las colillas de Haydée en los platos de postre.

Noté que Claudio me dirigía una mirada aprobatoria.

—¿Quieres un vaso de agua? Debes estar exhausto —pregunté.

Después de hacer varios piropos a la sencillez y a la austeridad —completamente involuntaria— de mi casa, apuró tres vasos de agua, soplando como un cuadrúpedo. Luego se dejó caer en el sillón de la sala, junto a la pobre de Haydée que miraba su pie en silencio. Les ofrecí un té de menta y, mientras se calentaba, entré a mi habitación para buscar una venda en los cajones de la cómoda. En la sala ninguno de ellos hablaba. El silencio se prolongó varios minutos, hasta que se escucharon unas notas de piano muy suaves: Claudio había puesto un disco en mi reproductor CD, un concierto de Albéniz interpretado por Alicia de Larrocha, que había comprado en la FNAC antes de encontrarse con nosotros.

Encontré la venda de milagro, entre una maraña de camisetas y ropa interior. La dejé en la mesita de centro y regresé a la cocina para apagar el fuego y remojar la menta.

No pasó mucho más aquella tarde. Después de tomar el té con piñones a la usanza marroquí –y de Belleville–, mis invitados se fueron, cada uno a su casa, excepto Claudio, que volvía a Nueva York el lunes a primera hora y tenía una cena cerca de su hotel. Nos despedimos con naturalidad, seguros de que entre nosotros había ya una complicidad incipiente. Le advertí que estaba olvidando su disco, pero se negó a llevárselo. En cuanto cerré la puerta, me senté en el sofá para seguir escuchándolo y, al cabo de muy poco tiempo, me quedé dormida. Por la mañana, el amigo de Haydée me llamó desde el aeropuerto para despedirse. Fue una llamada corta pero cariñosa y, con ella, confirmó la buena impresión que ya me había formado de él. Me dio las gracias por invitarlo a mi casa y dijo que se sentía muy contento de haberme reclutado entre sus amistades parisinas. Luego colgó el teléfono, pero, justo antes, mientras separaba el auricular de su rostro y lo colocaba de nuevo en el soporte de la cabina, alcancé a oír otro suspiro de cuadrúpedo.

Varias horas después, apareció la alerta de un mensaje nuevo en la pantalla de mi computadora. Claudio me hacía una declaración de amor citando a César Vallejo.

En el momento en que llegó el mensaje neoyorquino, el primero de una larga serie, mi mundo, por paradójico que suene, estaba constituido por una carencia. Era un mundo en negativo, donde todo recordaba a quien no estaba ahí. Los lugares y los objetos de la vida cotidiana, el bulevar, la puerta de mi edificio, las ventanas de mi casa y su paisaje, la extensión del Père-Lachaise y las copas de sus árboles, los muros de mi habitación, las sábanas sobre mi cama, el radio encendido, acusaban la ausencia de Tom y, por eso mismo, todos esos objetos resultaban frustrantes a la vista y al tacto. El mensaje de Claudio, esas líneas tersas e inesperadas que expresaban, con toda honestidad, la alegría de haberme conocido, tuvieron un efecto similar. Denunciaron la falta de correspondencia entre Tom y yo, nuestro largo silencio. Esperar a alguien, al menos de esa manera, equivale a cancelar la existencia de uno mismo, a hipotecarla por un tiempo condicional, a cambiarla por un absurdo subjuntivo. Obsesionarse con alguien que ha decidido no estar es regalar minutos, horas y días enteros de nuestra vida a quien ni los ha pedido ni quiere tenerlos; es condenar esos mismos minutos, horas y días a la dimensión del tiempo perdido, de lo inservible; es desaprovechar la infinidad de posibilidades que ese tiempo nos ofrece y canjearla por la peor de las opciones: la frustración, el sufrimiento. Leí el e-mail unas tres veces, desconcertada. Qué fácil parecía de repente sentarse a escribir algunas palabras amables para agradecer un encuentro. Qué triste que Tom –fueran cuales fueran sus circunstancias– no pudiera tener ese gesto. Antes de responder, decidí dar un paseo para cambiar de humor. La mañana estaba radiante y el cielo despejado, un día insólito para esa época del año. Pero también ese sol y esa belleza me resultaron dolorosos. La ausencia se imponía como un caudal de agua tóxica que se desborda de manera incontrolable, salpicándolo todo. Sentí rabia contra mí misma por no poder disfrutar de aquel hermoso clima y de esa nueva amistad que se perfilaba en mi vida. ¿Quién era Tom comparado con la fuerza y el esplendor de la naturaleza? Un insignificante individuo entre varios millones, más aún, un recuerdo intangible. ¿Cuánto podía importar que no estuviera en una ciudad tan pletórica de belleza? *Avec des si on mettrait París en bouteille,* dicen por aquí, y era exactamente eso lo que yo estaba haciendo: embotellando la ciudad, convirtiéndola en una miniatura gris y comprimida, imposible de disfrutar. Al volver a casa, encendí el tocadiscos con el CD que Claudio había dejado puesto y recordé su rostro en el cementerio, iluminado por esa luz extraña de final de la tarde. Después de ensayar dos o tres respuestas posibles, me decidí a escribirle:

Sigo intentando descifrar la sensación de familiaridad que tuve al conocerte, como si se tratara de un reconocimiento.
Sea como sea, sabe que para mí fue un gusto.

Mientras escuchaba el disco, preparé un nuevo té de menta y me quedé un largo rato frente a la ventana. Pensé en la vida de esos millones de personas, ahora enterradas ahí enfrente; pensé en la intensidad con la que varios de ellos habían pasado por el mundo, esforzándose en dejar algo valioso para que los recordaran siempre; pensé también en todas las otras personas cuyos nombres no figuraban en la lista de las celebridades y cuyas biografías habían pasado al olvido. ¿Sentían algo? ¿Pensaban acaso, como aseguraba Tom? «¿Y si nuestra existencia fuera una suerte de molde, un molde como el de un escultor o un herrero?», me pregunté. Si cada experiencia que tenemos mientras estamos vivos, cada emoción, cada pensamiento fueran equivalentes a un disco que se graba una sola vez y después se escucha pasiva y repetidamente sin posibilidades de modificar nada, ¿desperdiciaríamos el tiempo de la forma en que lo hacemos, atormentándonos con ideas y pensamientos dolorosos para que se repitieran toda la eternidad? Estuve un buen rato dándole vueltas a esta idea para acabar concluyendo que sí. Lo más probable era que, aun sabiéndolo, no dejáramos de hacerlo. Me temo que se trata de una inercia, me dije, un comportamiento incontrolable como el de los insectos que consideramos tan idiotas –y a la vez resultan extrañamente familiares– cuando los vemos ejecutar rutinas repetitivas, no digamos acercarse a una vela o estrellarse contra los vidrios, una imagen que, por cierto, aparece con sospechosa frecuencia en la literatura. Pero en el caso contrario, suponiendo que, informados del carácter definitivo de nuestro tiempo de vida, pudiéramos elegir cómo queremos que transcurra la eternidad, ¿qué elegiríamos hacer, pensar o decir? ¿Cómo sería nuestro último juicio? No encontré ninguna respuesta. Por la noche recibí otro mensaje:

Sucede que nos pasó, al parecer, exactamente lo mismo. Yo, Cecilia, sé lo que es ese reconocimiento. Tú también lo sabrás cuando vuelvas a verme.

El sol no dejó de salir la semana siguiente y, poco a poco, empecé a notar la influencia benéfica del verano indio sobre mi estado de ánimo. Tom no volvió a escribirme nunca después de aquella primera postal ni a llamar

144

después de aquel mensaje y, aunque no había olvidado su olor, su cercanía, su cariño –del que a pesar del silencio no desconfiaba completamente–, empecé a pensar cada vez más en Claudio y a disfrutar sus cartas tan frecuentes, como si de alguna manera la vida se hubiera propuesto compensar tanta parquedad con la labia exaltada de ese cubano. Cuando una relación, por intensa que sea, abre tanto espacio a la incertidumbre y a la frustración, da cabida a otros intereses y a otras esperanzas.

El miércoles decidí volver a la piscina que frecuentaba de cuando en cuando y no había pisado desde la partida de Tom, un poco por el frío y otro poco por esa anquilosante desidia que llevaba a cuestas. Cuando estaba por salir del edificio, encontré un paquete en mi buzón. Venía de Nueva York y parecía ser la caja de un disco. Tenía tiempo para subir y abrirlo en mi departamento, pero me dio miedo quedarme. Decidí dejarlo para el regreso. Antes de cruzar la puerta, eché un vistazo al buzón de Tom, atestado de facturas y folletos publicitarios. La piscina me ayudó a relajarme e hizo que volviera a casa hambrienta. Me preparé una pasta y vertí en ella una salsa de frasco. Abrí el sobre frente al plato humeante. Se trataba de *Dark Intervals,* de Keith Jarrett, a quien nunca había escuchado. Antes de ponerlo en el reproductor, lavé los platos y recogí la cocina. Al terminar, constaté que tenía otro mensaje en la computadora. Eran las indicaciones para escuchar el disco:

Supongo, Cecilia, que a estas alturas ya habrás recibido el sobre. Me decidí a enviártelo porque necesito explicarte algunas cosas y porque sé que no podría decirte nada ni más exacto ni más candorosamente idéntico a lo que esa música dice y espero te diga de mí. Cierra los ojos y escucha «Americana». Cuando llegues a la altura del minuto 2.19, o del 2.56, o del 4.16, o del 5.25, o del 6.11, imagíname a tu lado. O pon «Hymn», y quédate todo lo que puedas desde el minuto 1.11 en adelante. Eso es lo que yo, imperfectamente, te estoy diciendo, como tomarte una mano, como estar ahora mismo en una carretera, hacia algún lugar, mirándote mirar lo que está cerca, lo que está lejos.

Debo confesar que no hice ningún caso de aquellas instrucciones pero sí me dieron una pista sobre la personalidad de ese nuevo amigo que Haydée había descrito como un «raro». No fue la única vez. Más que rechazo o curiosidad, tantas precisiones me dieron pereza. Así que escuché el disco como escuchaba casi siempre la música que ponía en mi casa, con atención y en silencio, frente a la ventana. Después escribí para darle las gracias. A partir de entonces, empecé a recibir discos con indicaciones para oírlos como él sugería. También mensajes en los que me pedía ir a algún parque o a algún museo y observar una escultura desde determinados ángulos, los grados que debía recorrer desde el frente de la pieza hacia uno de los puntos cardinales y la inclinación de mi cuerpo para enfocar tal o cual detalle. ¿Cómo era posible que tuviera tan buena memoria? ¿Tomaba esa información de alguna libreta, con apuntes escritos durante sus años en París, o se trataba simplemente de una suerte de delirio? A estas alturas, me inclino por lo segundo.

Claudio:
Hoy tuvimos un día increíble, como los que imagino en Nueva York. Hizo frío pero el cielo estuvo de

un azul intenso y hubo sol. Salí a nadar esta mañana por primera vez en mucho tiempo. Después, volví a casa y me senté a escuchar *Dark Intervals* que recibí hoy por correo. Gracias por mandarlo. Me parece muy bien que tus éxtasis jarrettianos salpiquen hasta París, pero te pediré un favor: no me idealices. No soporto decepcionar a la gente.

INCERTIDUMBRE

Desde mi regreso a Manhattan he intentado evitar a Ruth en la medida de lo posible. Estar con ella en estos momentos me desespera. Su arrogante frivolidad, su actitud de niña malcriada que lo ha obtenido todo sin mover un dedo y se da el lujo de deprimirse, me insultan. El último de mis deseos es hacerle daño y principalmente por eso la sigo frecuentando a costa de mi mala conciencia. Mientras ceno manjares en ese *loft* de Tribeca, pienso en Cecilia. Imagino que ella duerme o desayuna sola, frente al cementerio, desprovista de mi abrazo, confrontada a esa lucidez implacable que la caracteriza, sin nadie para protegerla, para guiarla en ese camino doloroso que conozco tan de cerca, el camino de los seres como nosotros, incapaces de engañarse a sí mismos. Mientras Ruth perora, juega con sus uñas, elige el mantel para que combine con el ramo de rosas que ha puesto en la mesa esta noche y saca una tras otra las botellas de los vinos más caros para agasajarme, los despojos del deseo que alguna vez me hizo sentir se van extinguiendo. En su lugar ha surgido la nostalgia de esa otra vida que transcurre lejos de mí sin que yo pueda hacer nada para evitarlo o casi nada, salvo escribirle a Cecilia todo aquello que no puedo decirle en persona.

No negaré que he vuelto a acostarme en las sábanas color durazno y a entregarme a sesiones de sexo violento. Hay a veces una fuerza en mi cuerpo que no puede liberarse más que con actos como ése. Pero por la mañana, ya sea que despierte sobre el satín o en la sobriedad de mi propio dormitorio, el primer pensamiento que me viene a la mente es Cecilia, la existencia de Cecilia, su ausencia dolorosa como la mordida de una serpiente. Entonces mirar a Ruth durmiendo a mi lado me resulta insoportable. Si antes no me satisfacía mi escasa convivencia con ella, ahora la sensación que me deja es la de un insondable vacío, la certeza de no encontrarme donde debiera, de estar errando mis actos. Cecilia, en cambio, me da serenidad. Basta con pensar en ella para sentirla.

El mes de noviembre fue extraño y muy distinto al resto de mi vida en Nueva York. Estaba eufórico por haber conocido por fin a la mujer ideal, por su constante presencia en mis fantasías y por su reacción positiva a mis mensajes. Sin embargo, seguí visitando a Ruth. Una parte de mí, la más recta y moralista, «la más ética», habría dicho ella (la parte) sobre sí misma, me conminaba a terminar con esa costumbre. Si tenía ahora la voluntad de ser un hombre mejor hasta el límite de mis posibilidades, de alcanzar mi pleno potencial, era por Cecilia, no por Ruth, y sobre todo no *para* Ruth. ¿Por qué, si estaba convencido de que en mi vida por fin se presentaba esa certeza que he mencionado antes, no actuaba en consecuencia despachando a la temba de una vez por todas? Cada vez era más difícil sostener con ella una conversación, cada vez me apetecía menos dormir pegado a su cuerpo. Ni siquiera el sexo me interesaba ya. En cambio, la correspondencia con

Cecilia, por mínima que fuera, me mantenía de un humor que privilegiaba los sentimientos sublimes por encima de las sensaciones físicas. Sin embargo, en vez de que esa exaltación fortaleciera la templanza de mi alma, notaba en mí una horrenda pusilanimería en lo que a Ruth se refiere. Ahora me digo, quizás para disculparme, que la experiencia del amor, cuando es así de incontestable, trae consigo una amenaza de revolución, de cambio radical, de *renversement*. Y, por más que evitemos –o posterguemos, como era mi caso– tomar decisiones abruptas o intempestivas, todo parece al borde del colapso, del terremoto. Es muy grande la fragilidad que se tiene cuando un amor de esas dimensiones se produce, cuando se impone así. Y es natural e inevitable que uno busque asideros, por más absurdos o equivocados que sean, para no sentir que nos engulle el abismo: el trabajo, las costumbres cotidianas, pero también las relaciones con las personas que constituían nuestro universo previo al sacudidor encuentro. Es al menos como yo me explico mi actitud cobarde respecto a la temba. Ruth me daba toda la seguridad que Cecilia me quitaba por el mero hecho de existir y de haber aparecido en mi vida. A diferencia de Cecilia, de cuyos sentimientos no sabía gran cosa, era feliz conmigo, era feliz mimándome y arropándome, recibiéndome en su aureola de lujo y bienestar. Yo no albergaba ninguna duda al respecto y no podía sino reconocer su constante benevolencia. Sentía agradecimiento, cierta preocupación por ella y sin duda cierto tipo de cariño. No es poco, aunque tampoco es suficiente. Sin embargo, en cuanto la parte moralista me presionaba para dejarla ir y honrar como es debido al amor incuestionable, me invadía una sensación semejante al desconsuelo. En un par de ocasiones, mientras descansaba en el butacón del *loft* después de una opípara cena, observando cómo se afanaba en recoger la mesa o en acomodar unas revistas sobre la estantería, intenté organizar en mi mente las razones y las frases de ruptura. Entonces recordaba la fragilidad que había mostrado en los días previos a nuestro viaje, el entusiasmo tan ingenuo con el que había planteado su deseo de vivir conmigo. Súbitamente, la expresión infantil de su rostro me parecía desprotegida –mucho más que de costumbre– y las explicaciones sobre nuestro impostergable final se desvanecían antes de poder incluso formularlas en silencio. No es que me fuera imposible prescindir de Ruth, ni mucho menos, pero pensar en romper con ella me hacía empezar a extrañarla. La necesidad de terminar la relación recrudecía mi cariño y me hacía sufrir por adelantado. Además, para ser totalmente sincero, muchas veces mi espíritu práctico se oponía ferozmente a la ruptura y no sin argumentos: Ruth vivía en Nueva York, Cecilia no. Mi trabajo estaba en esa ciudad y ya se sabe lo difícil que es conseguir un empleo tan dócil y bien pagado como el mío. Es verdad que mi amor por Cecilia justificaba cualquier cosa, incluso dejarlo todo para instalarme en París y buscarme una vida junto a ella. Sin embargo, la razón y la prudencia, dos deidades a las que he rendido culto durante toda mi vida, me aconsejaban esperar antes de tomar una decisión de esa índole, antes de renunciar a lo que constituía un escape cotidiano a las tensiones de la vida laboral, antes de hacerle daño a quien no había tenido conmigo sino una serie infinita de atenciones, buena voluntad y paciencia. Si las cosas prosperaban con Cecilia, si lograba que ella sintiera por mí algo semejante o proporcional a lo que me inspiraba, entonces intentaría conseguir que fuera ella quien viniera a Nueva York para terminar sus estudios, sin necesidad de perder mi trabajo, pero para eso era necesario actuar con delicadeza y cautela. Darle tiempo de asimilar las cosas. No forzar nada. Para no lastimar a Ruth, la estrategia debía ser igualmente atemperada. Tarde o temprano, de eso estaba convencido, tendría que desprenderme de ella, mover el noviazgo hacia el terreno de la amistad, pero la transición tendría que ser sigilosa, casi imperceptible. Y eso fue lo que intenté desde mi regreso. El problema estuvo, como siempre, en esa capacidad femenina para detectar el peligro, para leer correctamente cualquier signo de inatención y desinterés. Desde que volvimos de París, Ruth empezó a preguntarme con frecuencia por el contenido de mis pensamientos. Despertó varias veces durante la noche, soñando que la abandonaba. Llegó incluso a interrogarme con recelo por mi encuentro con Haydée, como si su inconsciente tuviera claro que aquella cita constituía el punto de inflexión en nuestra historia, el momento en que el fiel de la balanza se había inclinado hacia el «no» definitivo.

Noviembre fue, lo repito, un mes muy extraño. Recibir cada respuesta de Cecilia, por escuetos que fueran sus mensajes, me llenaba de júbilo, de ternura, de esperanza y, a la vez, me hacía desear desesperadamente que pasara el tiempo para volver a verla. Adquirí la costumbre de buscar billetes de avión a París, de perseguir y comparar las diferentes ofertas. Cada día, durante la pausa del *lunch,* me instalaba frente a la computadora con un café humeante en la mesa y revisaba uno por uno los buscadores de vuelos de los que tenía conocimiento, americanos sobre todo, pero también franceses. A decir verdad, yo habría podido esperar, prolongar hasta los límites de lo posible esa etapa de enamoramiento casto, de comunión de las almas; habría podido retardar lo más posible el encuentro físico con ella y terminar de seducirla con mis palabras, tomarme el tiempo necesario para desactivar con buenos argumentos cada una de sus barreras y de sus temores. Sin embargo, el conocimiento que a lo largo de mi vida he ido acumulando sobre el sexo femenino y mi experiencia con él me decían que para afianzar la querencia era necesario un encuentro físico. Las mujeres necesitan eso, así sea una sola vez. Ninguna palabra, por más pasional o profunda que sea, logra hacer mella en sus corazones si no va precedida de una o de varias caricias. Para mí también era importante. Antes de iniciar cualquier distanciamiento con Ruth, quería corroborar lo que ya sabía, y conseguir que Cecilia lo tuviera igual de claro.

Seis semanas transcurrieron con ese ritmo inusual, veloz en lo que se refería a mis emociones y al acercamiento epistolar con Cecilia; lento en lo relacionado a mi agonizante relación con la temba, a la que no me atrevía a aplicar la necesaria eutanasia. Cecilia y yo nos escribíamos a diario, en ocasiones varias veces al día. Sus mensajes al principio eran reservados, incluso circunspectos, pero poco a poco, probablemente influidos por el fervor de los míos, la confianza se fue estableciendo entre nosotros. Y aunque sus cartas no eran largas y encendidas como las que yo le enviaba, era posible leer en ellas cierta disposición al romance. Una tarde, en un mensaje breve, formuló a las claras su deseo de encontrarse conmigo. Fue entonces cuando tomé la decisión de ir a verla. Las vacaciones de diciembre estaban encima. Como era mi costumbre en mis años de estudiante, compré el boleto para el veinticuatro, la mejor manera que conozco de asegurarme un vuelo vacío y silencioso.

LA VERSIÓN DE CECILIA

Pasé esa Nochebuena en casa de Haydée. Ni ella ni Rajeev habían crecido en un ambiente católico, así que la cena fue laica y muy poco solemne. Acostumbrada a las comilonas de mi familia, imposibles de evitar, esa cena de Navidad me pareció la mejor de mi vida. Un par de chicos indios y una amiga venezolana de Haydée, que había visto en otras fiestas, se unieron a nosotros. El menú, curry con frutos secos y leche de coco, acompañado de arroz basmati y espinacas con queso, resultó delicioso. Abrimos varias botellas de champagne, pero apenas bebí dos o tres copas. La mañana siguiente llegaba Claudio de Nueva York y quería evitar la resaca a toda costa. Según Haydée, viajar esa noche en que toda la gente se reúne para celebrar, era una de sus costumbres estrafalarias. A mí, en cambio, me parecía una manera excelente de esquivar el fastidio de aquella fecha y una prueba de afinidad entre nosotros. Poco después de las doce regresé a Ménilmontant. La tarde anterior había comprado croissants y jugo de naranja para tener qué ofrecerle en el desayuno. Después de cerciorarme de que mi departamento estaba limpio y ordenado, programé el despertador y me fui a dormir. Mi idea era levantarme unos minutos antes de su llegada para vestirme y preparar con calma la mesa, pero no me fue posible. En vez de decirme, como yo creí, la hora a la que su avión aterrizaba en Charles de Gaulle, Claudio me había dado la hora estimada en que aparecería en mi casa. De milagro me despertaron sus pasos subiendo las escaleras, pisadas vigorosas que delataban su altura y su constitución robusta, en todo diferentes a las de Tom. Ni siquiera tuve tiempo de enjuagarme la cara. Abrí la puerta y, para compensar mi aspecto desaliñado, me esmeré en dibujar una enorme sonrisa de bienvenida. Claudio dejó su maleta en la entrada y esperó a que le sirviera el desayuno. En nuestro continente acostumbramos comer a esas horas mucho más de lo que yo le estaba ofreciendo. Me dije que su hambre debía de ser infinita después de aquel viaje trasatlántico y me sentí avergonzada de no tener más que pan, jugo y café en mi despensa. Él, sin embargo, no dijo nada y se limitó a comer sin dejar de mirarme. Yo también guardé silencio. Su llegada me había tomado desprevenida aunque también me influían los efectos del champagne. Fue un momento de lo más incómodo y llegué incluso a desear que se fuera. Pensé en poner un disco pero me dije que elegirlo era un asunto demasiado delicado que no era capaz de resolver. Recurrir a Jarrett o a Albéniz habría sido un gesto exagerado de romanticismo. Supongo que Claudio se dio cuenta de mi incomodidad y que fue para disiparla que me tomó en sus brazos enormes y me llevó en ellos hasta mi cuarto. Afortunadamente no intentó ningún acercamiento sexual. Su cuerpo alto y robusto, su pelo rizado y su barba gris, su nariz grande y sus manos me gustaban pero también me resultaban desconocidos y avasalladores. Todo, desde nuestro encuentro en el restaurante hasta su regreso a París, había pasado demasiado rápido para

155

asimilarlo. Estoy segura de que se dio cuenta. Al cabo de unos minutos, que para mí fueron eternos por la timidez que me producían, Claudio me pidió permiso para darse una ducha y yo aproveché ese momento para ponerme la ropa. Su plan era salir a pasear al cementerio de Montmartre, en pleno veinticinco de diciembre, a seguir buscando la tumba de Vallejo. La idea me atrajo. Para empezar, por increíble que parezca, yo nunca me había dado el tiempo de visitar otros cementerios de esta ciudad. Además algo me decía que las alternativas obvias, como buscar un mercadillo o pasear por el pueblito navideño que instalan en esas fechas en los Campos Elíseos, no entusiasmarían a ese hombre que conocía cada ángulo de la estatua de Balzac.

Viajamos en metro hasta Blanche y ahí, segura de que el pobre iba a desfallecer de hambre en cualquier momento, le propuse sentarnos en la primera *brasserie* que tuvimos a la vista. El precio del menú era imposible para mi presupuesto, pero no dije nada. Por suerte él insistió en pagar la cuenta. Durante la comida, Claudio me estuvo formulando las preguntas de rigor, esas que dos personas que se gustan pero que aún no se conocen se hacen mutuamente. Quiso saber, por ejemplo, dónde había crecido, cómo era mi familia y dónde había estudiado. Él también me contó un poco de su infancia en la Cuba socialista; me habló de su madre como de una mujer ejemplar a la que le debía todo, incluidos los hechos de haber asistido a un buen colegio y haber podido salir de la isla; me habló también de Susana, la prima de Haydée a quien había querido mucho. Lo más doloroso que le había pasado en la vida había sido la muerte sorpresiva de esa chica, de la cual —al menos ésa fue mi impresión— nunca había logrado reponerse. Ese diálogo resultó importante para ambos. Yo, que sufrí el abandono de mi madre a una edad muy temprana, pude comprender la pena que había en su mirada y, mientras me hablaba de todo eso, tuve la certeza de que llegaría a quererlo.

El cementerio de Montmartre era muy distinto al Père-Lachaise. Para empezar, está varios metros por debajo del nivel de la calle, en la cuenca de una antigua mina. Se trata de un lugar caprichoso, desordenado y bohemio como lo había sido el legendario barrio de Montmartre, habitado por artistas. Una oficina permanecía abierta junto a la entrada, algo totalmente insólito en un veinticinco de diciembre. La empleada a su cargo nos preguntó amablemente si buscábamos a algún familiar y aprovechamos para preguntar por el poeta.

—¿Valeyó? —indagó tras hacernos escribir el nombre en un cuaderno y revisar un listado impreso—. Aquí no está. Busquen mejor en Montparnasse. Estoy casi segura de que lo tienen ahí.

Entramos para ver la tumbas de algunos escritores. Entre ellas la de Koltès, con quien Claudio sentía una gran afinidad, pero también la de Zola y la de Théophile Gautier, uno de los favoritos de mi adolescencia. Conocer otros cementerios fue como visitar distintos países sin tener que abandonar la ciudad. Si se compara con el Père-Lachaise, el de Montparnasse es mucho más moderno y ordenado. Si en el primero hay tumbas que podrían parecer hechas de hueso derruido o de harapos, tumbas casi orgánicas, carcomidas por los gusanos del tiempo o en forma de monumento a las cuales da miedo acercarse porque parecen percatarse de todo lo que ocurre a su alrededor, incluidos nuestros pensamientos, en el segundo las sepulturas son limpias y más nuevas. Las inscripciones sobre las lápidas se pueden leer fácilmente. Con eso no quiero decir que carezca de personalidad. Tiene mucha, pero acorde al siglo XX. Más parecida a la de Sartre o a la de Serge Gainsbourg. No había una amalgama de épocas como frente a mi departamento. Ahí estaba efectivamente el poeta peruano, pero también Julio Cortázar, Emil Cioran y Eugène Ionesco. No puedo referir la sorpresa que sentí cuando descubrí que Porfirio Díaz, ex presidente de México, oaxaqueño afrancesado como lo era yo misma, descansaba ahí, junto a tantos personajes ilustres a los que, seguramente, no habría tenido nada que decirles.

Los cementerios de París están localizados en sus cuatro extremos: Montmartre en el norte, Père-Lachaise al este, Passy al oeste y Montparnasse en el sur. Mientras volvíamos a pie hacia Bastille, Claudio me contó que, antes de que se construyeran, el principal camposanto de la ciudad estaba en el centro, junto al mercado de Les Halles, exactamente donde ahora se encuentra la Place Joachim-du-Bellay. Fue clausurado a fines del siglo XVIII después de una epidemia terrible, originada por el manejo inapropiado de los cuerpos. Desde entonces se prohibió enterrar a los muertos dentro de la ciudad. «¡Cuántos cadáveres hay debajo del suelo que pisamos todos los días!», recuerdo que pensé. Por si fuera poco está la red de catacumbas romanas que se extiende en el subterráneo de la ciudad y aloja a su vez una gran cantidad de huesos. Concluí que vivir en París, dondequiera que uno esté, es vivir sobre la sepultura de alguien. La ciudad es un inmenso cementerio. Si las teorías espiritistas eran ciertas —y cada vez estoy más convencida de ellas—, todos debíamos de haber sido poseídos, por lo menos alguna vez, por un alma en pena.

Cuanto más lo pienso, más extraño me resulta haber recorrido todos esos cementerios con Claudio y no con Tom. A diferencia de éste, a Claudio no le interesaban los muertos sino el culto a los escritores. Para él, las tumbas estaban desprovistas de cualquier tipo de mística o significado oculto. Lo que buscaba era un placer puramente estético, cosa que a mí me producía cierta seguridad.

Esa noche dormimos juntos sin que mediara ya ninguna reserva de mi parte. Si en términos sociales era muy torpe, en términos de experiencia sexual era una auténtica neófita. Lo que me había enorgullecido durante años en México, me causaba, desde mi llegada a París y sobre todo desde mi amistad con Haydée, una vergüenza inconfesable. Claudio tuvo conmigo muchísima paciencia. No sé si se dio cuenta de las dimensiones de mi ignorancia pero jamás hizo ninguna alusión al respecto. Lo que seguramente sí comprendió (y no dudo que le haya gustado) es que yo era una página en blanco donde cada una de sus instrucciones –lo hacía con la música o con las visitas al museo pero también daba instrucciones en la cama– quedaba grabada para la eternidad. No quiero jactarme de nada pero creo que aprendí velozmente. Claudio volvió a Nueva York y yo lo alcancé unas semanas más tarde, durante las vacaciones de febrero.

LA VERSIÓN DE CLAUDIO

De la misma manera en que los musulmanes se representan el paraíso como un jardín lleno de vírgenes, en Cuba yo siempre lo imaginé parecido al Polo Norte, un lugar blanco y espacioso, donde en lugar de palmeras hubiera hielo y en vez de bullicio, un silencio perfecto. Por eso, desde que llegué a Nueva York, la estación que más disfruto es el invierno. A diferencia de mis coterráneos, considero esta temporada un tanto edificante, una época de purificación. El frío, sobre todo cuando la temperatura desciende varios grados bajo cero, no sólo limpia nuestros conductos respiratorios sino que nos despoja por completo de la insoportable molicie que causa el buen tiempo, en particular los climas tropicales. A −45° F a nadie se le ocurriría despilfarrar su vida en una hamaca, ni caminar arrastrando las chancletas. Al contrario, el invierno nos incita a economizar nuestros movimientos, a caminar con premura, evitando cualquier desvío innecesario, cualquier tentación de paseo. Todas nuestras células se mantienen activas, produciendo el combustible necesario para nuestro buen funcionamiento. Basta echar un vistazo a la economía mundial para darse cuenta de que los países gélidos operan mejor que los calientes y que las regiones nórdicas y montañosas son más lucrativas que los pueblos afincados en la costa, en donde lo único que produce la gente es esa clase de música que fomenta el baile y el desenfreno, las percusiones que incitan al sexo animal, el consumo desmedido de cannabis..., es decir el embrutecimiento y por la vía más rápida que yo conozca. Por ese motivo, y no para ahorrar dinero –como aseguran Mario y mis otros detractores–, procuro encender la climatización lo mínimo indispensable y conformarme con el calor que transmiten los pisos del edificio, habitados por latinos o asiáticos pusilánimes que malgastan la electricidad. Como en cualquier época del año, me ducho cada mañana con agua fría y así aprecio mejor el café caliente del desayuno.

Al salir de casa, procuro caminar con dignidad por las calles del barrio hasta la parada de autobús y no con movimientos rápidos y vergonzantes, ni todas esas muecas innecesarias que parasitan los rostros de los transeúntes. Imagino que soy un oficial del imperio austrohúngaro pisando los senderos que conducen al cuartel de su regimiento. Imagino incluso que soy el mismísimo invierno y que es bajo mi fuste congelado que se acalambran todos los plebeyos. Con dignidad majestuosa, subo pausadamente los escalones del autobús camino de la editorial. La gente me mira arrobada por un sentimiento de envidia en el que asoma también cierta admiración. Por más que lo intentan, no pueden controlar los pujidos y las quejas por el frío que voy dejando al pasar. Enfundando la nariz en sus abrigos, intercambian y comentan la información del meteorológico. Al escucharlos, pienso en sus vidas miserables y en lo distinto que sería el mundo si esta gente supiera aprovechar la mejor de las estaciones para fortalecer su carácter. Pero es inútil. Con los años he aprendido que la chusma no tiene remedio y apiadarse de ella es tan infructuoso como intentar educarla.

El jueves veinticinco de diciembre, a las nueve y media de la mañana, un taxi del aeropuerto me dejó en la puerta del 43, boulevard de Ménilmontant. Marqué el código de entrada que había recibido por mensaje y subí cuatro pisos de escaleras para despertar a Cecilia. Al menos ésa era mi intención. Ella estaba esperándome con la puerta abierta. Llevaba, lo recuerdo bien, pijama gris oscuro de franela y el cabello suelto sobre los hombros pero no desarreglado. Se veía hermosa recién salida de la cama. Era la segunda vez en mi vida que me encontraba con ella. Alguien más escéptico o formalista diría, y no sin cierta razón, que éramos dos desconocidos. Pero tampoco era totalmente verdad. Cecilia me parecía familiar en todo. Reconocía –vaya a saber por qué– su olor, sus rasgos, su forma de hablar y de moverse, su suavidad y su exacta distancia. Me resultaba, en todo caso, mucho más conocida que la presencia de Ruth, a la que, a estas alturas, debía estar acostumbrado. Apenas me vio llegar, me recibió la maleta y la puso en el suelo, detrás de la puerta. Después tomó mi mano y me hizo sentar en el sillón de su sala, el mismo sofá donde un mes antes había estado escuchando a Albéniz con Haydée y Julián. Hacía frío. En la calle caía una llovizna espesa y en las ventanas de su departamento, en vez de los árboles y los monumentos luctuosos del Père-Lachaise, veíamos el vaho y el reflejo de la lámpara encendida. En la mesita de centro estaba dispuesto el desayuno. No tenía apetito. Había comido prácticamente lo mismo durante el vuelo pero me forcé a desayunar de nuevo para no desairarla. Mientras tanto imaginaba sus pechos, iguales a los que pintaba Diego Rivera, cuyos murales había visto en Chicago. En cuanto terminó, la llevé en brazos hasta su habitación y me acosté junto a ella sobre su cama, donde aún quedaban los humores que había dejado su cuerpo durante la noche. Ese olor, que recuerdo ahora con una increíble nitidez, me embriagó como una nube de opiáceos. A pesar de que tenía una erección equina entre las piernas, Cecilia parecía absorta en otro tipo de pensamientos y preferí no forzar nada esa mañana. Alrededor de las once, me di una ducha, saqué una muda limpia de mi maleta y esperé a que ella se vistiera. Si hay algo que me hace sentir incómodo conmigo mismo es la falta de aseo. En Cuba, cuando se iba la luz y la bomba no podía subir el agua a los tanques de la azotea, cargaba cubos de agua para toda la familia. Sorprendentemente, no me molestó en lo más mínimo que ella se abstuviera de ducharse. Me dije que quizás había adquirido las costumbres locales, algo más laxas que las de América. Además, su olor era fresco y limpio en todo momento y, a diferencia del mío, no necesitaba modificarse. La lluvia había cesado un poco y un rayo de sol asomaba entre los nubarrones de invierno. Le propuse comer algo por el XVIIIème y después, si seguía el buen tiempo, visitar el cementerio de Montmartre para ver si era ahí donde estaba la tumba de Vallejo, a quien no habíamos encontrado en nuestra visita anterior.

Almorzamos el *menu de midi* de una *brasserie* modesta a la salida del metro Blanche. Admito que disfruté el momento en que se quitó el abrigo y sus pechos volvieron a dibujarse debajo del pulóver. Esta vez, quizás a causa del frío, o porque mi cercanía empezaba a hacerle algún efecto, sus pezones se irguieron hacia mí. Como he dicho ya, no suelo preguntar a las mujeres con las que me relaciono nada acerca de su vida pasada. Aun así, con Cecilia rompí no sólo esa regla sino otras de supervivencia básica, sin poder evitarlo. Esa tarde, mientras comíamos nuestra ensalada y nuestro filete con papas fritas, le hice una larga serie de preguntas que me fueron surgiendo. Quería saber cómo había sido de niña y de adolescente, con quién había crecido, cuánto tiempo llevaba viviendo en París. Me habló de su infancia en Oaxaca, junto a su abuela, una ciudad en la que nunca he estado pero imagino rodeada de volcanes y edificios antiguos, de frutas y aves exóticas. Me habló de su padre, que iba y venía entre Oaxaca y la Ciudad de México, del cariño inmenso que los unía. Me habló de su madre, de la que recordaba muy poco, y de cómo, enamorada de otro hombre, huyó de la casa familiar para reunirse con él; de sus estudios de letras en una universidad provinciana y de la biblioteca que donó el pintor Francisco Toledo a la ciudad en la que había crecido, permitiéndole así leer durante varios años. Oaxaca no era, desde luego, La Habana. Más bien todo lo contrario. Sin embargo, había similitudes en nuestra etapa de formación o al menos me pareció encontrarlas: la dificultad para comprar libros en nuestras ciudades, la afición por las bibliotecas. Cecilia no había crecido en el hacinamiento, pero sí en una situación de semiabandono. Pasaba mucho tiempo sola en un caserón antiguo, habitado únicamente por su abuela enferma. El abandono y el hacinamiento son, a mi entender, dos caras de una misma moneda. En ambos se vive aislado, ambos producen desesperación y angustia. Aunque en Oaxaca casi no se practica la santería, sus vecinos tenían, como los míos, creencias y prácticas paganas muy arraigadas. Supongo que el rechazo a esas costumbres delirantes influyó en su carácter racional por encima de cualquier cosa. A mí me pasó algo similar gracias a Facundo Martínez y a los múltiples rituales que su familia celebraba en el solar. Cada cosa que Cecilia me contó sobre sí misma aquella tarde no hizo sino aumentar mi deseo de permanecer junto a ella, de encaminarla, de cuidarla con mi propio cuerpo de cualquier inclemencia. Después de comer, subimos a pie hasta la avenue Rachel para entrar al cementerio por la puerta principal. Vallejo tampoco estaba en Montmartre. Visitamos, en cambio, las tumbas de Stendhal, de Zola, de Théophile Gautier y de Koltès, por quien siento una gran simpatía. Bernard-Marie Koltès. Uno de mis orgullos es haber vivido en París mientras aún estaba vivo y pocos lo conocíamos. Por supuesto, nunca se me habría ocurrido tratar de importunarlo con mi innecesaria presencia. Me bastaba saber que compartíamos la misma ciudad. Volvimos en autobús alrededor de las seis de la tarde. Cecilia sugirió que compráramos una botella de vino en Chez Nicolas. Un tinto muy accesible que me supo tan bueno como las mejores cosechas de la temba por el simple hecho de compartirlo con ella. Dormimos juntos esa noche y antes de que amaneciera hicimos tres veces el amor. Si utilizo esa expresión no es por cursilería repentina. Estoy muy consciente de lo patética que puede sonar en muchas ocasiones. Sin embargo, no hay ninguna que describa mejor lo que pasó entre nuestros cuerpos esa madrugada. Cecilia y yo no templamos, tampoco singamos, verbo extremadamente soez que sólo empleo en casos de necesidad. Simplemente prolongamos, hasta la dimensión física, aquello que sentíamos desde que nos conocimos.

Mi estancia en París duró exactamente tres noches y cuatro días. El tiempo que otorga la editorial antes de descontar vacaciones. No vimos a nadie. Ni a Haydée ni a Julián, ni siquiera a Michel Miló, se les notificó de mi paso por París en esas fechas. Nos concentramos en disfrutar la compañía del otro, incluso en simular una vida cotidiana, una vida conyugal como la que yo soñaba a su lado: silenciosa, pausada, frugal, rebosante de cariño mutuo, pero sin exageraciones. No negaré que pensé en Ruth varias veces, casi siempre para recriminarme a mí mismo por haber sido incapaz de despacharla antes de mi partida. Me sentía culpable de estar arriesgando, con ese noviazgo no confesado, mi relación con Cecilia. A veces también me preocupaba por ella. No le había comentado nada respecto de mi viaje. Simplemente le dije que pensaba trabajar ese fin de semana y que no me sería posible verla. Al subir al avión, había desconectado el teléfono y no lo había vuelto a enchufar para ver, así fuera una sola vez, si tenía llamadas suyas. Me preocupaba también encontrar la forma de aclarar las cosas en cuanto regresara a Nueva York. Era absurdo seguir esperando más tiempo. Sin embargo, estos pensamientos eran cortos y ocupaban muy poco espacio en mi mente. De inmediato, la presencia de Cecilia me acaparaba y la fuerza de mi sentimiento hacia ella me redimía de cualquier falta cometida en el pasado.

El domingo, en el cementerio de Montparnasse, encontramos por fin la tumba de Vallejo. Habíamos comido en un sushi de la rue de la Gaîté al que Cecilia, amante de la comida japonesa, iba con cierta frecuencia. Después del almuerzo, caminamos juntos hasta la avenue du Maine para entrar por una de las puertas laterales, donde hay una lista de las personalidades enterradas ahí y en la que, finalmente, encontramos su nombre. No fue fácil dar con él —me parece que el mapa estaba mal hecho—, pero lo conseguimos. Yo cargaba en un bolsillo de mi abrigo una edición compacta con una antología de sus poemas que pensaba sacar cuando encontráramos el lugar. Sin embargo, esa tarde no fuimos las únicas visitas a la tumba del poeta. Dos de sus lectores se nos habían adelantado. Uno de ellos era un profesor de quechua en la Universidad de París, director, según nos dijo, del departamento de lenguas oprimidas y minorizadas. El hombre conocía, como yo, varios de sus poemas de memoria pero, a diferencia de mí, no se cohibía recitándolos en público. Es más, aseguró que en varias de sus visitas a la tumba, en las que llevaba siempre pisco y cajas de cigarrillos como regalo al difunto, había tenido la suerte de dialogar con el espíritu del escritor. Cuando le contamos de nuestra búsqueda por los distintos barrios de la ciudad, nos explicó que a Vallejo lo habían enterrado primero en Montrouge, en el XIVème, pero que en 1970 su viuda había conseguido trasladarlo a Montparnasse, como era su sueño. Al volver al departamento, saqué mi libro y me dediqué a leerle a Cecilia fragmentos de *Trilce* que parecían escritos para ella. Los escuchó atentamente con los ojos cerrados hasta quedarse dormida.

> Ahora que chirapa tan bonito
> en esta paz de una sola línea,
> aquí me tienes,
> aquí me tienes, de quien yo penda,
> para que sacies mis esquinas.
> Y si, éstas colmadas,
> te derramases de mayor bondad,
> sacaré de donde no haya,
> forjaré de locura otros posillos,
> insaciables ganas
> de nivel y amor.

Dejé París de madrugada. Mi vuelo salía el lunes cinco de enero a las ocho de la mañana, hora de Francia, el tiempo exactamente necesario para llegar a mi casa y luego a la oficina, ya limpio y sin mi maleta, dispuesto a sorprender a todos los empleados de la editorial con mi inexplicable y nueva felicidad. Sin embargo, la alegría que me auguraba a mí mismo duró muy poco tiempo. Como en la ocasión anterior, mi buen humor se fue al suelo en cuanto pisé de nuevo el territorio americano. Los días pasados junto a Cecilia habían sido demasiado buenos, demasiado prometedores como para poder retomar mi vida cotidiana con indiferencia. Ponerles fin me parecía no sólo intolerable sino una verdadera estupidez. No me asustaba privarme del placer sino la idea de perderla. Habíamos quedado en que me visitaría en Nueva York durante sus vacaciones de febrero, pero ¿cómo podía asegurar que algo no nos impediría vernos o nos separaría definitivamente? Como mi ánimo, la temperatura bajó muchísimo ese lunes. No había nieve y el frío lacerante cortaba la piel.

Cecilia:

Apenas puedo concentrarme en mi trabajo. Me haces falta. ¿Qué tiempo hace allá? ¿Con quién estás ahora mismo? ¿No te parece absurdo que no estemos juntos hoy, que no vayamos esta noche al cine y a comer sushi a la rue de la Gaîté y luego a tu departamento, sabiendo que podemos quedarnos en la cama hasta más tarde, apretarnos el uno contra el otro y arroparnos con nuestro propio calor y un deseo ya sin miedo ni máscaras? Siento que me falta una parte de mi última naturaleza, de mi último yo, del que tú eres carne y espejo: extraño –y extrañar aquí es un acto visceralmente fisiológico– tus ojos, tu boca, tu lengua, tus dedos entrelazados con los míos, tu respiración, tu aliento, tu sabor, tu cuello, tus hombros, tu espalda, tu voz. Extraño mucho tus ojos. Tu voz y tus ojos. Lo que sentimos y a veces no nos atrevemos a decir, lo que me haces sentir que no me atrevo a decir, lo que tu sonrisa y tu aliento me dicen aunque tú misma no te atrevas a decírmelo.

Pasé la primera semana convertido en un guiñapo, en un súbdito de la nostalgia y la imposibilidad, luchando contra la desazón y la ausencia física. Varias veces durante la mañana, mientras corregía galeras en mi escritorio, me asaltaba la necesidad de llamarla por teléfono. La mayoría de las veces no me era posible resistirme. Por fortuna –eso lo pienso ahora– después de varios timbrazos saltaba el contestador de France Télécom. Yo colgaba avergonzado, sin atreverme a dejar, en un mensaje, los rastros de mi congoja. Prefería mandarle e-mails esperanzados, donde confirmar, una y otra vez, la certeza de mis sentimientos.

El viernes, después de casi ocho días de silencio, Ruth me llamó a la oficina. Contrariamente a lo que yo había augurado, no había marcado una sola vez a mi celular durante mi ausencia y tampoco encontré mensajes suyos en mi casa.

–Hola, cariño –dijo la mañana de aquel viernes, con el tono amable y afectuoso de siempre–. ¿Pudiste trabajar en paz durante las vacaciones?

Su voz, que no esperaba ni deseé escuchar en ningún momento durante aquel periodo de agonía, tuvo en mí el efecto de un bálsamo cicatrizante. Acepté su invitación a cenar sin poder resistirme Y, una vez terminados los manjares y disfrutada mi copa de coñac frente a la chimenea de su casa, tampoco me resistí a templar con ella. Por la mañana, mientras desayunábamos *bagels* con mantequilla, café y jugo de naranja, Ruth me anunció una buena noticia: durante mi ausencia había hablado con un amigo suyo, funcionario de la ONU, sobre la posibilidad de que me reclutaran como traductor permanente en la organización y, según le habían dicho, era muy probable que, por mi experiencia y mi currículum en la editorial, obtuviera el puesto.

Salí de su casa entusiasmado en materia de trabajo pero sintiéndome una basura en términos personales. Necesitaba hablar con ella, no para mencionar que existía otra persona, pero sí para informarle de una vez por todas que no podía seguir frecuentándola de la misma manera. A pesar de lo que pueda pensarse, no fue la posibilidad de aquel trabajo lo que me había impedido poner las cosas en claro. Sigo convencido de la generosidad de su alma y de que, aun rompiendo, habría seguido en su intento por colocarme en la ONU. No, lo mío era simple y llana cobardía. Nunca en mi vida había actuado de una forma tan vergonzante.

El lunes volví a la editorial y también al intercambio de correos con mi novia parisina. Los mensajes de Cecilia eran menos frecuentes que los míos. Si yo le mandaba entre dos y tres por día, ella me contestaba solamente dos o tres a la semana. El único efecto de su molicie era el de avivar mi deseo, y cuando la espera entre un mensaje y otro se extendía más de la cuenta, llegaba a sentir una desazón rayana en la ansiedad. Fue en ese periodo, los casi dos meses que pasamos separados desde mi visita de octubre hasta su viaje a Nueva York, cuando tuve oportunidad de conocer una de sus facetas menos luminosas. Probablemente tampoco a ella le había venido bien una separación repentina después de tres días tan intensos, y los efectos de ese cambio drástico de temperatura entre la pasión y la ausencia no tardaron en manifestarse en nuestra correspondencia. Tres semanas después de mi regreso, los mensajes de Cecilia dejaron de ser tan amorosos y poco a poco fue apareciendo en ellos una ambigüedad creciente. También la frecuencia con que los enviaba fue menguando y volviéndose esporádica. He aquí dos de sus «cartas»:

Querido:
Desde que te fuiste, París se ha vuelto un iglú dentro del cual no para de llover. Estar contigo fue como caer en un largo y cálido abrazo. Extraño tu piel y su espesor de oso. Tengo muchas ganas de volver a verte pronto en Nueva York.

Y una semana después:

Claudio:
Hay periodos en los que me da simplemente por olvidarme del mundo, y obsesionarme con alguna cosa sin sentido. Eso fue lo que ocurrió estos días que estuve sin escribirte. Estoy en plena lucha conmigo misma. Tengo unos malos hábitos de carácter que me hacen sufrir y me cuesta erradicar. Desde que te conocí he intentado abrirme a la posibilidad del amor para combatir la frustración, el desamparo. Pero a veces todo ello se apodera de mi vida. ¿Para qué quieres que te escriba desde semejante lugar? Si tuviera que elegir en qué mar suicidarme, me iría a Sicilia.
No dejes de escribir. Me hace bien recibir tus palabras.

Después de leer ese mensaje, apagué la computadora y salí a caminar sin dejar de pensar en ella y en sus desánimos, tan distintos de las crisis farmacológicas de Ruth. Estoy seguro de que en su caso las pastillas habrían surtido muy poco efecto. ¿Qué es lo que uno ama en el otro? Yo creo que el estilo –eso que está debajo de lo que llaman «química», una forma más o menos permanente de estar en el mundo, una manera indefinible de ayudar a los otros a conocerse y a aceptarse–. Me dije que a fin de cuentas uno es un constante campo de batalla. Cecilia Rangel, como cualquiera –y más a los veintisiete años–, es una esencia inestable, una serie infinita de pruebas, errores y aciertos. Cuánto cariño sentía ya entonces por todos sus movimientos y sus oscilaciones. Al regresar le escribí:

Cecilia:

Nada de lo que me puedas revelar sobre tus lados «invisibles» me podrá sorprender o asustar. Habrá cosas que me parecerán más útiles o productivas o benignas que otras. Pero no se puede amar ni respetar a nadie a pedazos, selectivamente. Va para ti este poema de Salvatore Quasimodo que descubrí hace años, un día en que me encontraba como tú te sientes:

> Ognuno sta solo sul cuor della terra
> trafitto da un raggio di sole:
> ed è subito sera.

Que podamos, pronto, dondequiera que estemos, sentir que un mismo rayo de luz nos atraviesa.

El siete de febrero, después de una negociación de varios días con su lado reticente, Cecilia aterrizó en el aeropuerto John F. Kennedy, adonde fui a recogerla para llevarla a casa.

REJAS

Ahora, ese viaje me parece mucho más extremo de lo que me resultó mientras lo vivía. Para empezar, estaba haciendo frío como nunca antes, ni siquiera durante el primer invierno que pasé en París lo había sufrido. El cielo, a diferencia del descrito por Claudio en sus mensajes, estuvo más encapotado que el parisino. La nieve había empezado a derretirse un par de días atrás, llenando la calle de un lodo asqueroso y gélido. Era imposible salir a cualquier lado sin botas especiales, que yo no poseía, y tampoco daban ganas. Cada mañana, Claudio abandonaba la cama a las seis en punto como un autómata que repitiera mecánicamente los mismos gestos: la forma de bajar los pies hacia el suelo, el tiempo que pasaba dentro del baño. No era deliberado, pero tampoco podía dejar de notar, desde el interior de las sábanas, los ruidos de la ducha y la máquina de café, de una manera similar a como escuchaba los de mis vecinos. No los disfrutaba en absoluto. En cierto sentido me parecían alarmantes por lo que decían de Claudio y su temperamento. Revelaban aspectos muy diferentes a los que exhibía conmigo. Si hacia mí demostraba una actitud cariñosa, amable, protectora, sus ruidos denunciaban rigidez e intolerancia hacia el caos. Odiaba sobre todo que sonara el teléfono, cuyo timbre casi inaudible lo crispaba. Al terminar de bañarse, llegaba a la cocina ya vestido y perfectamente acicalado con una expresión serena en el rostro. Cada mañana abría los cajones en el mismo orden. Primero el de abajo para sacar la cucharita cafetera, luego el de junto donde estaban las servilletas y, al final, el compartimiento de las tazas. Después, sacaba el café y la leche del refrigerador y encendía la máquina Krups para preparar su *espresso,* que constituía su único desayuno. Lo tomaba de pie, junto a la ventana de la cocina, desde la cual no era posible ver nada, excepto un diminuto balcón en el edificio de enfrente y un pedazo de cielo igual de reducido. Al terminar, lavaba velozmente la taza y la cucharita, colocándolas después en sus respectivos lugares, al igual que la leche y el café molido. Todos los vasos, los cubiertos y la vajilla de Claudio eran idénticos y debían acomodarse en un orden particular que me explicó el primer día, orgulloso de su ingenio y pidiendo que por favor no lo modificara. El nombre de aquella política doméstica era «La rotación de inventarios» y su finalidad era darle el mismo uso a cada objeto, sin privilegiar u olvidar ninguno. Para ello era indispensable guardar las cosas siempre atrás o por debajo de las que no habían sido utilizadas. Con la ropa ocurría algo parecido. Las camisas circulaban colgadas en el armario, los pantalones en su repisa, así como los calzoncillos de un modelo blanco e idéntico. Lo único que escapaba a este movimiento giratorio eran los zapatos, que poseía en mucho menor cantidad: botines negros (los mismos que había llevado a París durante ambos viajes), tenis blancos que usaba también durante la semana y un par de sandalias Birkenstock. Es de suponer que alguien que acomoda su casa y se comporta diariamente de esa manera, sea también el dueño de un carácter muy rígido, pero no era verdad en su caso. Claudio seguía siendo el cubano dulce que me presentara Haydée varios meses atrás, el mismo que con sus cartas había conseguido que superara –al menos en buena medida– mi obsesión por Tom. Sin embargo, Nueva York lo absorbía sin remedio. El lunes de mi llegada, cenamos en un sushi de su barrio. Desde entonces, no volvimos a salir. Claudio trabajaba hasta las siete de la noche y luego iba al gimnasio, del cual no podía prescindir. Mientras lo esperaba, me moría de aburrimiento. Generalmente volvía del trabajo con comida oriental para ambos y, una vez que los platos estaban limpios y guardados en su lugar, me pedía que me sentara junto a él en el sofá para escuchar música en silencio o veíamos un documental sobre robots. Le gustaban mucho los androides militares y otras máquinas que simulan animales, como el Robot Mule o el Robot Big Dog, que a él le parecían admirables y a mí, aunque nunca me atreví a expresarlo, bastante ridículos. Dadas mis circunstancias de encierro, esos divertimentos eran insuficientes. Casi siempre, uno de los dos se quedaba dormido antes de que terminara el video y le correspondía al otro organizar el movimiento de ambos hacia la habitación. En Nueva York, nuestros encuentros en la cama fueron mucho menos asiduos que durante su última visita a París. Dormíamos abrazados pero el cariño parecía haberse desplazado hacia un terreno casto y fraternal.

La casa de Claudio no era precisamente cómoda. Apenas más grande que la mía, estaba llena de cajas con papeles y correspondencia. Montones de periódicos se apilaban en las esquinas y junto a los libreros. Los muros de piedra eran bonitos pero no muy acogedores en un clima frío como el de Nueva York. La mayoría de sus libros eran tra-

175

tados filosóficos, para mí del todo impenetrables. Ni siquiera podía distraerme mirando hacia la calle pues, por insólito que parezca, las ventanas no daban a ningún lugar. Sé que estuvo mal fisgonear en sus papeles como había hecho antes en el departamento de Tom, pero, al mismo tiempo, no tenía muchas opciones y debo decir en mi defensa que, antes de hacerlo, me estuve reteniendo varios días. El viernes, sin embargo, no pude más y, después de un largo y pausado almuerzo en el sillón de la sala, decidí atacar la primera caja. Casi todas eran cartas de su madre. Le describía su dolor por haberse desprendido de «la persona que más amaba en el mundo». Si mal no recuerdo, eran éstas sus propias palabras. Después de leer durante horas y, ya entregada sin reticencias al espionaje, me puse a hacer el inventario de lo que Claudio conservaba ahí. Encontré un pequeño sobre con tarjetas que Haydée le había enviado desde París y, junto a éste, postales de diferentes amigos. Descubrí manuscritos de poemas que parecían de su propia autoría y también un libro de aforismos, tachado y con comentarios de un tal Michel Miló. Finalmente, en una caja escondida detrás de muchas otras, hallé lo que había estado buscando: las cartas de Susana —una decena de sobres semejantes entre sí, atados con un listón blanco, junto a un pañuelo de seda, un par de fotografías oficiales en las que se veía su rostro en blanco y negro y otras pequeñas pertenencias—. Sabía que me encontraba en el umbral de un espacio muy íntimo y por eso preferí pensarlo bien antes de profanarlo. Además, estábamos hablando de una muerta, y Tom me había advertido bien que los objetos de los difuntos deben respetarse si uno no quiere sufrir las consecuencias. Aprovechando que por una vez no llovía, me puse el abrigo y, a sabiendas de que mis zapatos podían estropearse, bajé a la calle. Tenía ganas de sorprender a Claudio con un buen platillo cocinado en casa, así que salí en busca de un supermercado donde comprar todos los ingredientes, desde la cebolla y el ajo hasta los condimentos más elementales, pues en sus cajones no había otra cosa que paquetes cerrados de café, galletas y cereal. En una tienda situada en Broadway y la Ochenta y seis, compré una botella de vino y lo necesario para hacer ensalada y musaka.

Volví al departamento y llamé a Claudio al celular para prevenirlo pero nunca atendió. Traté de localizarlo en la oficina y tampoco tuve suerte. La operadora me explicó que había dejado el lugar una hora antes de lo acostumbrado. Me dije que seguramente se había adelantado al gimnasio para volver más temprano. Fui a la estantería, puse un disco de Ry Cooder y empecé a cocinar. En cuanto escuché aquella voz aguardentosa, no pude evitar pensar en Tom y preguntarme dónde estaría metido aquel invierno, un año después de nuestra etapa simbiótica, durante la cual había aprendido a hacer aquel platillo que ahora repetía para Claudio. Mientras cortaba pimientos, descorché la botella y me bebí un par de copas hasta alcanzar una ebriedad ligera y funcional. Terminó el disco y decidí poner un álbum de David Byrne para acompañar mi alegría. La musaka se coció con calma en el horno, dándome tiempo para poner la mesa e instaurar un ambiente romántico con la luz de una vela que encontré en una gaveta de la cocina. La cena estaba lista pero Claudio seguía sin aparecer, ni siquiera había dado noticias. Volví a llamarlo al celular sin resultados. En la oficina ya no contestaba nadie. Afuera había empezado a nevar. Conforme pasaban los minutos, mi hambre y mi desasosiego aumentaron vertiginosamente. Me terminé la botella de vino y devoré con furia la ensalada, luego el plato principal. Antes de dormir decidí desafiar las leyes del respeto a los difuntos y volver a las cartas de Susana. Casi todas, con excepción de algunas tarjetas postales, estaban fechadas en un mismo año, de marzo a diciembre. La escritura era pequeña y temblorosa, las líneas anormalmente cerradas. Más que una correspondencia destinada a ser leída, parecía el testimonio de un monólogo interior muy confuso y extenuante. Sin embargo, me bastó leer un par de ellas a fondo para comprender que estaban llenas de reproches y acusaciones. Se sentía sola y, en una suerte de cantaleta repetitiva, le preguntaba a Claudio «las razones de su abandono». No pude leerlo todo. Eran demasiadas páginas y demasiado dolor para lo que yo podía soportar en ese momento. Volví a dejar las cosas en su sitio y regresé al sillón para seguir esperando hasta quedarme dormida.

Desperté poco antes de que amaneciera con dolor de cabeza y la impresión de haber seguido leyendo esas cartas durante toda la noche. Sentía mucha pena por Susana y también la necesidad imposible de ayudarla. Me asomé al cuarto de Claudio con la esperanza de que hubiera regresado pero la cama seguía tendida. Sin embargo, esta vez la luz roja del contestador anunciaba que había un mensaje nuevo. Era suyo. A pesar de mis intentos, no logré saber a qué hora lo había dejado. En la grabación, me decía con una voz extraña, una especie de susurro cauteloso, que estaba bien y que no debía preocuparme. Volvería por la mañana para darme explicaciones. En vez de detener el aparato, debí de apretar por error el botón que llevaba a los mensajes antiguos. La cinta empezó a correr y escuché una serie completa de recados en inglés, llenos de improperios y amenazas que no comprendí del todo pero que me dejaron atónita. Era una voz femenina, de fumadora y se diría que de alguien bastante mayor que el propio Claudio que, cada dos o tres insultos, lo llamaba también «*love*» o «*sweetheart*».

Uno piensa que los lazos que nos atan a los otros son eternos e inamovibles, sobre todo el afecto. Sin embargo, la gente cambia mucho según el lugar y las circunstancias. Desde que conocí a Claudio, yo había estado recibiendo un promedio de dos mensajes al día, cartas dulces y solidarias, en ocasiones teñidas de algún impulso didáctico o reformador al que no había prestado atención. Habíamos pasado también cuatro días muy intensos en París, durante los cuales me pareció conocerlo íntimamente. Hasta ese momento nuestros encuentros habían ocurrido en la ciudad donde yo vivía. Como suele decirse en deportes, jugué casi siempre en casa y él en territorio ajeno. Por eso no es tan sorprendente, si se mira de lejos, que en Nueva York me topara con alguien tan diferente del Claudio que conocía. No es que sintiera el cambio de inmediato aunque, pensándolo bien, si hubiese abierto los ojos habría podido reconocer algunos signos. En vez de eso, preferí confiar en él, creer ciegamente en su afecto, en su honestidad. Del primero no tenía dudas como tampoco las tenía sobre el cariño de Tom, pero la honestidad es una virtud cada vez más escasa.

Después de escuchar los mensajes me fue imposible seguir durmiendo. Regresé a las cartas de Susana y encontré algunas notas que Claudio le había escrito. Me abochornó el parecido con los e-mails que me enviaba a mí. Levanté la mesa, recogí la cocina según su descabellada «rotación de inventarios» y me senté en el sillón de la sala para esperar su regreso. Todo tipo de explicaciones pasaron por mi mente. Cuando me cansé de especular, decidí llamar por teléfono a Haydée. En París eran las diez de la mañana y no me preocupaba despertarla. Ella tampoco tenía la respuesta, pero escuchar su voz me hizo sentir en casa. Cuando le expliqué lo que había sucedido y cómo había transcurrido mi última semana, su veredicto fue tajante:

—Yo quiero mucho a Claudio pero es tremendo cabrón. No sigas ahí. Regrésate inmediatamente.

Y eso fue, en resumidas cuentas, lo que hice.

INSOMNIO

El radar que ciertas mujeres tienen respecto a la amenaza –inminente o no– de sus congéneres las emparenta con las serpientes y con otros animales venenosos. Todavía no me explico cómo se enteró Ruth de la llegada de Cecilia a Nueva York, pues no se lo había contado a nadie, ni siquiera a Mario, mi único amigo en esta ciudad. Quizás haya recurrido a una cartomántica de talento inaudito o quizás, conforme al aspecto práctico que a veces manifiesta, contrató un detective para vigilarme. Lo cierto es que, desde el momento en que Cecilia aterrizó en la ciudad, no dejé de recibir llamadas suyas; primero supuestamente ingenuas y después agresivas. Me abstuve de responder. Entonces comenzaron los mensajes de texto. Cada quince minutos, escribía preguntando si seguía en la oficina, si me encontraba en el gimnasio o «atendiendo a alguien importante». El tono irónico de su escritura me dejaba saber que estaba al tanto de lo que sucedía. Aun así, logré mantenerme lo suficientemente sereno como para recibir a Cecilia sin delatarme. Subimos juntos a un taxi que nos llevó del aeropuerto a la casa y, para halagarla, le pedí al chofer que pusiera en el tocadiscos el concierto de

Alicia de Larrocha que le había regalado en mi primera visita a su casa. Esa tarde, después de llevar su maleta al departamento, la invité a cenar a uno de mis restaurantes japoneses preferidos, situado en Columbus y la Setenta y siete. Mayor que la fascinación por tener a Cecilia en mi ciudad, como había soñado durante meses, era el terror galopante a que algo o mejor dicho *alguien* consiguiera separarnos. Me he dicho una y otra vez que la culpa fue enteramente mía. Si en vez de postergar hasta el infinito mi ruptura con Ruth le hubiera hablado con honestidad y propiciado la distancia que necesitábamos, nada habría podido obstruir el espacio de pureza e intimidad que tanto Cecilia como yo nos merecíamos. A pesar del cansancio por el viaje y por el cambio de horario –en París debían de ser las tres de la mañana–, Cecilia notó cierta crispación en mi rostro. Me tomó de la mano y, mirándome a los ojos, preguntó si estaba contento con su visita. Su pregunta me enterneció.

Mal que bien, logramos sobrevivir a la ponzoña de Ruth. A pesar del frío y de la nieve derretida, volvimos caminando a casa sin más incidentes que un par de resbalones. Esa noche Cecilia se durmió en mis brazos antes de que lograra desnudarla. En vez de sentirme decepcionado, disfruté el quedarme con ella en silencio, oírla respirar. Su pelo suelto y oscuro caía sobre mi pecho. Le quité los pantalones, la metí en la cama y me acosté junto a ella. Sin embargo, apenas apagué la lámpara, escuché que el contestador se ponía en marcha. Salí de las sábanas y me acerqué al teléfono para ver de qué se trataba. Mis sospechas se vieron confirmadas: era Ruth en un estado de nervios semejante al desequilibrio farmacológico que había tenido pocos meses antes de viajar a París. Hablaba entre sollozos, lanzándome acusaciones insensatas, amenazas que contemplaban desde aparecer en mi oficina por la mañana y armar un escándalo, hasta suicidarse esa misma noche. Miré la pantalla. Habían entrado veintinueve mensajes desde las seis cuarenta y cinco de la tarde, seguramente todos de ella. Desde que la conocí, estar con Cecilia me ha permitido alcanzar un estado de felicidad sin precedentes, pero esa noche la exaltación se vio oculta por el terror a las amenazas de la temba.

No podía volver a acostarme antes de decidir cuál iba a ser mi estrategia defensiva, así que me senté en el sofá y le estuve dando vueltas al asunto. Mientras tanto, el teléfono volvió a sonar otras dos veces. Tuve que hacer acopio de templanza para no responder. Finalmente, opté por desconectar el aparato.

La mañana me sorprendió dormido en aquel lugar. Cuando regresé al cuarto, Cecilia estaba despierta y leía una novela cuyo título no recuerdo. Me disculpé por no haber dormido con ella.

–No te preocupes –respondió–. Tenemos tiempo de sobra. Hay café caliente en la cocina. ¿Te sirvo una taza?

La imaginé unos minutos atrás, caminando hambrienta por el departamento en busca de algo para comer pero sin atreverse a molestarme. Había muy pocas cosas en la despensa. Aun así, ella había conseguido preparar el desayuno. Era la primera vez que alguien estaba en mi territorio. Nadie, además de mí, había comido antes en mi casa. Lo más probable es que hubiera llenado el suelo de migajas y la pila del fregadero de platos sucios y, sin embargo, nada de eso importaba. Si alguien merecía estar dentro de esa fortaleza era ella.

En vez de desanimarla, mi silencio no hizo sino potenciar la crisis de Ruth. Alrededor de las doce, cuando me aprestaba a dejar el escritorio para bajar al comedor de la empresa, mi celular volvió a sonar con insistencia. Decidí enfrentarla de una vez por todas.

—Escúchame bien —le dije con el tono más seco que pude—. No sé qué pastilla te tomaste pero te está fallando la cabeza. ¿Cómo te atreves a dejar esos insultos en mi casa y en el celular? ¿Qué derechos te atribuyes? La verdad es que no te reconozco.

—¿Con quién estás? —replicó ella, sin ningún remordimiento—. ¿De dónde salió esa niña que ahora vive en tu casa?

Era evidente que alguien le estaba dando información.

Ruth sabía muy bien que yo no invitaba a nadie a mi guarida, así que no me fue tan difícil convencerla de que se trataba de una pariente, una prima que había venido de Miami por asuntos universitarios.

—Está tratando de entrar a CUNY y vino a hacer una entrevista —mentí—. Por favor no vuelvas a llamar en la madrugada.

—Si no tienes nada que esconder —dijo ella—, ¿por qué no respondías el teléfono?

—No voy a tolerar que me vigiles ni que me insultes de ese modo. Dime de una vez qué puedo hacer por ti.

Estaba, según me dijo, en un café de Penn Station, a unas cuadras de la editorial. Me suplicó que comiera con ella. Quería verme «para disculparse». Era lo último que yo deseaba en aquel momento pero accedí para que se quedara tranquila. Al principio me mostré resentido y orgulloso, pero en realidad lo que me aquejaba era el remordimiento y un absoluto pavor a desquiciarla de nuevo. Poco a poco, al ver que entraba en razón, yo también me fui relajando. Al despedirnos me hizo prometer que le presentaría a mi prima el viernes por la tarde. Fue un error, sin lugar a dudas, pero al menos dejó de molestarme

184

el resto de la semana. Las tardes siguientes, al salir del gimnasio, hacía una parada veloz en un restaurante coreano que hay cerca de mi trabajo y llegaba a casa con comida caliente. Después de cenar, Cecilia y yo nos sentábamos en el sofá a escuchar mis discos preferidos. Cecilia no escucha música, se abandona a ella. Se confunde con las notas de una forma conmovedora. Por primera vez en mis cuarenta y dos años de vida estaba en compañía de un ser dotado con la sensibilidad suficiente para disfrutar de la música como lo hago yo.

La semana transcurrió sin mayores complicaciones. El viernes decidí volver a casa temprano, directamente después del trabajo, sin pasar por el gimnasio; desconectar tanto el celular como el teléfono fijo y encerrarme sábado y domingo con la mujer de mi vida. Mientras Cecilia y yo estuviéramos juntos, todo podía colapsarse. Sin embargo, la astucia de Ruth superó mis expectativas. En el momento en que estaba por salir de la oficina, apareció en la puerta de la editorial y me tomó del brazo.

–¿No te molesta que haya venido a buscarte? –preguntó, con una voz tan ilusionada y jovial que no hubo forma de oponerse–. Pensé que podíamos ir juntos al restaurante francés que tanto te gusta, comprar algo para llevar y decirle a tu prima que nos alcance en mi casa.

No tuve más remedio que seguirla. Durante el periplo fingí llamar a mi prima para contarle nuestros nuevos planes y no obtener ninguna respuesta. Mientras lo hacía, vi aparecer en la pantalla varias llamadas de Cecilia que daban cuenta de su desesperación. Tenía el teléfono en silencio para que Ruth no lo escuchara. Tampoco en el *loft* de Tribeca me dejó solo el tiempo necesario para advertir a Cecilia de mi tardanza. Durante la cena, apenas probé bocado. Ni el *confit de canard* pudo despertarme el apetito

185

aquella noche. Mi estómago parecía obstruido por una cicatriz reciente. Ruth, en cambio, sonreía y parloteaba como nunca en su vida. Esperé a que terminara su postre y, en cuanto esto ocurrió, me levanté de la mesa en busca de mi abrigo.

–¿Te vas tan rápido? –preguntó.

–Estoy preocupado por mi prima. Quizás perdió la llave y no tiene manera de entrar a casa.

–Pero tiene tu celular. ¿No es cierto? Te hablaría si surgiera algún problema. –Su voz había vuelto a agudizarse.

–No me atiende. Marqué su número mil veces y me manda al buzón. Puede que lo haya dejado en el departamento.

–Entonces llamemos a la policía. –Más que irónico, su tono era desesperado.

–Prefiero volver, si no te importa. Llamaré a quien haga falta si no la encuentro en el edificio.

–¡Claro que me importa! –replicó a los gritos, llevándose a la garganta el Opinel con el que había estado cortando pedazos de queso–. Si vuelves con esa ramera me mato.

Forcejeamos unos segundos durante los cuales intenté quitarle el instrumento. Me di cuenta de que su brazo temblaba. Lo aparté con fuerza de su cuello y, al hacerlo, la hoja de acero lastimó la clavícula de Ruth. Su escote empezó a teñirse de sangre. Era una herida superficial, lo supe cuando pasé un algodón mojado en alcohol para curarla, pero en aquel momento ninguno de los dos sabía cuán profundo era el corte. Mientras le limpiaba la sangre, la temba empezó a llorar. Esa noche, su llanto fue más parecido que nunca al de una niña tratada injustamente. Intenté tranquilizarla sentándola sobre mis rodillas y fue así como terminé templando con ella. Fue sin duda uno de los mejores polvos de nuestra historia y tuvo varias repeticiones hasta bien entrada la noche, cuando las náuseas me atacaron como siempre. En el baño, entre arcada y arcada, logré por fin llamar a Cecilia y dejar un mensaje culposo en el contestador de mi casa.

Llegué al departamento alrededor de las nueve. Apenas entré, me di cuenta de que Cecilia se había ido definitivamente: su maleta no estaba, los discos y los libros que le había regalado cada tarde, al volver de mi trabajo, formaban una pequeña pila sobre el sofá donde apenas dos noches atrás habíamos escuchado *Las horas* de Philip Glass.

II

REENCUENTRO

El final abrupto de mi romance con Claudio no detonó ni mucho menos un malestar semejante al que siguió al viaje de Tom. Volví a París contenta de estar ahí, dispuesta a celebrar el cumpleaños de Haydée con sus amigos. Las semanas siguientes, Claudio envió decenas de mensajes que nunca leí, ni siquiera por curiosidad. Estaba convencida de que había escapado a tiempo de una historia desastrosa y me sentía satisfecha por ello. En cuanto empezaron las clases, volví a los seminarios del instituto y retomé mi puesto en el Lycée Condorcet como asistente de lengua. Mi vida transcurría rutinariamente, sin grandes sobresaltos. Sin embargo, esa sensación de tranquilidad y de alivio, bastante inusual al menos desde mi llegada a Francia, no duró mucho tiempo. Una mañana, mientras me disponía a salir de casa para hacer mi compra semanal de comida en lata, escuché los pasos inconfundibles de Tom subiendo por la escalera. Me asomé por la mirilla y lo vi con un cansancio mayor al de antes, arrastrando peldaños arriba la misma maleta con la que lo había visto irse. No tardamos mucho en instaurar una dinámica cotidiana semejante a la que habíamos tenido antes de su partida. Cenábamos jun-

191

tos casi todas las noches y los fines de semana nos quedábamos hablando frente a su chimenea hasta el amanecer. Mi impresión en la escalera había sido acertada: su salud había sufrido un golpe durante el viaje y eso, más la alegría que me causaba su presencia, ayudó a que dejara de lado mi resentimiento. Retomamos también nuestras caminatas por el barrio y por el cementerio, sin que yo pusiera ahora ningún reparo. Me contó que en Sicilia su paseo cotidiano lo hacía dentro del Cimitero degli Angeli de Caltanissetta, del cual me había mandado la foto; un cementerio más moderno que el nuestro, con monumentos grandiosos y color ocre. Le gustaba tanto que había adquirido un nicho a pesar de tener ya uno en el Père-Lachaise. Según él, no había podido resistirse al enterarse del precio.

–Cuando me muera, tendrás que llevar ahí parte de mis restos –me dijo en plan bromista, pero a mí se me congeló la sangre.

Cada tarde, al salir del liceo, recogía a Tom en République y volvíamos juntos al edificio. A veces, mientras esperaba a que hiciera el corte de caja, me ponía a mirar la mesa de novedades que él tanto despreciaba. Según su criterio, los libros debían pasar una prueba severa de añejamiento que consistía en leerlos por lo menos diez años después de que su autor hubiera pasado al barrio de enfrente. Entonces era posible saber si habían sobrevivido.

Le gustaba caminar, sin importar el clima, pero era obvio que esa actividad lo agotaba. Por eso yo insistía tanto en que tomáramos el metro o el autobús que sube por avenue Parmentier y nos dejaba en la rotonda. Además estaban las escaleras del edificio. Subir los cuatro pisos bastaba para dejarlo sin habla. No siempre era fácil mantenerme al margen, evitar hacer preguntas respecto a su salud. Aunque la idea de su propia muerte lo tenía obsesionado, hablaba muy poco acerca de su enfermedad. Era como si se avergonzara de todas las cosas que no podía hacer, como si le costara trabajo encontrar el equilibrio entre el esfuerzo desmesurado y la prudencia. Si Tom detestaba algo en este mundo era que lo consideraran un discapacitado. Una tarde, al llegar a la librería, lo sorprendí sentado en el suelo de la trastienda. Su rostro lucía un color gris verdoso. Me preocupé muchísimo y le sugerí que pidiera una baja por enfermedad para recuperarse.

–No sabes lo que dices –respondió–. Si me salgo de la fila no podré volver a entrar.

Me fui de ahí y esperé mirando los estantes hasta que volvió fingiendo que no había pasado nada. Seguramente a alguien ajeno a nuestra relación, alguien como Haydée o Rajeev, le costaría entender que no intentara convencerlo de salirse por un tiempo de «la fila», para utilizar su propia expresión; que no lo acompañara al Instituto Pasteur, donde lo revisaban semanalmente; que me ocupara de él de otra manera, pero sabía que si algo apreciaba de mí era que no lo tratara como a un enfermo.

El final del invierno fue menos largo de lo que esperábamos. En el mes de abril yo había leído ya la tercera parte de su librero. Empecé la redacción de una tesina sobre escritores latinoamericanos enterrados en París. Pasaba horas leyendo en la biblioteca las biografías y la obra de Cortázar, Ribeyro, Vallejo y Asturias. Dejé de ir al resto U y, después de dar clase, me iba a la cantina del instituto. Comíamos juntos una vez por semana, el día en que visitaba a su médico. Si la tarde estaba soleada paseábamos después por el boulevard Raspail o por el Jardín de Luxemburgo. Al salir de la consulta se veía distinto, como espantado. Según él, los médicos le drenaban la energía. Le venía bien caminar entre los árboles del parque, ver a la gente paseando con despreocupación. Qué distintas eran esas caminatas de las del Père-Lachaise. En el Jardín de Luxemburgo nuestro humor era mucho más ligero. Nos gustaba reconocer a ciertos personajes cotidianos, vagabundos, señoras mayores con sus perritos.

–No puede ser –decía burlonamente–. Me sacas a pasear entre las plantas y las flores de este parque tan burgués, como si fuera un caniche, sabiendo que soy un chacal de cementerio. –Pero eso era sólo los jueves. El resto de la semana Tom se quedaba en nuestro barrio. Recuerdo ese mes de junio como un periodo particularmente feliz, semejante al que había experimentado un año antes, al recibir su única tarjeta. Tenía la sensación de haber corrido un velo sombrío que, sin que yo lo supiera, había cubierto durante años mi percepción del mundo. Los árboles resplandecientes me conmovían, así como el cielo, más amable y luminoso que nunca. No era sólo la euforia del enamoramiento. Era más bien una suerte de reencuentro conmigo misma y con lo que me rodeaba. La sensación apacible de estar en casa y, detrás de esa discreta alegría, una constante de gratitud.

Luego llegó el verano y las vacaciones, que en esta ocasión sí pasamos juntos en un pueblo de Bretaña a tres horas de París en un hotel acogedor, parecido a un *bed and breakfast* de cinco estrellas. Los médicos le habían aconsejado que no viajara demasiado, pero la altura del mar y su aire limpio le hicieron bien. A pesar del cansancio sempiterno de su cuerpo, la mente de Tom estaba despierta y su ánimo bromista. Hablamos mucho del pasado y de la forma en que había influido en nuestro carácter. Me sentí con la confianza suficiente para confesarle que había ido a su casa a revisar sus papeles. Tom no se sorprendió de mi intromisión pero, al mencionar a Michela, su gesto se volvió serio.

—¿Fuiste a buscarla a Sicilia? —pregunté, forzando el tono confidencial, dispuesta a resolver todas mis dudas.

—De alguna manera —respondió él—. Ahí fue donde la conocí.

Comprendí por qué había comprado un nicho en aquel cementerio. Me dije, no sin amargura, que a Michela le habían tocado los mejores años de ese hombre maravilloso. Con ella había podido viajar y muy probablemente disfrutar de su erotismo. Tuve tantos celos que llegué a sentir vértigo.

Me dije que el dolor vuelve loca a la gente y que quizás había sido por la ruptura con ella por lo que había enfermado de ese modo. Preferí no preguntar nada más. Lo poco que sabía bastaba para obsesionarme. Hay pocas cosas tan difíciles como liberarse de los celos. Aunque no me fuera posible aceptar la presencia de los muertos, puedo decir que, si no el fantasma, al menos el recuerdo de Michela nos acompañó durante todo el viaje.

Al volver a París, la salud de Tom nos cobró el paseo con intereses. En el mes de septiembre ya no podía caminar desde la librería a la casa y subir las escaleras le llevaba el doble de tiempo. Decidí no renovar mi puesto en el Lycée Condorcet. Cuando Tom prescindía de mis cuidados, dedicaba mi tiempo a investigar para la tesina. Un jueves, como a las dos de la tarde, mientras salía cargada de libros de la biblioteca François Mirterrand, Tom me llamó para explicarme que se encontraba en el hospital. Esa mañana había ido a su consulta en el Instituto Pasteur y el doctor le había impedido volver a casa. No llevaba ropa consigo y me pidió que le preparara una maleta. Cuando le pregunté si necesitaba algo más, me encargó que pasara a comprarle una pijama.

ROBOTS

Cuando se fue Cecilia, caí en un estado de suspensión emocional. Estaba atónito y tardé más de tres días en saber cómo reaccionar a los acontecimientos. Estoy seguro de que ese periodo de estupor jugó en mi contra. Si hubiera intentado localizarla de inmediato, el mismo sábado en que dejó mi departamento; si hubiese llamado a Haydée para suplicarle que me ayudara a encontrarla; si hubiese ido, por incierto que fuera, al aeropuerto para impedirle subir al avión que la devolvió a Francia, las cosas habrían pasado de otro modo. Seguramente me habría perdonado. En vez de eso me dediqué a trabajar en la editorial y a perfeccionar mis rutinas de orden y limpieza en casa. Hablé con el encargado del gimnasio y le pedí que aumentara mi entrenamiento para que, por la noche, al llegar a mi cuarto, pudiera desplomarme sobre la cama sin caer en la tentación de la nostalgia ni en ningún otro tipo de sentimentalismo. Leí a Séneca y a Michel de Montaigne, escuché una y otra vez las *Variaciones Goldberg* en el piano de Glenn Gould, cuyo poder curativo nunca ha dejado de sorprenderme. Cuando el clima me lo permitió, salí a caminar durante horas alrededor de Central Park. Como ocurría en general después de cada encuentro, Ruth no volvió a manifestarse durante un par de semanas. Así consiguió evitar que mi furia cayera sobre ella. Yo tampoco la llamé, por supuesto.

A Cecilia, en cambio, le escribí innumerables mensajes. Le mandé discos y llegué a encargar por internet que le llevaran flores a su pisito de Ménilmontant. Nunca obtuve respuesta. Soporté su silencio no como una humillación, sino como un merecido castigo. Finalmente, en un rapto de humildad y desasosiego, me decidí a llamar a Haydée, dispuesto a escuchar una larga reprimenda. Fiel a su carácter pero sobre todo a nuestro pacto de sinceridad, Haydée fue tajante conmigo.

–Te portaste muy mal y lo sabes –me dijo–. Es mejor que no la busques. Está enamorada de otro.

Encajé su respuesta en silencio y, mientras asistía con impotencia a mi propio desmoronamiento, permití que me contara con lujo de detalles el viaje que Cecilia y su novio habían hecho recientemente a Bretaña.

En el mes de marzo recibí una llamada de Ruth para anunciarme que el puesto en la ONU le había sido asignado a otro de los candidatos. Seguí trabajando con mucho ahínco en la editorial y aumenté la cantidad de páginas que corregía diariamente. También dejé de bajar al comedor a la hora del almuerzo. No tenía hambre y saludar a la gente en la fila del bufete, o a quien se animara a sentarse en mi mesa, me resultaba un suplicio. Adquirí la costumbre de saltarme esa comida y, como es de suponer, por la noche estaba demasiado cansado para acudir al gimnasio. Carecer de un motivo para vivir no justifica que un hombre se abandone. Yo debía seguir trabajando, debía seguir con mi programa de vida, debía producir y acumular dinero para mi jubilación, debía mantener a mi madre hasta que dejara de necesitarlo. Y, una vez que ella muriera, convertirme en un viejito pulcro y digno y pagarme la casa de retiro con mis ahorros. Esos meses fui presa de una cantidad exagerada de gripes y otros virus semejantes. El médico me recetó antibióticos en tres ocasiones. La última no tuve más remedio que pedir una breve baja en la editorial, ya que no conseguía ni mantenerme erguido en mi silla de escritorio. Puesto que no lograba asistir, dejé de pagar el gimnasio, pero lo peor no fue eso sino el inmenso desprecio que llegué a sentir hacia mí mismo. ¿En qué me estaba convirtiendo? Yo, que siempre había tenido bajo control mi vida y mis emociones, me había transformado ahora en una piltrafa humana de esas que abundan por las calles y lloriquean en las escaleras del metro.

Por más que cerebros eminentes hayan disertado sobre el tema, nunca he podido considerar la depresión como una enfermedad verdadera. Me parece, si acaso, un síntoma o mejor dicho una autocomplacencia que una cantidad ridícula de personas se permite y, por supuesto, también un negocio muy rentable para la industria farmacéutica. Por eso, desde que tengo recuerdo, he desdeñado a la gente que asegura deprimirse como si se tratara de una postura filosófica. Aprovechándose de mi fragilidad, los recuerdos más horrendos que conservo empezaron a presentarse con una frecuencia alarmante. Volví a vivir el arresto de mi abuelo y el día en que un profesor del colegio me golpeó en la cabeza frente a mis compañeros del aula. Volví a vivir la mañana en que descubrí a mi madre sollozando en el patio sin que me explicara nunca la razón de su congoja. Volví a vivir el entierro de Susana, la expresión de su madre, destruida por el dolor. Susana. Como si mi malestar hubiera invocado a su fantasma, a menudo sentía su presencia en la casa, sus ojos al borde del llanto, recriminantes. Para no pensar en ella –ni en ninguna otra cosa– pasaba horas frente a la *laptop* buscando imágenes tranquilizadoras. Sin que pueda explicar la razón, los aterrizajes de naves espaciales o de aviones piloteados a control remoto me producen una paz indescriptible. Sin embargo, apenas bajaba la pantalla, los recuerdos volvían a perseguirme.

Convencido de que había perdido la cordura, llamé a Mario y le rogué que cenáramos juntos esa misma noche.

–¡Dios mío! –exclamó él, apenas verme–. ¡Estás hecho un alambre! Por favor no me cuentes que estás enfermo.

Nos sentamos y dejé que fuera él quien ordenara la comida. Habían pasado muchos meses desde nuestra última cita y, para hacerle el relato completo, tuve que remontarme a mi encuentro con Cecilia. Mario me escuchó sin decir una palabra. En sus ojos reconocí una sincera preocupación y una urgencia por sacarme de aquel estado.

–No lo sé, hermano. Yo creo que ahora sí me tosté –le dije.

–Tú no estás loco, no te preocupes –dijo él, con el tono de voz más amable que le he escuchado en mi vida–. O, en todo caso, no más que de costumbre. Eres un hombre como cualquier otro y los hombres pasan por este tipo de fases. Ya tú sabes, la *midlife crisis* y toda esa mierda. Lo que tú tienes es una depresión de cojones.

Sentí que los ojos se me desorbitaban.

–Pero yo no quiero ser un hombre. ¿Me entiendes? ¡Quiero ser un robot! –grité, llamando la atención de todos los comensales.

Mario se echó hacia atrás sobre su silla. Su actitud asustada me sacó por completo de quicio. Casi le arranco el cuello de la camisa.

—¡Yo quiero ser una máquina! ¡Quiero ser un robot! ¡Quiero ser una máquina infalible!

De inmediato el gerente del restaurante se acercó a nuestra mesa y nos pidió que saliéramos del lugar. Así lo hicimos, convencidos de que era lo más prudente. Caminamos en silencio hasta la boca del metro. Al despedirnos, Mario me sugirió, casi con miedo, que acudiera al consultorio de un psiquiatra.

—Si te decides, avísame. Yo conozco un médico excelente.

Las palabras de Mario no carecían de sentido. Si yo no tenía la entereza necesaria para regresar a mi estado habitual (y Dios sabe cuánto me odiaba por eso), lo mejor era ver a un especialista. Sin embargo, prefería que nadie se enterara de mi flaqueza. Llamar a Mario o a quien fuera para pedir el número de un loquero estaba por debajo de mi dignidad. Tenía que encontrar una forma alternativa de dar con uno de ellos. Al llegar a mi casa, decidí mandar un mensaje de texto al celular de Ruth y pedirle el número de su médico. «Contesta pronto», le dije, «un colega de la oficina lo necesita con urgencia.» La respuesta llegó de inmediato junto con una invitación a cenar a la que no hice ningún caso. La agenda del doctor Menahovsky estaba llena. Después de insistirle mucho a la secretaria, conseguí una cita para después de dos semanas.

OTOÑO

Era principios de octubre. Las hojas de los árboles habían adquirido ya un tono de rojo incendiario. Para ir al hospital, yo debía cruzar París en prácticamente todos los medios de transporte público que existen en la ciudad. Iba en metro desde Père-Lachaise hasta Châtelet para después tomar el RER que me llevaba al suburbio de Anthony. Una vez ahí, subía al autobús que cruza la autopista hasta la comuna de Petit Clamart donde estaba el sanatorio. El pueblo era chico y cada estación correspondía a una etapa en la vida de sus habitantes. La primera, por ejemplo, era la escuela elemental. Pocas calles más adelante estaban el colegio y el gimnasio, después la alcaldía y, junto a ella, la iglesia. Varias calles más arriba, el autobús pasaba por el cementerio para llegar finalmente al hospital en el cual estaba internado Tom. A diferencia del centro, las calles suburbiales están rodeadas de árboles y de pequeños arbustos. El paseo habría sido agradable de no haber sido por las dos últimas estaciones. A estas alturas ya estaba muy acostumbrada al Père-Lachaise, cuyas tumbas habían perdido para mí todo elemento inquietante. En cambio, el cementerio de Clamart me resultaba totalmente desconocido y, por eso mismo, ominoso. Lo distinguía una aséptica uniformidad –tanto de las lápidas como de las jardineras con florecitas de colores– y una total ausencia de dramatismo. Era, en pocas palabras, un cementerio católico y pequeñoburgués de un pueblo donde lo último que deseaba la gente era llamar la atención. Varias veces, mientras pasaba por ahí, me pregunté cuál era la diferencia entre ser enterrado en una fosa común o un sitio como ése. Es probable –nunca tuve el tiempo ni la disposición de comprobarlo– que entre sus muertos no hubiera ningún personaje célebre o distinguido, nadie, excepto los difuntos de Petit Clamart, tan invisibles y anónimos como sus vivos. Personas de bajo perfil, instaladas ahí desde hacía pocas generaciones, comerciantes que mantenían activa la economía del lugar, maestros de escuela, funcionarios. Una vez que el autobús cruzaba la carretera que constituía el límite de aquel pueblo, se detenía frente al sanatorio para seguir su recorrido hacia la terminal.

Después de haber permanecido años sin hablar –o apenas– de su salud, su historial clínico se transformó, esas semanas, en el tema principal de nuestras conversaciones y de mis propios pensamientos. Me contaba, para tranquilizarme, que era una etapa pasajera, una especie de limbo en nuestra vida cotidiana, y que pronto estaríamos de nuevo frente a la chimenea riéndonos de su estancia en el sanatorio. Le hablaba mucho de su departamento, del edificio y del barrio. Le transmitía los saludos del quiosquero o de la panadera, aunque no los hubiera visto en días. Le llevaba flores y chocolates, libros y revistas que no estaba en condiciones de leer pues la sustancia que le inyectaban le impedía concentrarse.

El Hospital Antoine-Béclère, en el que lo habían ingresado casi contra su voluntad, se especializaba en enfermedades respiratorias. El médico que lo atendía semanalmente en el Instituto Pasteur era también director de la unidad de cardiología e internaba allí a sus pacientes. La enfermedad de Tom se abreviaba bajo las siglas HAP (hipertensión arterial pulmonar). Se trataba de una inflamación anormal en la válvula derecha del corazón que dejaba de bombear la cantidad necesaria de sangre a los pulmones. Nadie podía saber las verdaderas causas que desembocaban en ella y, en su caso, tras constatar que en la familia no había otros miembros que la hubieran padecido, optaron por otorgarle un origen idiopático. Según me había dicho, no era la primera vez que caía en aquel lugar. Ya antes había estado internado en el mismo sanatorio mientras examinaban su reacción a distintas sustancias. Esta vez estaban probando su respuesta a una medicina relativamente nueva cuyo nombre, Flolan, evocaba en inglés, al menos para nosotros, un estado alterado de conciencia (*«Relax and float down,* como en la canción de los Beatles»*,* había dicho Tom, tratando de aligerar el ambiente), un vasodilatador muy poderoso que no sólo le irritaba las venas sino que le ocasionaba una sensación de cansancio, de mareo constante y de náusea. Según el doctor Tazartès, la calidad de vida de Tom iba a mejorar mucho si llegaba a adaptarse a esta nueva medicina. Gracias al Flolan se cansaría menos, podría subir y bajar escaleras y viajar con mayor facilidad, soportar cambios de altura y, algo no menos importante, recuperar su vida sexual. A cambio, debería llevar en permanencia un casete cuadrado del tamaño de una pila doble C en el brazo izquierdo y recargarlo dos veces al día con un cuidado extremo. Una enfermera especializada vendría a mostrarle el procedimiento. Tanto a Tom como a mí, el hecho de que instalaran ese aparato en su cuerpo nos pareció una calamidad disfrazada de buena noticia. Ninguno de los dos había imaginado vivir con esa suerte de intruso. Tampoco nos preguntaron si estábamos de acuerdo. Era la única posibilidad que ofrecían, ya que, para ellos, la medicina anterior había dejado de surtir efecto. En algún momento se decidió que yo también asistiera al cursillo para poder ayudarlo si en algún momento quedaba inconsciente. Se nos planteaban entonces escenarios así de aterradores, en los que no nos gustaba pensar pero perfectamente posibles y a los que era mejor irse haciendo a la idea. A veces, la única manera de soportar el presente es inventarse futuros prometedores, soñar con todo lo que haremos cuando termine lo inaceptable. Tom y yo decidimos hacer un viaje a México en cuanto saliera de ahí. Oaxaca sería la recompensa a esa etapa tan dura de adaptación al nuevo tratamiento. Nos imaginábamos paseando por las calles y las placitas de mi ciudad natal con techos de vigas, muros altísimos y balcones de herrería. Buscamos en internet las fotos de los hoteles donde habríamos de alojarnos. Lo cierto es que, por el momento, el viaje a México no parecía muy cercano. Tom seguía sufriendo la mayor parte del tiempo, ya fuera por los efectos de la medicina, por la aguja del catéter que al gotear le quemaba la piel o por la frustración que le causaba el encierro. Era obvio que padecía el cautiverio y que extrañaba su independencia. No podía levantarse de la cama salvo para ir al baño. Su brazo izquierdo estaba perforado por una sonda que goteaba aquella sustancia ambarina y el soporte de ese líquido feroz carecía de rueditas para trasladarlo.

Pasaba mis mañanas y mis tardes en la habitación de Tom. Hacia la una almorzaba con él en la bandeja que la enfermera colocaba encima de su cama. Parecíamos dos japoneses con las piernas cruzadas, compartiendo el mismo tatami. Casi siempre compraba mis alimentos en la cafetería para visitas, ubicada en la planta baja, junto a la tienda de regalos y flores donde en más de una ocasión le compré un girasol o un ave del paraíso para alegrar su cuarto. No hubo una sola vez que no se quejara del sabor de su comida y del olor de la mía. Aunque estaba mucho más delgado que de costumbre, aún conservaba su atractivo. Se notaba en la manera que tenían las enfermeras de mirarlo y de tratar con él. En vez de ropa de hospital, usaba la pijama a rayas azules y rojas que yo había ido a comprarle y le concedían esa licencia. Después del almuerzo, Tom bajaba el respaldo de su cama y pedía que lo dejáramos dormir. Entonces yo sacaba mi computadora de su bolsa y escribía mi tesina en la mesita de noche que había frente a la ventana hasta que despertaba. Si tenía ánimos de hablar, cerraba el documento. Me pedía que le contara de mi infancia en Oaxaca o que le mostrara fotos de mis escasos viajes. Además de los discos, las películas, constituían su principal entretenimiento. Preferíamos los largometrajes ligeros con historias esperanzadoras, comedias que muchas veces rayaban en lo bobalicón como *When Harry Met Sally* o *Four Weddings and a Funeral*. El horario de visita terminaba a las siete pero nunca me dijeron nada por permanecer hasta tarde, y eso que lo hacía diariamente. Cerca de las nueve, cuando el cielo y los alrededores del hospital se oscurecían por completo como sólo el campo sabe hacerlo, Tom me sugería que volviera a casa. El momento de salir siempre me resultaba estresante. Al principio, la sola idea de separarme de él, de dejarlo solo en ese cuarto con olor a detergente, bastaba para deprimirme. A esas horas, ya casi no había foráneos en el edificio. Era un momento extraño en el que se percibía un ambiente distinto, semejante a lo que ocurre en los teatros, detrás de las bambalinas. Los enfermeros nocturnos parecían más relajados pero era sobre todo en los pacientes en quienes se percibían los cambios. En los corredores, o escondidos tras las puertas de emergencia, con el suero conectado a una mano, los internos se reunían en pequeños grupos de tres o cuatro para compartir un cigarrillo, cosa totalmente prohibida dentro del hospital. Más que una experiencia transgresora o vergonzante, lo que reflejaba su rostro era una sensación de alivio. El tabaco era para ellos comparable a la visita de un viejo amigo, el compañero irrenunciable que los había llevado hasta ahí en la mayoría de los casos y del cual no podían desprenderse. Mientras llenaban de humo sus pulmones, conversaban y reían en voz baja. A veces, también se entregaban a violentos y colectivos ataques de tos. En uno de sus mejores ensayos, llamado *Sólo para fumadores,* Julio Ramón Ribeyro, a quien estaba dedicado un capítulo de mi tesina, afectado de cáncer pulmonar, cuenta cómo ni en los últimos momentos de su enfermedad consigue dejar de refugiarse en el cigarrillo. Fumar constituye un consuelo incluso contra el tabaquismo y sus devastadoras secuelas.

Lo peor era el regreso a casa. En cuanto oscurecía, aquel lugar dejaba de ser sólo desagradable para volverse terrorífico. La parada del autobús estaba al otro lado de la autopista y su único acceso era un túnel subterráneo, lleno de grafitis y con olor a orina, que habría servido perfectamente como locación para cualquier película policiaca. El eco de mis pasos retumbaba en el mosaico, subrayando la soledad de aquel sitio, pero era mucho mejor que sentir una presencia a mis espaldas. Una vez ahí, era necesario esperar varios minutos antes de ver llegar un autobús y, cuando por fin aparecía, no siempre era el indicado. A veces, en lugar del directo, pasaba otro que me llevaba a un suburbio aún más alejado de París, donde era posible abordar el RER. Había pues que decidir entre la incertidumbre y el desvío nada práctico pero tranquilizador, y casi siempre optaba por esa alternativa. A lo largo de mi vida, he procurado llevar siempre un libro en mi bolsa, una novela de preferencia, para ocupar el tiempo que paso en el transporte público, pero en esos días me resultaba imposible leer. Mis ojos necesitaban deslizarse por la ventana y llenarse de imágenes en movimiento, luces, coches, caras de personas, cansadas pero saludables, que ocupaban los asientos de junto. En esos meses, aún tenía entusiasmo suficiente para responder a la sonrisa ocasional de alguna madre musulmana que volvía a casa con el chador mal puesto después de una larga jornada de trabajo.

Una mañana, como a las diez y media, poco después de mi llegada al hospital, apareció en el cuarto de Tom la dichosa enfermera especializada para enseñarnos a manipular el casete que estaban por instalarle en el brazo izquierdo. Al recordar a esa mujer siento un desconcierto semejante al que me provocó ese día. Usaba el uniforme blanco del hospital y, sin embargo, lograba hacer que incluso esa ropa resultara perturbadora. El pantalón, inusualmente entallado, marcaba bien las formas de sus muslos y sus caderas. En vez de los habituales zapatos de suelas anchas, usaba unos tacones puntiagudos. Su pelo rojizo estaba recogido en un moño alto, casi en la cima de su cabeza, y usaba unas gafas en forma de antifaz gatuno. Su manera de sentarse con las piernas abiertas en el borde de la silla y, sobre todo, su forma de sostener la jeringa en la mano derecha, con la actitud desenfadada y golosa de una yonqui, me recordaron las caricaturas de Manara, ese dibujante italiano de cómics eróticos, cuyos libros almacenaba Haydée en su departamento. La actitud con que Tom la observaba también era de cómic. Parecía haber olvidado por completo el asunto del casete y de la incomodidad que iba a implicar la cirugía para implantarlo. Su fascinación por la enfermera me hizo sentir una mezcla de celos y alegría al comprobar que, en algún lugar secreto, Tom seguía teniendo esos impulsos. Cuando la mujer terminó su función yo era incapaz de repetir el procedimiento que nos había enseñado y puedo decir que a él le pasó lo mismo, ya que al día siguiente pidió que nos programaran un nuevo curso para asimilar la información. Dos días después, la enfermera volvió y ambos procuramos concentrarnos más en la parte técnica y no tanto en la coreografía. Aprendimos a cargar el mentado casete. Aprendimos, sobre todo, los riesgos de cualquier error, tanto en la preparación de la sustancia como en el momento de rellenar el recipiente: la más pequeña burbuja de aire podría causar una trombosis o una embolia. Imaginarme llenando ese instrumento, presa del nerviosismo tras un desmayo de Tom, la urgencia de inyectarlo, el miedo a no hacerlo bien, bastaron para provocarme un mareo. Tenía ganas de negarme a aprender y a asumir semejante responsabilidad. Pero, siendo realistas, ¿cuál era la alternativa? ¿Si no era yo, quién más iba a hacerlo? Aun así, me sobró el optimismo para preguntarle a la enfermera, una vez que salió del cuarto, cómo podíamos rellenar el casete en un avión, y si el efecto del producto o la dosis iba a modificarse en caso de que cambiara mucho la altura o la presión atmosférica. Le dije que teníamos muchos viajes planeados y que incluso pensábamos pasar una temporada en México. La respuesta de la enfermera fue inequívoca y no exenta de sabiduría:

—Por ahora, mejor concéntrense en el presente. Es importante que se familiaricen con la sustancia antes de pensar en viajar a cualquier lado, ya sea en avión, en taxi o en metro.

RECUERDO

Otra vez caía un aguacero sobre Nueva York. Me encontraba enfermo esos días y supongo que fue la fiebre lo que me indujo a aquel estado de conciencia semejante a la hipnosis. Creí que estaba en La Habana y que seguía siendo un púber. La humedad era insoportable. Llevaba más de una hora apostado en la puerta del solar esperando a que llegara Regla, la prima de mi vecino Facundo. Cuando apareció, tenía puestos unos shorts diminutos que descubrían buena parte de ese culo tenso y voluminoso, así como la totalidad de sus muslos. Su camiseta sin mangas dejaba al descubierto parte de su cintura. Faltaban aún muchas horas para el ritual del baño pero la moneda de un peso ya estaba en mi bolsillo, en contacto permanente con mi erección. Facundo se acercó y me puso la mano en un hombro. Con una actitud mitad cómplice y mitad burlona, me invitó a que pasara a su casa «para ver la función en primera fila». Miré su brazo aún apoyado sobre el mío y, por extraño que parezca, descubrí que tanto la textura como el color de su piel eran idénticos a los de la muchachita. Acepté la invitación con gusto. Desde la cocina, llegaba la música del radio y un olor a frijoles negros re-

210

cién cocinados. Estuvimos en la sala de su casa comiendo mierda durante mucho tiempo, mientras su prima iba y venía con el trapeador y la colcha, ejecutando un baile de lo más perturbador. La protuberancia en mis pantalones era más que evidente y Facundo no dejaba de mirarla. Al cabo de un rato me ofreció que pasáramos al cuarto donde dormía con sus demás hermanos, totalmente solitario a esa altura de la mañana. Aproveché que Regla había salido al patio para levantarme sin que me viera y seguí a mi vecino hasta su habitación. Apenas entró se tiró en una de las camas dispuestas en litera, se quitó la camisa y echó los brazos hacia atrás, como un oso.

–Ponte cómodo –me dijo–. Si quieres, puedes desvestirte.

Agobiado por el calor y sobre todo por mi miembro a punto de explotar, hice caso de su sugerencia. Miré estupefacto mi sexo, que parecía querer escaparse por un costado de los calzoncillos. Noté que goteaba un líquido transparente. Facundo se había acercado para observarlo también.

–Puedo ayudarte, si me dejas –dijo mirándome a los ojos. Acto seguido envolvió mi verga con sus dos manazas negras, como debía de ser el bollo de su prima. La amasijó un par de segundos sin que yo opusiera ninguna resistencia pero, casi de inmediato y sin pedirme permiso, la engulló con su boca y dejó que eyaculara entre sus labios inmensos, de tono aún más rosado que el de la yema de sus dedos. En mi departamento de Manhattan, volví a sentir, como si regresara exactamente a aquel día, la temperatura y la humedad de ese cuarto en El Cerro, la voz rasposa de Facundo pidiendo que me virara y ahora lo dejara aliviarse a él. Recordé también el roce de las sábanas y la docilidad con la que permití que me penetrara con su miembro, mientras el mío volvía a erguirse, dispuesto a volver a la carga y meterlo en su trasero, semejante por su forma y sus proporciones al codiciado culo de Regla. Así estuvimos no sé cuánto tiempo hasta que la excitación bajó y empecé a sentir la punzada del remordimiento. Esa tarde, cuando la muchachita entró al baño para ducharse como siempre, ni Facundo ni yo nos escondimos para espiarla. Él salió del solar de lo más contento a jugar pelota en el parque y yo me encerré en mi casa, aturdido, muerto de miedo por la transgresión. Me imaginé juzgado, mientras la voz de la presidenta del CDR en mi barrio gritaba en tono acusador: «¡Maricón! ¡Maricón de mierda! Irás a la cárcel por corromper al pueblo.» Durante años logré mantener escondido ese recuerdo pero de cuando en cuando emergía para torturarme, casi siempre con consecuencias nefastas. Cometí por ejemplo la imprudencia de revelarlo casi diez años después a Susana, quien a partir del viaje a Varadero se había aficionado a esa posición que yo también disfrutaba más que ninguna otra. Se lo conté porque estaba muy ebrio esa noche y no tenía control de las palabras que salían de mi boca; se lo conté porque, aunque nunca más en mi vida he vuelto a tener una experiencia como ésa, la culpa no había dejado de oprimirme durante años y necesitaba liberarme de ella, se lo conté porque necesitaba que alguien compartiera conmigo ese peso y le restara importancia, se lo conté porque confiaba en ella ciegamente y estaba seguro de que su aceptación hacia mí era incondicional. Pero me equivocaba. A partir de esa revelación, Susana empezó a dudar de mis preferencias sexuales, a insinuar que deseaba secretamente a tal o cual amigo y no sé cuántas estupideces más, hasta que, atormentado por su suspicacia, decidí alejarme de ella. Fue a partir de aquel episodio en el solar cuando dejé de frecuentar a los

Martínez y me dediqué a odiarlos en secreto. Pocos meses después me hice amigo de Mario y encontré refugio en cuantas mujeres rubias, sumisas y bitongas me presentó en sus fiestas. Traté de olvidar mi primera experiencia aprendiéndome al dedillo los mecanismos del placer femenino pero no lo conseguí de forma duradera hasta que conocí a Susana. Nunca más volví a fijar mi atención o mi deseo en una mulata. La piel más oscura que acaricié después de la de Facundo fue la piel mexicana de Cecilia.

«PINK MOON»

En pocos lugares se conoce tan bien a la gente como en los hospitales. Visitar a Tom todos los días me permitió conocer sus lados menos deslumbrantes. Es verdad que el medicamento tenía una dosis alta de adrenalina y esto potenciaba su irritabilidad y su mal humor, pero saber las razones no me impedía padecerlo. Cuando uno vive encerrado, las cosas más pequeñas cobran una dimensión exagerada. El sabor de la comida, el orden de los objetos en la mesita de noche, la posición de las persianas, cualquier cambio en la rutina, eran desmesuradamente notorios. Yo misma me había convertido en un factor influyente para su estado de ánimo. Al hablar, tenía la sensación de estar caminando sobre un campo minado y lo último que deseaba era despertar esa susceptibilidad al acecho del menor motivo o pretexto.

Varias semanas después de su ingreso al hospital, la familia de Tom mandó refuerzos. Nunca sabré si fue él quien pidió asistencia o simplemente aceptó la propuesta. Un lunes por la mañana, me encontré con su prima Valeria, cuarentona delgada y fuerte que había crecido en Suiza. Se hospedaba muy cerca del sanatorio, en casa de otros parientes. Por eso llegaba siempre una hora y media antes que yo, a tiempo para escuchar el reporte del médico.

Los mejores momentos de Tom, sus periodos de mayor lucidez y energía, eran las mañanas. Todo su sentido del humor, su carácter alegre y sus chispazos de genio estaban activos antes del mediodía. Por la tarde, en cambio, decaía notablemente y pasaba durmiendo muchas horas. Era mi oportunidad para avanzar en mi tesina y no hubo un solo día en que no lo intentara. Pero, a decir verdad, me costaba mucho concentrarme. Para hacerlo, necesitaba una gran cantidad de café, que en ese entonces constituía mi principal combustible. Durante las siestas de Tom, Valeria y yo bajábamos al restaurante de visitas a tomar uno o varios capuchinos y a conversar para despejarnos la cabeza. Poco a poco fui conociendo fragmentos de la historia de esa mujer tan extraña a mis ojos. Supe, por ejemplo, que había trabajado durante años como secretaria bilingüe y que había dejado a su novio para hacer un largo retiro espiritual del que había salido aún más retraída. Era una persona amable pero excesivamente tensa, cuya rigidez no permitía distinguir la ternura y la calidez italianas.

Empezaba a hacer frío aunque de ninguna manera se podía adivinar el clima despiadado que habría de instalarse ese invierno. El viento soplaba con fuerza, pero la luz aún era muy clara, conmovedora, y los árboles seguían en su lucha por conservar el esplendor de su follaje. Para cubrirse, bastaba con un abrigo de otoño o con una chaqueta más o menos gruesa. Yo usaba en ese entonces un sobretodo de pana color vino, cuyo cinturón amarraba con un nudo; una falda del mismo material y botas bajas, color azul petróleo. Acostumbraba transportar mis cosas en la bolsa de la computadora. A veces llevaba también algún encargo: un libro, un litro de helado Berthillon –mi marca favorita en la ciudad– a pesar de la vuelta considerable que implicaba ir a comprarlo en mi periplo hasta Clamart. Prefería por mucho las mañanas a las noches. El edificio de Ménilmontant cobró ese año un aire más desolado que nunca y dormir allí estaba lejos de ser un consuelo. Al llegar a casa me daba un baño caliente y encendía el radio. Había vuelto a él como una adicta a su antiguo vicio. Cuando estaba de ánimo, me ponía los mensajes en el contestador. Algunas veces era mi padre, otras mi director de estudios insistiendo en que entregara el informe sobre los avances de mi tesina para la renovación de la beca, pero quien más llamaba era Haydée. Desde el ingreso de Tom al hospital, no había vuelto a hablar con ella. Los mensajes que dejaba tanto en el fijo como en el celular eran apremiantes y aun así me parecía imposible responderlos.

Exceptuando nuestro viaje a Bretaña, en el hospital, mi convivencia con Tom fue mayor que en toda nuestra historia y sin embargo muy raras veces volvimos a conversar, a reír, a disfrutar de nuestro tiempo juntos. La angustia que le causaba el encierro, la incertidumbre respecto a los avances de su tratamiento se interponían entre nosotros sin remedio. Era como si el Tom que había conocido dos años antes se hubiera desdoblado y una de sus mitades –la que más necesitaba– hubiese, una vez más, emprendido un largo viaje sin fecha de regreso no a Sicilia sino a un territorio ambiguo donde se corría el riesgo de perderlo para siempre. Sola, en mi casa que a duras penas lograba calentar el radiador, pensé muchas veces en la posibilidad de su muerte. Pensé también en mi vida y en sus perspectivas. Para mí, todo desembocaba en Tom. El recorrido que iba desde mi nacimiento y mi infancia en Oaxaca, mi afición por los cementerios, mis lecturas y mi trabajo acerca de ellos era una línea, a veces recta, otras sinuosa, que conducía a nuestro encuentro. Mi papel de acompañante en el hospital no sólo nos vinculaba de manera muy estrecha sino que constituía la experiencia más importante de mi vida. Yo que siempre me había considerado una inútil, tenía por fin la impresión de servir para algo.

Una tarde, mientras Tom y yo veíamos *Dick Tracy* metidos en la cama, uno de nuestros reacomodos dio paso a otros más intencionales y atrevidos. Luego vinieron los besos y los lengüetazos; la urgencia de un acercamiento que sabíamos arriesgado por su indiscreción y a la vez impostergable. Varias veces apareció una silueta detrás del vidrio esmerilado de la puerta como un aviso de que alguien podía entrar en cualquier momento y aun así nos dejamos llevar, desdeñando toda cautela, hasta que las fuerzas de Tom se agotaron por completo y se quedó dormido. Salí del cuarto en un estado de excitación tal que me pareció notorio a ojos de todas las personas con quienes me encontré en los pasillos del hospital.

No puedo decir si tuvo o no relación con nuestro encuentro –todavía me atormenta pensarlo–, pero al día siguiente la salud de Tom había empeorado. Los médicos decidieron aumentar la dosis de Flolan para reanimarlo. Lo miré dormir varias horas mientras me afanaba en la tesina, deseando con fervor no tener nada que ver en el asunto. Cuando empezó a oscurecer, despertó tranquilamente, subió el respaldo de su cama como si nada hubiese ocurrido y preguntó si le podían servir la cena. Luego me pidió que le pusiera algo de música, cualquier cosa que tuviera en mi computadora.

–Sugiere algo –le dije–. ¿Qué te gustaría escuchar? A lo mejor hay suerte y está en la biblioteca.

Ambos sabíamos que era poco probable: nuestros gustos musicales eran muy distintos. Él conocía bien un sector de la música anglosajona, en particular los años setenta y el jazz, mientras que yo tenía una colección de discos bastante ecléctica que a lo largo de mi vida había ido copiando de mis diversos amigos. Se le antojaba escuchar algo de Nick Drake, de preferencia un disco llamado *Pink Moon*. Escribí el nombre en el buscador y descubrí que iba a poder complacerlo. Casi de inmediato, la guitarra y la voz introspectiva de Drake llenaron la habitación. Entonces ocurrió algo que no esperaba: como hacía un año y medio, del otro lado del muro que separaba nuestros departamentos, Tom se echó a llorar durante varios minutos. Cuando terminó, me dijo: «Es muy triste que un hombre haya muerto tan joven cuando tenía tanto que darle al mundo.» Se refería al cantante, por supuesto, pero también a lo que podía suceder con él mismo. Le dije que en el caso de Drake no era tan obvio pero que muchos músicos igual de jóvenes y talentosos habían renunciado a la vida. Hablamos de Elliott Smith, cuya muerte nos había sacudido a ambos, y también de Jim Morrison, el más visitado de nuestros vecinos en el cementerio. Cuando me escuchó defender a los suicidas, Tom me miró con incredulidad y rencor. Me pareció comprensible. Él estaba enfrentando el sufrimiento físico y psicológico justo por la causa contraria, mientras que yo, sin tener idea de lo que era estar en sus zapatos, enaltecía a quienes se habían rendido prematuramente. A los pocos días, Tom entró en una camilla a la sala de operaciones para que le implantaran el casete que, desde entonces, llevaría conectado a su vena aorta. Su actitud era confiada y entusiasta. Tardó un día y medio en recuperarse de la operación pero, en cuanto lo hizo, su mejoría fue notoria.

SALIR CORRIENDO

Estuve esperando ansiosamente el día de la cita con el doctor Menahovsky, quien –al menos eso deseaba– me daría la receta para recuperar el sueño y retomar la vida austera y disciplinada que había llevado hasta hacía poco. Ese sábado, por primera vez en casi tres meses, salí de la cama en cuanto el despertador me lo indicó y entré en la ducha. Observé mi cuerpo desnudo en el espejo. Me pareció que, además de la grasa que había adquirido, también era mayor la cantidad de canas sobre mis sienes y torso. Tenía la espalda surcada de contracturas y, aun así, ejecuté con diligencia mi escrupulosa rutina de higiene. Como cada sábado, me calcé los zapatos deportivos y elegí mi ropa según la regla de rotación de inventarios. Todo iba bajo control hasta ese momento. Sin embargo, mientras intentaba preparar mi imprescindible *espresso,* la cafetera no reaccionó. Lo único que conseguí de ella fueron unas exhalaciones cortas y explosivas como las flatulencias de un gato. Es increíble la seguridad que nos aportan algunos electrodomésticos. Basta que se descompongan para que el orden de nuestra existencia se vea trastornado y el mundo se colapse. De pie, frente a la máquina inerte, sentí una mezcla de rabia y autoconmiseración difíciles de describir. Por poco rompo la mesa de un puñetazo. Miré el reloj. Aún tenía el tiempo suficiente para desayunar en la calle. Lo que en realidad habría deseado era comer un plato con huevos fritos y beicon, pero también entonces recurrí a la contención y pedí un plato de kiwi con fresas. También el *espresso* que me había sido negado en casa. El consultorio del doctor Menahovsky se encontraba en la Cincuenta y siete entre Lexington y la Tercera Avenida. La mañana era espléndida y decidí cruzar el parque a pie. Ahí la gente iba en bicicleta o en patines, ejercitando su cuerpo como es debido. Mientras tanto, yo caminaba abotagado por mi malestar y los kilos que éste me había hecho acumular en la zona de la cintura y los muslos. Cuando llegué al edificio, el portero me anunció que el ascensor estaba fuera de servicio y tuve que subir siete pisos por las escaleras. Al ver cómo sudaba, la secretaria me ofreció un vaso de agua. Después me hizo llenar un formulario donde estaban escritas todas las enfermedades imaginables y algunas desconocidas para mí. Debía poner una equis en las que sí padeciera. Menahovsky, el demiurgo que había creado a la Ruth apacible, era un viejito enjuto y de baja estatura. Su aspecto habría sido más bien siniestro de no ser por la expresión bondadosa de su rostro con barba blanca, en forma de candado. Su cabeza era calva y sus espejuelos redondos y metálicos. Arriba de una ropa más bien deportiva, llevaba puesta la consabida bata blanca. A pesar de su hermoso mobiliario, no me sentí cómodo en ese lugar. Tampoco logré relajarme cuando comenzó a hacerme preguntas acerca de mi pasado y de mi vida presente. Aun así, intenté hablarle con toda sinceridad. Le conté mi ruptura con Cecilia y los recuerdos que me asediaban en los últimos tiempos, en particular la muerte de mi primera novia. Le aseguré que durante el resto de mi vida había sido un hombre metódico, aferrado a sus hábitos, y capaz de imponerse muchas restricciones. El doctor me preguntó los pormenores de la muerte de Susana y mi voz se cortó cuando intenté relatarlos. Opté entonces por darle una versión muy resumida de los hechos. Me preguntó también por mi actividad sexual y si tenía o no sueños húmedos con frecuencia. Conforme su cuestionario se volvía más y más indiscreto, el doctor aproximaba su silla con ruedas hasta el sillón donde me había sentado. Después tomó la palabra para darme su diagnóstico. Según él, mi problema residía en un desorden postraumático arrastrado durante varias décadas, una neurosis obsesivo-compulsiva y una depresión reciente pero nada desdeñable. Me preguntó si estaba dispuesto a medicarme.

–Para serle franco –me dijo–, no tiene muchas opciones.

Después de escribir la receta, me sugirió que volviera en ocho días para verificar los efectos de esa primera dosis de psicofármacos sobre mi estado de ánimo.

Salí de ahí con la fórmula de mi nueva personalidad oculta en el bolsillo interno de mi sobretodo. Mientras bajaba los escalones, pensé en aquel diagnóstico descabellado. La palabra «desorden» me resultaba excesiva. A todas luces, era algo que definitivamente no podía aplicarse a mi persona. Desordenada era, por ejemplo, la vida de alguien como Mario, cuyo trabajo esporádico y sin horarios fijos le permitía despertarse a deshoras y desvelarse bebiendo varias noches por semana, o la de esos chicos que, con tanta frecuencia, veía fumando marihuana en las orillas del parque. ¿Quién diagnosticaba a toda esa gente? ¿Quién decidía si ellos iban o no a tomar psicofármacos? ¿Dónde terminaba el círculo de las medicinas como ésas? Me pareció que comenzar a jugar al «ensayo y error» con diferentes sustancias para alterar la química de mi cerebro era un gesto igual de peligroso –igual de permisivo– que drogarse con ácido lisérgico o con marihuana. Le daba vueltas a esto cuando llegué a Central Park, y mientras caminaba por sus avenidas donde de cuando en cuando surgía algún corredor absorto en su entrenamiento, contemplé durante algunos minutos a esos individuos. A pesar de sus atuendos, casi siempre ceñidos y ridículos por sus colores fosforescentes, los corredores portaban a mis ojos el estandarte de los buenos hábitos. De todos los usuarios del parque, eran ellos quienes más sanos me parecían. Me dije que nadie podía acusarlos de llevar una vida insalubre. Miré mis pies dentro de los tenis blancos y pensé que era a ese grupo social y a ningún otro al que debía pertenecer. En nombre de todos los valores que había defendido a lo largo de mi vida, me puse a trotar en el parque, despacio, sin abusar de mis fuerzas, intentando medir el ritmo de mis pasos y de mi respiración.

Esa misma semana, contraté al entrenador de un pequeño grupo de corredores principiantes. Todos los días, alrededor de las seis y media, ese hombre y otros miembros del equipo pasaban trotando frente a mi casa y me esperaban en la puerta del edificio sin dejar de moverse. Después de recoger a cada integrante, íbamos a Central Park, donde el entrenamiento duraba hasta las nueve. Dejé de ser el primero en llegar a la oficina pero la nobleza de mi causa hizo que no me importara en absoluto. El entrenador me impuso una dieta y una rutina muy estricta que incluía calentamiento, abdominales, carrera de velocidad y de resistencia. Poco a poco, fui incorporándola a mi vida con la misma seriedad con que había practicado la previa, en el gimnasio. Los horarios fijos y la nueva alimentación tuvieron en mí un efecto muy benéfico. La grasa se fue transformando en músculo y mi desgano en energía. Empecé a sentirme más alegre, más seguro y, sobre todo, recuperé el respeto por mí mismo. Correr me producía tanto placer que me pregunté cómo era posible que no hubiese empezado antes. No volví a ver a Menahovsky. Seis semanas después, la química de mi cerebro había cambiado lo suficiente como para dejar de pensar en medicarme. Mi tratamiento consistía en una mezcla de feromonas en cantidades altas y de dopamina, sustancias que obtenía del ejercicio. A los tres meses ya corría diez kilómetros en las mañanas laborables y, los fines de semana, el entrenador nos hacía llegar a diecisiete. Entrenábamos con vistas a nuestro primer maratón. La idea me entusiasmaba muchísimo. Me veía como un atleta de la Grecia antigua, persiguiendo el triunfo físico que lo acercará al Olimpo. Además, según había escuchado en boca de otros corredores, la sensación que pervive después de una carrera de ésas se asemejaba a la de un renacimiento y era justamente eso lo que me pedía el cuerpo: volver a nacer como alguien mejor y distinto. Simbólicamente, elegí para iniciarme el maratón de la ciudad de México. Era mi forma de cerrar el ciclo de Cecilia. Quería dejar atrás, en su propio país, la convalecencia posterior a nuestra ruptura. No puedo decir que mis resultados durante la carrera hayan sido memorables. Además de los nervios y mi falta de experiencia, me fulminó la altura. Sin embargo, llegué a la meta y, al hacerlo, experimenté una dicha insólita para mí.

Visitar el país de Cecilia sabiendo que la había perdido para siempre y lograr no recaer en el letargo fue la prueba irrefutable de que el maratón había surtido efecto. Volvía a ser no sólo la persona metódica y firme de antes, sino un ser nuevo, aún más estricto y resistente a la sensiblería.

TRASLADOS

Tom se sentía bien con el casete puesto y estaba convencido de que en adelante su salud no haría sino mejorar. Al enterarse de que un amigo suyo viajaba desde Londres para visitarlo en el hospital, me sugirió que aprovechara ese fin de semana para tomar un respiro. Desde mi llegada a Europa, había viajado muy poco por el continente y me ilusionaba conocer Barcelona, así que compré el billete en una aerolínea de bajo costo y reservé dos noches en un hotel del barrio gótico. El aire del mar me sirvió para bajar el estrés acumulado durante los últimos meses. Ahí el clima era muchísimo más benigno que en París y me permitió estar fuera casi todo el tiempo. El viernes llamé varias veces a Tom. Marqué también al hospital, y escribí a Valeria un par de mensajes. El sábado me borré un poco más y el domingo desaparecí por completo, suponiendo que, de haber una mala noticia, me contactarían inmediatamente. Visité librerías y asistí a un concierto de piano en el Palacio de la Música. Recuerdo una larga caminata por el malecón, desde la Torre Mapfre hasta el Borne, en la que me propuse deshacerme de todas mis preocupaciones y no pensar más que en el rumbo de mis pies como si en eso me fuera la vida. Después devoré un arroz negro con un par de cervezas y, tras retirarme al hotel, dormí más de doce horas. Me desperté bien entrada la mañana, agradecida a Tom por haberme mandado de viaje. Por primera vez en meses sentí ganas de conversar con alguien de forma casual y despreocupada y por eso llamé a Haydée, pero no fue exactamente lo que sucedió. Después de hacerme reproches durante media hora, me anunció a bocajarro lo que durante tantas semanas había querido decirme: iba a tener un hijo. Me contó que al recibir la noticia había estado atónita y muy preocupada pero, después de hablarlo mucho con Rajeev, quien se oponía rotundamente al aborto en pleno siglo XXI, había decidido tenerlo.

—Según él, la reencarnación no es una posibilidad que aporta su cultura, sino un hecho. ¿Puedes creerlo?

—Lo creo —dije yo—. Para Tom la gente que muere sigue en este mundo, junto a nosotros. Entre esas dos hipótesis no hay tanta diferencia.

Nos reímos pero sin ninguna ligereza. Pasé el día remoloneando con la sensación de que el descanso había sido exagerado, diciéndome que en mi vida nada valía la pena, excepto cuidar de mi novio.

Volví a mi casa por la noche y, después de marcar varias veces al hospital sin ningún éxito, deshice la maleta y me quedé dormida. El teléfono me sorprendió a las seis y media, cuando el cielo era aún una boca de lobo. Me costó trabajo salir del edredón.

—¿Cecilia? —preguntó la prima de Tom. En su cabeza cabía la posibilidad de que respondiera alguien más en mi departamento—. ¿Dónde te habías metido? Te dejé un mensaje urgente.

—Perdona pero estaba tan cansada que ni siquiera me di cuenta. ¿Ocurre algo?

–Han pasado varias cosas desde que te fuiste. Acaban de trasladar a Tom a terapia intensiva. Las noticias no son buenas.

Sentí que la temperatura del suelo se me metía por las plantas de los pies hasta el centro del pecho. Insistí para que me las diera y al menos sacarme de encima la incertidumbre pero Valeria se negó a hablar por teléfono.

–Tom quiere contártelo en persona. Lo mejor es que vengas de inmediato.

A pesar de su hermetismo, la frase me tranquilizó. Me dije que al menos no estaba inconsciente. Me puse lo primero que encontré: unos pantalones enormes, un suéter viejísimo. Como en los tiempos en que Tom y yo nos habíamos conocido, dejé mi pelo tal y como lo había puesto la almohada y salí de casa con el abrigo mal abotonado. Fui a la estación de taxis, dispuesta a gastar mi último billete de cien euros. No llevaba la computadora, ni siquiera un libro.

El pabellón de terapia intensiva se encontraba en el extremo opuesto a la unidad de cardio. Era un lugar más oscuro con las ventanas orientadas hacia el norte. Había que cruzar varias puertas para llegar hasta la nueva habitación. Lo primero que noté fue la presencia de un monitor que medía su arritmia cardiaca. Estaba acostado pero despierto, con un respirador en la boca. Su piel, más azul que nunca, resaltaba en la luz invernal y mortecina de la ventana. Tenía la mirada triste. Me pidió que me acercara y cuando lo hice se quitó el respirador para poder hablar. Me explicó que de la etapa tres de su enfermedad había pasado a la cuatro, en la que el Flolan deja de ser una opción y no hay más posibilidad salvo el trasplante de corazón y pulmones.

Me miró a los ojos a la espera de mi reacción. Sentí que durante mi ausencia había estado preguntándose cómo iba a recibir semejante noticia. Me sorprendió que me considerara. ¿Cómo podía importarle en ese momento lo que yo pensara o sintiera? Querría saber lo que vio en mis ojos. La noticia no me dejaba indiferente pero un trasplante-de-corazón-y-pulmones era algo tan grande que mi cerebro no podía concebirlo, igual que nunca he podido representarme las distancias siderales, los años luz o las cantidades que incluyen más de nueve ceros. Le apreté la mano y le hablé como a quien van a extraerle una muela.

–Si hay que operar, que lo hagan. No te preocupes. Estoy segura de que saldrás de esto también.

Tuvieron que pasar varias horas antes de que pudiera asimilar la dimensión del nuevo *statu quo,* el riesgo y la incertidumbre que implicaba: nadie podía saber cuándo iba a surgir un donante. La única opción era esperar en el hospital el momento de la cirugía y luego el periodo de convalecencia. Si todo iba bien, debería quedarse en cama otros seis meses para que le dieran el alta durante el verano.

–¿Para qué quiere salir antes, si afuera el tiempo está asqueroso? –dijo Fred, el enfermero, tratando de animarlo. Tom sonrió por cortesía. En cuanto pudo volver a hablar me dijo en tono de broma:

–¿Ves? Esto era lo que yo quería, cambiar de cuarto. Aquí se está más caliente y más cómodo. Mira, hasta televisor tenemos.

Lo cierto es que jamás encendimos aquel aparato. De cuando en cuando veíamos, como antes, alguna película en mi computadora, pero siempre era yo quien las seleccionaba. En cambio, en la habitación de junto la televisión estaba encendida ininterrumpidamente y a un volumen considerable.

–Es mi destino. O me aturde el radio de mi vecina o la tele de ese señor congolés.

–Mientras no te enamores también de él, vamos de gane..., ¿cómo sabes que es del Congo?

–El enfermero es un chismoso. Me cuenta lo que ocurre en los otros cuartos. Monsieur Kilanga tiene mucha familia, los hijos se turnan para ver series con él.

El enfermero a quien Tom hacía referencia se llamaba Fred. Era uno de esos franceses de provincia, bajitos y corpulentos, que se distinguen de los parisinos por su carácter alegre y su amabilidad. Solía bromear con los pacientes y los animaba contándoles la vida cotidiana del hospital con un tono picaresco. Un hombre con vocación de servicio.

Esa misma tarde, empecé a fijarme en el cuarto de Monsieur Kilanga, con cuyos familiares me había cruzado ya en un par de ocasiones, sobre todo una chica de veintitantos años que lo visitaba con mucha frecuencia. A veces, mientras iba a revisarlo, Fred dejaba la puerta entreabierta y era posible escucharlos hablar. Monsieur Kilanga era un señor muy alto y fornido, al que –por alguna razón que ignoro– le veía aspecto militar. Pensé que quizás tenía un alto cargo en su país. Por eso podía atenderse en Francia y traer a toda su familia. Lo más probable, no obstante, es que fueran inmigrantes.

El enfermero lo llamaba «chef», cosa que a él parecía gustarle.

–Necesito luz –decía Monsieur Kilanga con su vozarrón–. Por favor, abra la cortina.

Y Fred ejecutaba, poniendo la mano en la sien, en señal de obediencia, aun si las persianas podían subirse a distancia con un control remoto.

Por esas fechas, estaba haciendo cuatro o cinco grados bajo cero. Aún no nevaba, pero a veces caía una lluvia congelada como pequeñas navajas que se adherían a la piel. Cambié mi gabardina de pana por un abrigo marrón con cuello grande y peludo que lo hacía parecer más elegante de lo que era en realidad. La tensión y las escaleras del metro me habían hecho perder varios kilos. Me gustaba mirar mi reflejo en los vidrios del autobús, los elevadores y las puertas automáticas. La expresión de mi rostro era frágil e interesante. Seguía sin terminar la tesina, así que arrastraba mi computadora de arriba abajo por los pasillos del metro y del hospital, del cuarto al restaurante para visitas, en el autobús y en el RER. Me sentaba con ella en cualquier mesa con los audífonos puestos y oía la voz grave y melancólica de Meshell Ndegeocello, que, por su fealdad conmovedora, me hacía pensar en la hija de Monsieur Kilanga.

A diferencia de los que había conocido en la unidad de enfermedades cardiorrespiratorias, los enfermos de terapia intensiva dejaban la puerta de su habitación abierta. Como la de Tom se encontraba al fondo, me resultaba inevitable asomarme a los cuartos contiguos. Así fue como vi a una anciana dando de comer a su hija enferma, a un joven rubio conectado a un respirador y a una adolescente hindú, con una expresión que partía el alma, mirando desde su cama la línea donde coinciden la pared y el techo. Para no asfixiarme, bajaba al restaurante de visitas, pero al llegar, el trasiego de la gente, los ruidos de platos y cubiertos y los timbres de celular me parecían irreales e incomprensibles.

OBSESIONES

Supe, a través de Mario, que Susana se había quedado en Cuba sólo para reconquistarme. Él era muy amigo de su hermana y había hablado largamente con ella antes de que ésta se fuera de vacaciones a España con toda su familia. Al principio sus padres se opusieron a dejarla pero Susana había hecho un drama tan mayúsculo que terminaron por resignarse. Nunca se arrepentirían lo suficiente. Es difícil explicar con claridad las razones de nuestra ruptura, pero si algo tengo claro es que nos queríamos intensamente, con la fuerza que suelen tener los primeros amores. ¿Qué me movió entonces a separarme de ella? Por un lado —eso lo pienso ahora—, cuando uno es joven se aburre muy fácilmente de la rutina. Yo llevaba varios años saliendo con Susana, durante los cuales me integré perfectamente a su familia, y para ella era obvio que en algún momento habríamos de casarnos. Pero eso a mí no me entusiasmaba en absoluto. También jugaron un papel importante sus dudas acerca de mi sexualidad, generadas el día en que le referí mi absurdo e inocente episodio con Facundo. Vivir bajo su constante sospecha era algo imposible de tolerar.

Si el temor a que me atrajeran los hombres afectaba

profundamente a Susana, nuestro alejamiento la trastornó por completo. Sabía que ella estaba sufriendo, que si había preferido quedarse sola en su casa en vez de viajar con toda su familia era para ver si, una vez pasado el estrés de los exámenes, yo recapitulaba en mi decisión de romper. Sin embargo, ésta era inamovible o, al menos, así la sentía yo en aquel momento. Para no darle falsas esperanzas me mantuve lejos de ella, a pesar de sus cartas, de sus intempestivas visitas a mi casa y de sus llamadas persistentes. Las veces que por casualidad coincidíamos en una fiesta o en casa de amigos comunes, optaba por escabullirme de inmediato. Fue un error tratarla así. Debí prever que su temperamento jamás sobreviviría a un rechazo como ése. Me lo repetí cien veces la tarde en que su madre, recién llegada de las vacaciones, apareció en el solar para saber si se encontraba conmigo. Fueron tres días de completo estupor durante los cuales la buscamos por la ciudad y sus alrededores; preguntamos a la policía y a los guardacostas; fuimos incluso a la morgue y vimos decenas de cuerpos que no eran el suyo; interrogamos a todos sus amigos de La Habana y a los que vivían en otras ciudades y, sobre todo, tratamos de ocuparnos día y noche, a como diera lugar, para no permitir que la culpa nos consumiera por completo. Si antes no me dignaba ni a verla, desde que volvieron sus padres me instalé en su casa, como un miembro más de su familia, permitiendo a veces, por descabellado que esto suene, que su madre me reconfortara cuando la ansiedad y el remordimiento me rebasaban por completo. Ni entonces ni después, se le ocurrió responsabilizarme, como hacen muchas personas, de la desaparición de su hija. Sin embargo, yo sabía perfectamente el papel que había jugado. Finalmente, al cabo de aquel periodo interminable –mucho más largo para nosotros de lo que en realidad fue–, movido por una suerte de intuición o presentimiento, pedí abrir el cuarto de servicio, donde nos acostábamos mientras su familia deambulaba por la casa. Fue ahí donde la encontré, ya medio putrefacta, colgando de una cuerda con la boca y los ojos abiertos. Eran esos ojos desorbitados y azules los que me perseguían en el Upper West Side durante mis noches de insomnio, y me obligaban a salir corriendo al parque cada mañana para conseguir olvidarlos, al menos durante una parte del día.

ÓRGANOS VITALES

La lluvia que caía sobre Clamart era espesa y oscura. Sin darnos cuenta, habíamos dejado de hablar del futuro. Tratábamos de ser amables, incluso ligeros entre nosotros y con el personal. Era nuestra manera de ser optimistas y el optimismo era una medida supersticiosa que habíamos adoptado tácitamente. Tom se quedó dormido y, como de costumbre, traté de ponerme a trabajar durante un par de horas, sin conseguir concentrarme. No despertó esa noche y tampoco la mañana siguiente. Había caído en un estado de inconsciencia que, según el médico, se debía a una bajada en el nivel de potasio. Según él, no era para preocuparse, bastaba con añadir más sales a su suero y aumentar la adrenalina para forzar el ritmo cardiaco de ese corazón exhausto que estaban por extraerle. Me senté a esperar que abriera los ojos. Desde que Tom llegó al hospital, el único lugar disponible para acompañarlo era una silla dura de aluminio con asiento de plástico. Valeria y yo nos la turnábamos a lo largo del día.

–Qué poco atentos son con los visitantes –le dije a Fred, quien vaciaba el pato en el cuarto de baño–. Mira dónde nos sientan.

—La mayoría de las personas no resisten estar aquí más de diez minutos —me respondió—, menos en terapia intensiva. Llegan estresados con sus chocolates y sus ramos de flores, que de todas formas les confiscan en la recepción, saludan y se van de inmediato. La gente no soporta ni pensar en los hospitales. Mucho menos estar en uno de ellos. Usted merecería que instalaran un sofá en el cuarto de su marido.

Mientras conversaba con Fred escuché voces en la habitación de Monsieur Kilanga. Una mujer gritaba: «¡Vete! ¡No te queremos aquí!» Primero pensé que se trataba de una discusión de familia. La chica del pasillo y su hermano peleando frente a su padre enfermo. Una de esas faltas de tacto hacia los moribundos que a veces resultan inevitables. Poco a poco, otras voces se incorporaron a lo que parecía una trifulca. Me puse a escuchar más atentamente. Logré distinguir palabras y luego frases enteras. La exhortación a que alguien saliera se repitió varias veces. No sólo gritaba la chica. También una o dos personas más. ¿A quién trataban de sacar? ¿Y por qué esa persona se aferraba a quedarse dentro? ¿No podía volver una vez que se hubieran calmado los ánimos? Tom seguía sin despertar, así que, llevada por la curiosidad, salí del cuarto para husmear a través del vidrio esmerilado. No logré ver casi nada, sólo las siluetas de un número de individuos que excedía el de las visitas reglamentarias, alrededor de la cama del pobre Monsieur Kilanga. Comprendí que se trataba de una ceremonia. Sin embargo, a pesar de mis esfuerzos por descifrar el objetivo del ritual, no conseguí saber si los hijos estaban animando al padre agonizante a pasar de una vez por todas al otro mundo, o si, por el contrario, a quien querían ahuyentar era a la muerte. En ésas estaba cuando apareció Fred, el enfermero, y con mucha delicadeza, pero también de manera contundente, me tomó del brazo y me pidió que me alejara del pasillo. Unos minutos después, los parientes de Monsieur Kilanga salieron de la habitación. Escuché sus voces mientras transitaban ruidosamente hacia la salida. Sólo quedó la chica de siempre. Sollozaba fuera de la habitación de su padre a la espera de que los enfermeros cumplieran su rutina.

Fue el mismo Fred quien salió del cuarto para anunciarle que su padre acababa de morir.

Cuando regresé al cuarto de Tom, que de alguna manera se había vuelto mi propio espacio, vi que tenía los ojos abiertos. Sentí un alivio profundo que preferí no exteriorizar. Me limité a sonreír. Y a preguntar por su estado. Me tomó de la mano con un gran esfuerzo y, debajo del respirador, me devolvió la sonrisa. Entonces no pude más y resumí lo ocurrido.

—Monsieur Kilanga murió —le dije con un nudo en la garganta. Tom me apretó ligeramente la muñeca.

—No quiero que me cuentes.

Como dije antes, yo nunca tuve una educación religiosa. Mi padre, aunque conservador, era ateo y, tras la huida de mi madre, le había prohibido a mi abuela que me adoctrinara en el catolicismo. Aun así, por primera vez en mi vida empecé a rezar, a mi manera, a quien estuviera ahí y pudiera ayudarnos. En la puerta del hospital, en el autobús de regreso, en la calle, cada vez que escuchaba una sirena o veía una ambulancia circulando velozmente, rogaba que «aparecieran» los órganos para Tom. Desear la muerte, aunque sea anónima, para sacar como hacen los buitres la parte esencial de un cuerpo, es algo horrible y yo me daba muy bien cuenta, pero por nada del mundo habría dejado de hacerlo. Me pregunté también si desearle la muerte a alguien equivalía realmente a desearle mal. ¿Sufrían los muertos igual que nosotros? Quizás era peor estar en vida y ser inmensamente desdichado... Cuando rezaba para que mi novio siguiera vivo, lo hacía mucho más por mí que por él. Dada la gravedad de su condición, Tom estaba a la cabeza de la lista. No iba a tener que aguardar durante años, como le ocurre a mucha gente. Pero ¿qué pasaría si nadie con la generosidad suficiente para donar sus vísceras dejaba este mundo en las siguientes semanas? Tom se iría para siempre. En ese caso, me dije, bastará con saltar desde el cuarto piso para reunirme con él. La alternativa me pareció un consuelo. Recordé nuestra conversación sobre Drake y los otros. Me dije que si personalidades con tanto genio habían optado por ella, el suicidio no podía ser tan desdeñable.

Al enterarse de que estaba en espera de un trasplante, los amigos de Tom empezaron a aparecer por el hospital. Además de los locales como David o Ricardo, vinieron otros desde el extranjero. Nadie reconocía viajar exclusivamente para verlo, pero era obvio que iban a despedirse y sospeché que Valeria los había contactado para sugerirlo. Pude comprenderla, era la más racional y práctica de los tres. Sin embargo, no dejé de encajar el hecho como una traición. Fue así como conocí a Cyd y a su mujer, que vivían en una casona hippie de las afueras de Londres con sus cuatro hijos; a Ghislaine y María, dos lesbianas rollizas, chapeadas y muy cariñosas que nos trajeron desde Holanda té y galletas de jengibre; a Max, un amigo de Irlanda que había estado en la guerrilla y le regaló un iPod con la memoria cargada de música de los años setenta. Ingeborg, una ex novia alemana, llegó desde Boulder, Colorado, para pasar con él la mañana de un domingo e insistió a Valeria en que nos presentara. Tomó mis manos entre las suyas y me contó que había venido para dejar atrás cualquier aspereza o rencilla del pasado.

Cuando por fin se fue, me acerqué a la habitación, preocupada por ver cómo le había sentado a Tom aquella visita, y descubrí con enfado que un enfermero le estaba cambiando un pañal con la puerta abierta. Así me enteré de que ya había perdido por completo la fuerza en el esfínter. Su cuerpo estaba dejando de funcionar a una velocidad sorprendente. La espalda escuálida mostraba cada una de las vértebras de su columna. Los brazos y piernas, antes musculosos, eran ahora una hilera de huesos y por eso llevaba casi siempre la bata del hospital mal puesta. Los ojos, cada vez mayores, daban a su cara un aspecto alienígena. Y, aun así, fueron pocas las veces que lo escuché quejarse. Pasaba por todas esas pruebas con una entereza para mí incomprensible.

Nunca supe si había sido idea suya o de su prima, pero por esas fechas empezaron a aparecer en sus repisas algunos objetos religiosos. Le pidió a Valeria que pusiera junto a la ventana una estatua antigua de San Antonio de Padua, herencia de su familia, y una cruz de herrería en forma de trébol. Como en el hospital estaba prohibido encender fuego, Valeria puso una lamparita que simulaba una vela. Del otro lado del vidrio, estaba nevando y el reflejo de aquel pequeño altar daba a su cuarto una atmósfera acogedora y nueva. Lo felicité por ello y me dijo con aire preocupado:

—Hoy escupí sangre dos veces. El doctor dice que mis pulmones están supurando y es necesario cauterizarlos. Van a meter una sonda por una de mis ingles y la subirán por la espalda hasta alcanzar las heridas.

Era obvio que tenía mucho miedo.

—Te dormirán y no vas a sentir nada —contesté, con tranquilidad impostada.

Entonces Valeria me lo explicó: su corazón estaba demasiado débil para soportar una anestesia.

Pocas horas después, Tom salió de su habitación en camilla rumbo a la sala preoperatoria. Lo acompañé en el trayecto hasta la puerta blanca y automática donde un letrero prohibía la entrada al personal no autorizado. El enfermero me aconsejó que regresara a casa. No era posible saber a qué hora terminarían.

Obedecí sin chistar pero durante todo el trayecto a París me fui sintiendo culpable. Valeria no estaba tampoco en la clínica y lo más seguro era que Tom volviera a su cuarto sin una sola persona cercana para recibirlo. Nevaba cuando salí del metro. A diferencia de Petit Clamart, las calles del XXème se habían mantenido limpias hasta entonces gracias al calor que genera el movimiento en la zona intramuros. Ahora, en cambio, el boulevard de Ménilmontant también se cubría de blanco. Sin quitarme el abrigo, fui a prepararme una infusión a la cocina: una mezcla de flores tranquilizantes para poder conjurar el estrés. Antes de terminarla, decidí buscar la llave que me había dado Tom de su departamento. En su casa —estaba segura— iba a encontrar la fuerza para seguir creyendo en un futuro conjunto. Excepto por el frío, todo estaba idéntico. La mesa con la tetera encima, los libros y la chimenea. Daba la impresión de que Tom seguía viviendo ahí y que podía regresar en cualquier momento. Encendí el estéreo y me puse a escuchar el disco de la última mañana que habíamos pasado en su casa: *Get Rhythm* de Ry Cooder. Un álbum optimista y despreocupado. Me dije que, de haber vuelto esa noche, Tom habría llenado la bañera y se habría quedado dentro hasta conseguir relajarse. Decidí hacer eso mismo. Mi ansiedad bajó gracias al agua caliente. Me cubrí con su albornoz y, después, me puse la pijama desteñida que encontré bajo su almohada y que por vanidad no había querido llevarse. El olor de su casa, tan distinto al que su cuerpo había adquirido en el hospital, era como una manta cálida y familiar que me alentaba a no bajar los brazos. No tenía sueño y, para distraerme, intenté aprovechar la chimenea de su cuarto. Tampoco esa vez conseguí encender el fuego.

A las diez y media llamé al hospital para preguntar si la operación había terminado. Después de pasar por un laberinto de opciones en el contestador automático, una persona de carne y hueso me informó por fin que la operación había concluido hacía quince minutos.

—Está recuperándose. En un par de horas lo llevarán a su cuarto.

La nieve seguía cayendo. Colgué el teléfono, volví a vestirme y pedí un taxi.

Llegué poco antes de las doce. Su cama estaba vacía y sentí miedo, pero casi de inmediato me tranquilizó una enfermera que hacía el turno de medianoche y a la que no había visto antes.

—Están por instalarlo en su habitación —me dijo—. Espérelo aquí. ¿Necesita una cobija? —preguntó, dando por hecho que pasaría la noche en el hospital.

Pocos minutos después, trajeron a Tom. Me sorprendió verlo sentado sobre la camilla, mientras el enfermero acomodaba la altura de la cama para poder trasladarlo. No parecía alguien que hubiera vuelto del quirófano sino de la guerra. Sus pupilas estaban dilatadas y su mandíbula apretadísima. Su expresión acusaba la enorme cantidad de adrenalina que en ese momento circulaba por su sangre. «Pobre Tom, ¿en qué lo están convirtiendo?», recuerdo que pensé. Si antes sentía una leve desconfianza hacia los médicos que bajaban y subían al tanteo sus niveles de potasio, de analgésicos, de Flolan y vaya a saber de cuántas cosas más, a partir de ese momento empecé a incubar un franco resentimiento. Sabía que estaban haciendo lo posible por salvarlo, sabía que si le habían cauterizado los pulmones en carne viva era para evitar que muriera ahogado en su propia sangre, y, sin embargo, los odiaba por torturarlo con todo eso.

Tom movió levemente la cabeza para dar a entender que agradecía mi presencia. Después levantó hasta su boca un pañuelo desechable que tenía entre los dedos, escupió en él y lo arrugó de nuevo arrojándolo al cesto de basura que había en una esquina del cuarto con una precisión que me dejó perpleja. Tenía un aspecto desquiciado y a la vez extremadamente alerta. Me limité a sonreírle amorosamente. Entonces hizo una seña para que me acercara.

–¿Quién es el hombre que está en la puerta?

Sentí un escalofrío. En la habitación no había nadie excepto nosotros. No quise decirle que estaba alucinando.

–Debe de ser familiar de algún enfermo –respondí.

Al cabo de dos o tres días, una tarde en la que merodeaba por el servicio, cerca de la oficina, escuché por casualidad una conversación entre los médicos de guardia. Parecían muy apurados tratando de localizar al doctor Tazartés. Cuando por fin consiguieron hablar con él, le explicaron que había llegado un órgano. En cuanto pude, me acerqué para preguntar si se trataba del nuestro. Me dijeron que por el momento no estaban autorizados para decir nada al respecto, que esperara noticias. Por suerte Fred estaba ahí y, cuando tuvo oportunidad de hablar conmigo sin que lo vieran, me explicó que debían hacerle estudios para confirmar la compatibilidad y algunas otras cosas.

—Cruce los dedos —me dijo—. A lo mejor es el día.

Sentí que mi propio corazón iba a reventar de ansiedad. Busqué a su prima para darle la noticia, pero había bajado a merendar en la cafetería. El médico llegó con mucha prisa y estuvo revisando los signos vitales de Tom. Después se fue y las cosas retomaron el curso de siempre. Cuando Valeria volvió al cuarto, le expliqué lo sucedido y ella se acercó a corroborarlo con las mismas enfermeras. Regresó al pasillo con una actitud serena, un poco decepcionada, y confirmó lo que en mi fuero más interno ya sabía.

—Hay un órgano, pero no se lo darán a él porque está demasiado débil. Habrá que esperar a que se recupere para volver a solicitarlo.

Fue a otro paciente de terapia intensiva al que llevaron esa noche en camilla a la sala preoperatoria. Como iba acostado, no pude ver cuál de todos era el elegido. Deseé que fuera la adolescente india quien recibiera esos diez años suplementarios de vida.

Aquella noche, volví al departamento de Tom. Me acosté a dormir en su cama gélida. Algo de su antiguo olor seguía en las sábanas y en la funda de su almohada, por eso dormí abrazada a ella. El Tom del hospital guardaba poca semejanza con el que había vivido en esa casa y cuya presencia seguía estando ahí como una sustancia escasa y muy preciada. ¿A cuál de los dos conocía más? La pregunta surgió en mi mente sin encontrar respuesta. Del pasado

241

de Tom sabía muy pocas cosas. Apenas podía establecer un breve retrato de su familia y de sus amores más importantes. Como había hecho casi dos años atrás, durante su viaje a Sicilia, empecé a husmear en sus armarios, en las cajas que guardaba sobre la última repisa de su clóset, en los álbumes de fotos que había en uno de sus libreros. No era voyerismo, sino un intento por asirlo de alguna manera, aunque para ello tuviera que robarme sus secretos, los fragmentos de su vida anterior a conocerme. Pasé la noche en blanco, revisando las imágenes de su infancia, de su adolescencia, de sus viajes y de sus numerosas novias. ¿En qué pensaba Tom en la soledad de su cuarto de hospital? Muy probablemente en eso mismo que yo buscaba en su casa. En su pasado, en el conjunto de su existencia como un mural que cuenta con imágenes un relato épico. ¿Qué lugar me reservaba dentro de toda esa historia a mí, la mujer que lo acompañaba al final de sus días? ¿Tenían peso los meses transcurridos en mi compañía –y de los cuales tres habían sido un infierno– en comparación con tantos años de noviazgo feliz con otras? Era imposible saberlo. Mientras revisaba las fotos, me acabé el té con la etiqueta de Mariage Frères que habíamos comenzado en mi primera visita. Como el té, sus posibilidades de vida se habían agotado vertiginosamente. Pensé de nuevo en el órgano que le habían negado y en lo absurdo que era truncar nuestra historia en aquel momento. No podía resignarme a la idea. Estaba dispuesta a todo, incluido el suicidio, con tal de que siguiéramos cerca. Y la verdad es que no tenía mucho a que aferrarme en el mundo. Mi familia me parecía muy ajena a mi realidad. El dolor que mi padre sentiría tras mi muerte iba a ser, estaba convencida, inferior al que yo sentía en aquel momento. Si era inevitable que Tom se marchara de este mundo, yo quería irme con él. Irnos juntos. Irnos juntos. Irnos juntos como quien emigra en pareja a otro continente. No conciliaba el sueño, así que empecé a repetir esta frase como un mantra durante un largo rato. Después, la lógica imprevisible del insomnio me llevó a hacer el recuento de los personajes célebres que habían enloquecido o muerto de tristeza en París. Casi todos deprimidos o por afecciones cardiacas: Éluard, Balzac, Doré, Montand... La ciudad, yo lo sabía de sobra, era propicia para eso. Recordé a Beethoven y sus alucinaciones. La despedida de Gustave Doré, quien, la noche antes de morir, citó a todos sus amigos en una *brasserie* y brindó con ellos en el mayor de los júbilos, por su final inminente. Esta escena la vi ya en forma de sueño. La cara redonda de Doré y su pañuelo alrededor de la garganta. Después ya no era Doré quien presidía el convivio de despedida, sino Tom y yo, sentados en una de las cabeceras. ¿Los comensales? Haydée, Rajeev, David, Valeria y toda mi banda de góticos oaxaqueños.

El tres de diciembre, el doctor nos informó, estando Tom presente, que ya no había nada que hacer. Descartada la posibilidad del trasplante, era cuestión de esperar a que su cuerpo fallara por completo y nadie podía decir cuánto duraría eso. A partir de entonces, todos sus esfuerzos se centrarían en calmar el dolor insoportable de su pecho, así como la sensación de asfixia. Nos trasladaron entonces a una habitación común y corriente, fuera del servicio de terapia intensiva, fuera también de la zona de esperanza, para ceder nuestra habitación a un nuevo paciente. Las paredes de ese cuarto nuevo eran verde claro, lo que algunas personas suelen llamar «verde acqua». Ninguno de los tres podía creer lo que estaba sucediendo. En cuanto los enfermeros que lo instalaron ahí salieron del cuarto, Tom le pidió a Valeria que nos dejara solos.

—Quiero que me prometas algo —dijo quitándose el respirador para que le entendiera, cosa que, aun así, resultaba muy difícil—. Por más infeliz o sola que te sientas, nunca te quites la vida.

—Si muriera —argumenté en mi defensa— podríamos seguir juntos.

—Estaremos más cerca de lo que te imaginas y, si te esmeras, vas a poder oírme.

—Para mí no es suficiente —dije yo—. Me iré contigo aunque no quieras.

Admito que respondí con rudeza y sin ninguna consideración por su estado, pero ya no había lugar para la condescendencia. Éramos una pareja negociando su futuro. No iba a transigir en algo tan importante.

—El suicidio —dijo Tom en el tono más serio que le escuché jamás— es un delito en la ley espiritista y se paga caro. Todos tenemos una misión en la vida y a cada quien le corresponde encontrarla. Pasar por este mundo sin descubrirla equivale a desaprovechar la existencia. Si quieres que muera en paz tienes que prometerlo.

Guardé silencio. Al decidir irme con él yo estaba confiando en esas leyes espiritistas de la vida después de la muerte y de la posibilidad de encontrarse con los seres queridos en un mundo intermedio. Si esas leyes estaban en mi contra, mi única posibilidad —una posibilidad incierta y desesperada, convengamos en ello, pero valiosa justamente porque se trataba de la única— se me estaba cerrando en ese instante. No tenía más remedio que prometer lo que Tom me pedía. Y fue así como, en contra de mi voluntad, firmé mi sentencia de vida.

El día transcurrió lentísimo hasta la hora de comer.

–¡Háblame! –rogaba él–. ¡Por favor dime algo! –Pero yo no encontraba las palabras para hacerlo.

Hacia las cinco, Tom le pidió a Valeria que llamara a los parientes sicilianos afincados en París, primos, tíos y amigos de la familia, para ver quiénes podían acercarse. Nos reunimos por la noche en el cuarto de hospital como si fuera una fiesta y no el velorio prematuro y lleno de dramatismo que yo me temía. Estuvieron cantando en dialecto hasta el amanecer. Aunque no hablábamos el siciliano, todos entramos en esa alegría semejante a un trance. Los enfermeros de guardia no sólo cooperaron haciendo la vista gorda, sino que nos trajeron sillas y pusieron la cafetera del servicio a nuestra disposición. En algún momento, miré hacia el monitor que marcaba la frecuencia cardiaca de mi novio: por primera vez desde que lo conocía, sus latidos volvieron a tener un ritmo constante. Después del amanecer las cosas cambiaron. Los enfermeros no fueron tan comprensivos y nos ordenaron despejar el cuarto antes de que llegara el médico. Los miembros de la familia, de la cual ahora yo también formaba parte, se despidieron para ir a su trabajo con lágrimas en los ojos.

El lunes cuatro de diciembre, a las nueve de la mañana, Tom dejó este mundo y pasó a lo que le gustaba llamar el barrio de enfrente. Valeria y yo pedimos a los médicos que dejaran su cuerpo intacto sobre la cama el mayor tiempo posible, conforme a sus creencias, para ayudarlo a adaptarse a su nueva condición. Sus restos fueron repartidos entre el Cimitero degli Angeli de Caltanissetta y el Père-Lachaise. Aunque era verdad que tenía otros nichos en distintos cementerios, ni un gramo de sus cenizas fue enviado a otro país.

MARATONES

Pasé un año entero viajando por el mundo en busca de nuevos desafíos. Después de México, estuve en el maratón de Chicago, en el de Berlín, en el de Nueva York y en el de San Silvestre que se celebra en São Paulo. Hay quienes aseguran tener, durante una carrera, sentimientos místicos, algo como una hermandad establecida entre los corredores. Para mí, todas esas aseveraciones eran producto de una imaginación desbordada y sensiblera, cuando no detestables mentiras. Aunque correr me causaba placer y bienestar, tardé mucho en superar la sensación de rechazo que me producía la gente. En un maratón, los demás deben ser invisibles y considerados única y exclusivamente potenciales contrincantes. Lograrlo no resulta fácil. El sudor y hasta la respiración ajena pueden, si lo permitimos, llegar a provocar un asco incontrolable. Los corredores transpiran, escupen y exudan sin parar todas las sustancias de su cuerpo. Admito que en más de una ocasión el aliento de algún individuo que corría muy cerca de mí llegó a provocarme arcadas. Una vez me vi obligado a interrumpir la carrera para vomitar detrás de un árbol. Aun así lo peor no son los corredores sino el público, gente enardecida, muchas veces ebria o intoxicada, que va a divertirse, a cantar estupideces, colocar pancartas, comer hamburguesas y *hot dogs* detrás de las vallas, en una actitud del todo contraria al espíritu deportivo. Sin embargo, una de las mayores satisfacciones que ofrece un maratón es que nos empuja a transgredir nuestros límites, no solamente los físicos sino también los mentales. Poco a poco, a base de voluntad y esfuerzo, fui superando, si no mi rechazo a esas hordas, al menos mi vulnerabilidad a su miasma. Y estaba orgulloso de ello. Conforme más conseguía ignorar la existencia de los otros, mayor concentración tenía en mí mismo y en mi rendimiento. No conozco ningún placer semejante al de superar mis propios récords. Más que las endorfinas, de las que tanto se habla en las revistas de los consultorios médicos, era la certeza de estar convirtiéndome en alguien fuerte y resistente, una suerte de titán moderno, lo que me provocaba euforia y una verdadera adicción al deporte. Sin embargo, mi visión de las cosas cambió radicalmente mientras corría uno de los maratones que más ilusión me causaba y para el cual había entrenado sin descanso. Me encontraba ya a pocos kilómetros de la meta y debo decir que era uno de los primeros en lograrlo, cuando una chica alta y pelirroja cayó a mis pies, presa de lo que a todas luces era un ataque de epilepsia. Al ver su cuerpo rígido y entregado a las convulsiones, salivando como un perro rabioso, sentí una mezcla de rechazo y miedo. Por un instante tan breve como un relámpago, pensé en detenerme y ayudarla. En la escuela me habían enseñado a auxiliar a este tipo de enfermos: uno debe apartar cualquier objeto o prenda con la que puedan herirse o ahogarse y girarlos de costado hasta el final del ataque. Sin embargo, esa mañana, resistí la tentación del heroísmo y preferí la discreción estoica del deportista concentrado en su rendimiento. Nadie me impediría llegar lo antes posible a la meta. Esquivé pues a la mujer como uno esquiva una naranja o cualquier fruta podrida que se atraviesa en el camino y proseguí mi recorrido. Pocos metros después, me vi saltando por los aires, presa de una explosión que conmocionó no sólo a quienes nos encontrábamos ahí ese día sino a los corredores y a la prensa del mundo entero. Me desperté en la ambulancia, escuchando por radio las voces de los enfermeros que no se daban abasto con la cantidad de heridos. Después vino el quirófano y la noticia de que habrían de amputarme la mitad de la pierna.

Estuve internado en el Boston Medical Center durante seis meses, algo que el seguro de la editorial cubrió sólo parcialmente. En mis noches insomnes, con los ojos cerrados y sin poder controlar la angustia, veía, una tras otra, escenas de robots viniéndose abajo, desplomándose como las torres gemelas durante el 11-S. Pensé mucho en la chica epiléptica que había visto caer. De haberla socorrido, habría escapado a la explosión y también a sus terribles consecuencias. Pensé en Susana, en Ruth, en Cecilia y en todas las mujeres a quienes no supe cuidar en su momento. Me dije, en medio de un delirio persecutorio, que cada una había constituido una oportunidad para salvarme de mí mismo. Pensé también en mi madre y deseé que jamás se enterara de mis nuevas circunstancias. Abundar ahora sobre el estado de pavor en el que me encontraba sería impúdico y sobre todo poco digno de un hombre que durante toda su vida ha venerado las reglas de la *bienséance*. Lo que sí puedo decir es que fue el miedo a pasar el resto de mis días en una silla de ruedas lo que me llevó a adquirir la prótesis más costosa, una especie de columna de titanio dotada de un mecanismo giratorio y otros movimientos que una pierna humana no puede ejecutar. En el hospital me ofrecieron apoyo psiquiátrico. En lugar del encomiable doctor Menahovsky, recibí la visita de una médica bajita y caderona, que me miraba con lástima. Mi alternativa a los antidepresivos había saltado por los aires. No me quedó más remedio que ingerir las sustancias que me ofrecía.

Permanecí en Boston durante casi un año. En ese tiempo la herida cicatrizó lo suficiente para poder implantar la prótesis y luego emprendí el largo periodo de rehabilitación. Carecer de una pierna no impide que nos escueza, se tropiece o nos arda, a veces de manera intolerable. Para dejar de sentirla, es necesario que el cerebro incorpore su ausencia y el paciente restablezca el mapa mental que tiene de su propio cuerpo. Si los demás atletas me producían rechazo, la cercanía de los tullidos me resultaba aterradora. Me exasperaba que en las sesiones de fisio les diera por sollozar o por lamentar su suerte. De haber tenido el dinero suficiente, habría pagado sin pensarlo el precio de las terapias individuales. Dos personas se ofrecieron a cuidarme durante la convalecencia: mi buen amigo Mario y la incondicional Ruth Perelman. Fue ella quien se encargó de conseguir un departamento en la planta baja de un edificio moderno, situado a unas cuadras del hospital. También contrató a una empleada para que cocinara e hiciera la limpieza. Ruth pasó junto a mí todo el tiempo que su trabajo y sus hijos le permitieron. Me traía libros, revistas y manjares polacos, comprados en Kutsher's justo antes de salir de la ciudad para que estuvieran frescos. ¡Extrañaba tanto Nueva York! Sus calles, sus parques, sus restaurantes y sus librerías. Cada objeto o alimento con sabor a esa ciudad que me llevaban a Boston era medicina para mi espíritu.

A partir del accidente dejé de fantasear con la casa en el bosque y sobre todo con la mujer ideal que, según yo, me estaba destinada. Di por hecho que ese sueño no se realizaría jamás. De la misma manera en que meses antes había comprendido el lugar de Susana en mi existencia, empecé a vislumbrar el papel de Ruth en mi vida. A pesar de la escasa credibilidad que le había otorgado al principio, con nuestros respectivos altibajos y uno que otro distanciamiento, nuestro vínculo era tan sólido que ni siquiera mi historia con Cecilia o la visita de ésta a Nueva York había logrado romperlo. Ambos éramos conscientes de aquella solidez y también de que el tiempo a nuestra disposición distaba mucho de ser ilimitado. Ruth era quince años mayor que yo pero estaba mejor conservada. Además las mujeres son casi siempre más longevas que los hombres. Según mis especulaciones podríamos vivir más o menos lo mismo. Una noche, mientras hablábamos de esto en la terraza del departamento de Boston, me propuso, como alguna vez había hecho en el Hotel Lutetia, que me mudara a su casa. Adaptaría todo para que estuviera seguro y cómodo en ella. Ofreció incluso mandar a los niños a una *finishing school* en Suiza durante el primer año para que pudiéramos acostumbrarnos el uno al otro. No era una idea nueva, ya lo habían comentado entre ellos. Esta vez me tomé más en serio su propuesta. Además de sus cuidados, me atraían el ascensor y el espacio. A pesar de la generosidad de mi novia, el accidente mermó mucho el fondo de retiro que, durante años y con enormes restricciones, había constituido. El tránsito entre la madurez —esa edad en la que se tienen aún grandes expectativas, ilusiones, esperanzas— y el inicio de la decrepitud es insospechadamente veloz y en mi caso lo fue todavía más. Cuando uno se da cuenta, el cuerpo en el que tanto confía empieza a traicio-

250

narlo. Las arrugas se multiplican como telas de araña y lo peor es que todos, excepto nosotros mismos, parecen admitirlo como algo natural, lógico e irreversible. Resignarme a que nunca volvería a correr y a soportar una serie infinita de nuevas limitaciones fue una prueba de templanza. Durante mi convalecencia leí y releí a Séneca y, cuando por fin estuve adaptado a mi pierna de titanio, regresé a Nueva York no más fuerte, como había soñado al partir, sino aceptando de la forma más serena y digna posible lo que Mario insiste en llamar «nuestra condición humana».

CEMENTERIOS

El sepelio de Tom fue el más anodino y discreto que me haya tocado presenciar en el Père-Lachaise. La algarabía siciliana quedó olvidada en el hospital. Ni Valeria ni yo teníamos ánimos para organizar nada y decidimos convocar a muy poca gente. Esa mañana cayó sobre la ciudad una lluvia helada y demasiado abundante para el mes de diciembre. Dejamos las cenizas en el nicho sin ningún tipo de ceremonia. Después, nos refugiamos en un café de Ménilmontant el tiempo de calentarnos, ella con un *double crème* y yo con un *vin chaud*. Ya en casa, permanecí más de veinticuatro horas debajo del edredón con la boca totalmente reseca a causa del radiador eléctrico pero sin la fuerza suficiente para caminar hasta la cocina y beber agua del grifo, la única disponible en el departamento. Pocos días después, sus primos pasaron en un camión de mudanza para llevarse sus cosas. Ignoro lo que hicieron con ellas. Como aún tenía las llaves, entré, en cuanto salieron del edificio, para ver el lugar vacío. Un gesto masoquista si se quiere pero también necesario. Recogí un par de cosas que habían dejado en el suelo: un suéter con hoyos, un pantalón de pijama que usé durante meses, un par de revistas y una torre de CD vírgenes. Volví a mi departamento para observarlas con una actitud semejante a la de un animal carroñero en su madriguera.

Tras la muerte de Tom abandoné la tesina, abandoné los trámites para la titulación y me abandoné a mí misma al resentimiento y a la tristeza. Comía cualquier cosa y a deshoras, sólo cuando recordaba que hace falta alimentarse para seguir viviendo. Pasaba varias semanas sin bañarme. Al salir de casa, percibía con cierto placer la aversión que mi aspecto y mi olor causaban en la gente, sobre todo en los vecinos. Mi cuerpo era el ancla que me retenía a un mundo en el que Tom ya no estaba y desatenderlo era una suerte de venganza. Bajo tales circunstancias, lo más prudente habría sido volver a Oaxaca. Regresar a la casa familiar y dejar que mi abuela me curara con limpias y otros remedios que existen para eso. Pero yo estaba entonces más allá de lo razonable. Mi único deseo era extinguirme y no podía cumplirlo. Había hecho una promesa.

Salía, sí, pero sólo para cruzar el bulevar y encontrarme en el columbario frente al nicho donde estaba grabado el nombre de Tom. Podía quedarme horas ante la piedra gris, pidiéndole alguna señal. Otras veces, vagaba junto a las tumbas, atenta a las voces que según él era posible escuchar entre las lápidas. Cualquier lugar era más acogedor para mí que mi propio departamento. Sin importar el clima, permanecía horas en el Père-Lachaise fijándome en la gente que iba y venía dentro del camposanto, en sus horarios y sus actitudes. Ya no desde las alturas de mi casa, como había hecho al llegar al edificio, sino al ras del suelo, a medio camino entre la ciudad y quienes yacían bajo ésta. Cuando el guardia pasaba a mi lado tocando la campanita que anunciaba el cierre, me guiñaba el ojo concediéndome sin palabras varios minutos más. Era un buen

253

tipo Lucien, muy comprensivo. Además de su nombre, me aprendí el de los empleados de limpieza. Estos personajes constituían mi nuevo –y único– círculo social. También los indigentes que encontraban refugio en los mausoleos abiertos o cuyos candados habían roto y los enterradores, dos hermanos de apellido Creuzet, a quienes los *clochards* gritaban divertidos: «*Allez, creusez, les Creuzet!*», mientras éstos cumplían con su trabajo, lo más seriamente posible y con cara de circunstancias. También ellos llegaron a considerarme una *habituée* con quien era posible charlar o compartir el almuerzo. Yo les llevaba pan, a veces restos de pasta que, por una suerte de inercia pero también de homenaje, seguía preparando por las noches. A pesar del frío, no me gustaba quedarme en casa, donde la ausencia de Tom era más concreta que en ningún otro sitio. Un par de semanas después del entierro, la señora Loeffler había colocado un letrero blanco y rojo en la ventana, anunciando que alquilaba el departamento. Las cosas sucedían a una velocidad incomprensible para mí, como cuando se adelanta una película. Con esa misma rapidez, apareció una mañana un segundo camión de mudanza y también una pareja de estudiantes que, en un solo día, subieron por las escaleras una infinidad de cajas. Se veían felices. Reían y hablaban a gritos. Por las noches follaban junto a la pared de mi cuarto, impidiéndome conciliar el sueño. Yo los oía imaginando que quienes estaban ahí éramos nosotros y que mi departamento era una casa abandonada donde habitaba un fantasma. Sin darme cuenta, durante mis visitas al columbario, comencé a contarle a Tom lo que ocurría en ese departamento que para mí seguía siendo el suyo. A veces con sorna y estupefacción, a veces en tono de queja. En ocasiones le hablaba de esos chicos con ternura, como si le relatara lo que nos ocurría a nosotros y no a unos desconocidos. Luego, para cambiar de tema, le describía mis sueños o cualquier otro acontecimiento de mi borrosa existencia.

Observando con atención a los visitantes del cementerio, comprendí que no era tan insólito dirigirse a un difunto. De la misma manera en que mucha gente habla con sus animales mientras pasea con ellos por la calle, otros dialogan consigo mismos y otros conversan con los muertos, casi siempre en silencio pero de cuando en cuando dejan escapar partes de esa conversación que tiene lugar en sus mentes y, si uno está alerta, es posible rescatar algunas frases. Quienes ya no toman en cuenta la opinión de la gente, como era mi caso, lo hacen en voz alta. Me bastaba ver sus rostros para descubrir los estragos que la soledad había causado en todos ellos. Eran, la mayoría de las veces, personas adoloridas o víctimas de la crueldad ajena y, aunque también la ejercían sobre otros, saltaban a la yugular ante la primera crítica o burla que les dirigieran; personas tan sedientas de afecto que sustraían como vampiros la gentileza y la cortesía de quienes tuvieran enfrente. Imaginaba a esa gente volviendo a sus casas por la noche o a los albergues de beneficencia, cocinando cualquier cosa y comiendo de pie, directamente de la olla, mientras se compadecían de sí mismos como quien ha desarrollado un acto reflejo. Los había de todas las edades: desde personas mayores que apenas podían desplazarse hasta jóvenes estragados por las drogas, por un fracaso laboral, académico o por un amor mal correspondido. Puede ser cualquiera la gota que derrama uno de esos vasos precozmente saturados. Muchas de esas actitudes que me habían escandalizado tanto al llegar, me resultaban ahora justificadas. Yo misma formaba parte de las hordas de neuróticos y esquizofrénicos, que espantan a los turistas, pero me daba lo mismo. Aunque estaba sola, mis dominios se habían ampliado considerablemente. Ya no se limitaban a treinta metros cuadrados en un edificio vetusto y con olor a humedad. Mis dominios eran las calles de París, todas sus escaleras y sus refugios. Mis compañeros los marginales, los descarriados, los SDF y los demás parias.

INVOCACIÓN

Quiero un silencio completo para ver si es verdad que tienes algo que decirme, si consideras que no interrumpiste el diálogo abruptamente o si, por el contrario, te esfumaste para siempre como temía. No sé si morir fue para ti un proyecto, un cometido o algo que te pasó. Si al final encontraste esa misión en la vida de la que me hablaste en tus últimas horas o si quedó algo aún por resolver. Lo que si sé es que no querías marcharte, cerrar la cortina aquí. Te vi luchar con todo. Tal vez pensabas que podrías permanecer de alguna otra forma o que yo acabaría por aprender a escucharte, a reconocer la tuya entre las voces de los muertos. Llevo semanas esperando tu respuesta pero la verdad es que no percibo nada, ni en casa ni en el cementerio. Convertiste ese amor tan vivo, tan presente aún, en un epitafio corto e intenso a la vez mientras yo me retuerzo en el mundo de lo imposible porque no hay nada que hacer y eso es lo que mata, como la necesidad insoportable de alguien que no existe más, al menos en la forma que antes tenía. Los vivos no me interesan. Tampoco los muertos. Observar la escena de la vida cotidiana sin ti es obsoleto. Sólo me importas tú. Pero creo que eso ocurre desde hace mucho tiempo. Y aunque a veces quisiera gritar: «¿Cómo pudiste dejarme sola?», en el fondo sé que no deseabas marcharte. En tu caso el verbo *morir* debe usarse en forma pasiva. Te murieron los médicos y su ineptitud disfrazada de sapiencia. Y yo ¿elegí acompañarte o simplemente me sucedió? Pude haber renunciado en cualquier momento, pude cambiar de ciudad, de destino, y sin embargo la idea no me cruzó jamás por la cabeza. Tu existencia me hacía feliz. Bastaba sujetar tu mano y olerte, robarle besos a la máscara de oxígeno. Pensamos que tendríamos diez años más. Creímos hasta en la posibilidad de un trasplante. Todo parece ahora tan corto y también tan pequeño como un circo diminuto con el que apenas si da tiempo de jugar. Me siento como una ingenua a la que sorprendió la voluntad veleidosa de un Dios sin compasión. Tengo muy pocas cosas a las cuales aferrarme en este momento y entre ellas está el desencanto. No quisiera perderlo. Hay algo en él que tranquiliza y que por lo tanto me gusta. Ese desencanto que antes veía en ti sin conseguir comprenderlo. No tuve tiempo de darte lo que me hubiera gustado. No terminé, ni de lejos, de conocerte. No pude explicarte, por ejemplo, que me estabas partiendo por la mitad y que dejabas en este mundo a una tullida emocional, un ser incompleto y abandonado que no sabe qué hacer consigo misma. No te lo dije para evitar hacerte daño pero también por orgullo. No grité el infinito dolor que sentía y ahora no sé qué hacer con todo eso. He escuchado que el sufrimiento posee virtudes medicinales. ¿Debe uno permitir que se desparrame por ahí igual que un ácido que corroe todo lo que toca? Ignoro si realmente puedes escucharme. Yo no oigo tu voz. Si nadie te lo impide, te ruego que me ayudes a sentir tu presencia. Quisiera creer que el diálogo puede reanudarse, que persiste en mis sueños o en

258

un oído inconsciente, que en algún momento habrá una explicación a todo esto.

A pesar de mis esfuerzos, nunca escuché las voces que Tom me había prometido. En cambio escuché las de una multitud de seres condenados a vivir solos, añorando a alguien que había pasado al otro mundo. Conocí a decenas de estos seres y a otros semejantes. Conocí a Eleanor Rigby y al padre McKenzie, a gente enferma que esperaba la fecha de su muerte como los prisioneros aguardan el final de una condena y que, como Tom, habían comprado anticipadamente el nicho donde habrían de ser depositadas sus cenizas. Conocí a personas sin esperanza con quienes mantenía largas conversaciones que olvidaba a los pocos minutos, no por su intrascendencia sino por el estado catatónico en el que me encontraba. Incluso presencié el entierro de uno de ellos. En cuanto el cementerio cerraba sus puertas, volvía a mi casa para desplomarme sobre unas sábanas que nunca lavaba. Ya no me hacía falta el radio. Por las mañanas salía a comprar pan o alimento pero siempre acababa volviendo al Père-Lachaise como si se tratara de un polo magnético alrededor del cual gravitaba mi existencia. Después empecé a interesarme por las historias de aquellos que caminaban entre las tumbas como lo hacía yo misma, pero sobre todo por los difuntos y sus biografías. Me di cuenta de que bastaba con acercarse a la sepultura donde alguien se hubiera detenido, para entablar una conversación acerca del finado. Para que me atreviera tenían que coincidir varias circunstancias. Era importante, por ejemplo, que la persona en cuestión tuviera un aspecto amable y receptivo, que el nombre escrito sobre la piedra me resultara sugerente, que estuviera de ánimo.

–¿Usted lo conocía?

Ésa era la pregunta clave que abría las puertas de los deudos y gracias a la cual uno podía escuchar una historia, una confidencia, un bocado de humanidad. Más allá de si eran nichos o tumbas comunes, las sepulturas se dividían en diversas categorías: las turísticas como las de Oscar Wilde o Jim Morrison, siempre rodeadas de americanos o japoneses, de cámaras fotográficas y personas sonrientes, las de otros artistas talentosos aunque menos respetadas y, finalmente, las que a mí me interesaban: tumbas de personas desconocidas, profesionistas, amas de casa, comerciantes, empleados como el propio Tom, con cuyos amigos o familiares era posible conversar por momentos breves y luminosos. Escuché una infinidad de historias de hijos que añoraban a sus padres o les guardaban un rencor servil, de enamorados de cualquier edad que no se resignaban a vivir solos, de hermanos arrepentidos, de amigos fieles. Yo también fui interrogada en varias ocasiones frente al nicho de Tom. Yo también conté nuestra historia para deleite de muchos solitarios. Recibir estos relatos impregnados de tanto dolor ajeno era una suerte de bálsamo milagroso. Conseguía, contra toda expectativa, que durante algunos minutos, incluso horas, me olvidara del hueco lacerante que sentía en el centro del pecho y, por supuesto, que me sintiera menos sola. Sin embargo por las noches no eran ellos, los difuntos, ni sus visitas los que poblaban mis sueños. Mis pesadillas eran repetitivas y estaban casi siempre dedicadas a los pacientes que había conocido en el pabellón de terapia intensiva, a la adolescente india, a Monsieur Kilanga y a todos los que había visto luchar hasta el límite de sus fuerzas por permanecer en este mundo al que cada vez me sentía menos vinculada. El recuerdo de aquellos desahuciados me hacía sentirme culpable por no aprovechar al máximo eso que ellos hubieran deseado tener y que a mí me sobraba: salud y tiempo. Sus rostros me reclamaban por la madrugada mi actitud de inconsciencia, de desencanto y despilfarro de mi propia vida. Sin embargo, apenas amanecía, los espectros que me atormentaban durante la madrugada se eclipsaban. Con la almohada sobre la cabeza y unos tapones de cera para escapar a los ruidos de mis vecinos, dormía hasta las once y luego cruzaba el bulevar para adentrarme de nuevo en el cementerio.

Una tarde, alrededor de las seis y media, escuché, mientras entraba a la casa, la voz de Rajeev que justo en ese momento dejaba un mensaje en el contestador automático. Me dijo muy exaltado que su hija había nacido prematuramente y estaba en observación pero todo parecía en orden y Haydée estaba de lo más contenta. Me dio también los datos de la clínica, por si quería ir a visitarla. No levanté el auricular. Sin embargo, a la mañana siguiente me di mi primera ducha en más de un mes, me puse ropa limpia y me até el cabello larguísimo en una suerte de moño. Intenté esconder el descuido de los últimos tiempos en un atuendo excesivamente relamido y creo que el resultado fue más que aceptable. Desde la muerte de Tom no había vuelto a pisar el metro. Por fortuna era en otra dirección, en otra línea y por un motivo opuesto. Bajé en Montparnasse y caminé hasta la clínica. Después de registrarme en la entrada llamé al ascensor y subí hasta el quinto piso, donde se encontraba el cunero: dos filas de incubadoras, semejantes a los acuarios del Jardin des Plantes. Los recién nacidos se movían tan despacio como las anémonas debajo del agua. Era un criadero —no hay una palabra que describa mejor la impresión que me dio aquel lugar—. Pregunté cuál era la hija de mis amigos y me mostraron un hermoso cuerpecito oscuro como la piel de Rajeev, envuelto en una manta rosa. Apenas la vi, empecé a llorar. La enfermera dio inmediatamente por hecho que era de alegría y, aunque entonces yo no lo sabía del todo, creo que no le faltaba razón. No tenía fuerzas para dar explicaciones, tampoco la claridad necesaria. Por eso decidí marcharme sin pasar por el cuarto donde Haydée descansaba después de la cesárea. Salí de la clínica desconcertada. La imagen de la niña me acompañó toda la noche como una lucecita suave y persistente.

Un mes y medio después, Haydée y Rajeev, cansados de llamar a mi casa sin ningún éxito, fueron a buscarme a mi departamento con todo y su bebé. Como ocurría con frecuencia, esa mañana, al salir, yo había dejado la puerta de mi casa abierta, sin darme cuenta. Haydée dice que dentro el olor era apenas soportable. Aprovechando que la niña dormía y que el clima era templado, decidieron ventilar. Estuvieron más de una hora esperando mi regreso junto a la ventana del salón. Fue Rajeev quien, por casualidad, me reconoció en una de las avenidas que llevan al columbario pero no dijo nada. Le pidió a su mujer que lo esperara un instante y, sin dar explicaciones, salió a mi encuentro. Yo no recuerdo nada de eso. No recuerdo cómo me interceptó ni las palabras que me convencieron de volver a casa. La única imagen que conservo es la de Haydée, sentada en el sofá de la sala, con su hija ya despierta sobre las rodillas. Recuerdo también que al verla sentí la misma ternura que me había hecho llorar aquel día en el cunero. Sin preguntarme nada, llenaron un bolso con mi ropa y me trasladaron en coche hasta su casa, no el departamento de la rue Levy, donde había vivido de recién llegada, sino a uno un poco mayor, en el XVème, un barrio aburrido y pequeñoburgués alejado de cualquier cementerio, al que se habían mudado. Permanecí en casa de mis amigos durante más de tres meses. Al principio sólo ayudaba a Haydée con los cuidados de la niña y con la casa. No tenía ningún deseo de salir a la calle, pero ellos me suplicaban cada mañana que no regresara al Père-Lachaise. Por eso, cuando le avisé a Madame Loeffler que dejaría el departamento fue Rajeev quien se encargó de meter mis cosas en cartones, de trasladarlos y de guardarlos en su espaciosa *cave*. A diferencia del piso de la rue Levy, éste era luminoso y bastante más moderno. Contaba con una habitación más grande donde instalarían a la niña en cuanto consiguieran sacarla de su habitación y en la que me instalé mientras tanto. Para ayudar con el alquiler y los gastos de comida, yo transfería el ochenta por ciento de mi beca en la cuenta de Haydée. Sathya era la única fuente de dicha en esa época de mi vida —y quizás la mayor que he tenido a lo largo de ésta—. Verla sonreír, dar palmadas sobre la mesa o gatear encima de la alfombra, hacía más soportable mi estancia en este mundo.

EL REGRESO

Volví a Nueva York un sábado por la tarde. Mario había ido a buscarme a Boston en un carro alquilado e hicimos el viaje en silencio, mientras en el reproductor CD sonaba *Kind of Blue*. Me ayudó a subir mis cosas por las escaleras y luego se puso a dar vueltas como un animal enjaulado en el departamento. Parecía nervioso por dejarme solo. Cuando finalmente se marchó, me senté en el sillón de la sala a revisar mi correspondencia. La mayoría eran facturas y cuentas pendientes. Estuve en eso la tarde entera. Entre todos esos sobres, encontré una carta de mi sobrino más querido en la cual me contaba sus resultados de la escuela. Era un alumno ejemplar. Describía también su vida cotidiana con detalle y al final, poco antes de despedirse, me suplicaba que fuera a verlo a Cuba. Cerré el sobre con tristeza. A pesar de mis circunstancias, que por supuesto él ignoraba por completo, me pesó no poder estar a su lado a una edad en que se decide tanto. Me pregunté qué derecho tenía yo a envejecer aislado en Nueva York, mientras él, con toda su juventud a cuestas, crecía desprovisto de asideros. Luego, al escuchar los mensajes del contestador, reconocí la voz de Ruth dándome la bienvenida. Insistía de un modo suave y amable en invitarme a dormir esa misma noche. Como en los mejores momentos de nuestra relación, su tono aniñado logró convencerme. Levanté el auricular y marqué el número de su casa.

–Acabo de llegar –le dije–. Dame una hora para ducharme y deshacer la maleta. Estaré ahí para la cena.

Antes de meterme a la ducha me quité la prótesis. Me bañaba sentado en un banco de plástico y auxiliado por un bastón. Con amargura, admiré la sofisticación tecnológica de mi pierna y recordé que tiempo atrás había sido expulsado de un restaurante por gritar que quería ser un robot. Mientras me dirigía en taxi a la zona de Tribeca, pensé en lo difícil que nos resulta a los seres humanos sostener una estabilidad física o psicológica. Recordé las palabras de Ribeyro, uno de los más ilustres compatriotas de César Vallejo que Cecilia me hizo descubrir: «Seres imperfectos viviendo en un mundo imperfecto, estamos condenados a encontrar sólo migajas de felicidad.» ¿Cuál es la alternativa? Quizás aceptar nuestros límites, nuestras contradicciones, nuestras muchas necesidades, tratar de ser más fuertes que el peso de toda culpa. Concentrar nuestra habilidad en lo que mejor podamos hacer y nuestra lucidez en lo que mejor podamos entender: *one thing at a time. One life at a time.* Vivir sin perder, en la medida de nuestras posibilidades, la capacidad para volver a un centro desde donde se puede confiar, esperar, ser-feliz-ahora-mismo-a-pesar-de-todo, a pesar del dolor y de la certeza de que la vida es, básicamente, imposibilidad y dolor. Seguí pensando en esto mientras viajaba en el taxi. Llegué al edificio de Ruth y marqué el código de entrada, sorprendido de recordarlo todavía. Atendió su voz en el telefonillo y reconocí esa nota de excitación vibrante que no le había escuchado en muchos meses. Apenas abrió la puerta, me recibió el aroma a *strudel* de manzana y la sensación agradecida de quien regresa a casa después de un largo viaje.

DÍA DE CAMPO

Decidí quedarme en París en parte para seguir mis estudios pero sobre todo por Sathya. Terminé la tesina con enorme esfuerzo para concentrarme y al obtener el DEA emprendí un doctorado, esta vez con un nuevo director de tesis. He descubierto recientemente que además de la investigación me inclino por escribir otro tipo de cosas. En una libreta roja de tapa dura comencé una especie de diario donde, con mucha frecuencia, anoto también mis recuerdos más importantes o las escenas de mi vida que, por una razón u otra, me obsesionan. Me gusta, por ejemplo, describir a personas con las que he convivido y he dejado de ver. Me apropio de ellas como personajes. A veces las mezclo o les invento destinos verosímiles, bondadosos o macabros. No sé qué valor tenga todo eso ni como biografía ni como literatura, lo que sí puedo decir es que lo disfruto y con eso me es suficiente. Haydée opina que es una buena idea. Según ella, tengo muchas vivencias aún por digerir y puedo sacar provecho de la introspección. Desde que me mudé, y también desde su segundo embarazo, la veo cada vez menos, pero esto no nos impide gozar intensamente el tiempo que estamos juntas. El sábado, por ejemplo, pasé la mañana con ella y con la niña caminando por Châtelet. Compramos un par de sándwiches y una ensalada e improvisamos un picnic en el jardín de la torre Saint-Jacques. Mientras su hijita gateaba junto a nosotras, nos tiramos a descansar sobre la hierba. Entre los diferentes temas que abordamos ese día, Haydée me preguntó si tenía noticias de Claudio.

–Hace mucho que dejó de escribirme –le respondí.

–Seguro que sigue corriendo como Forrest Gump –dijo ella, y ambas nos echamos a reír con una suerte de sorna cariñosa.

La voz de Haydée se fue extenuando a medida que el sueño se apoderaba de ella. Me quedé a cargo de Sathya. Mientras la observaba ir y venir cerca del arenero, pensé en la proliferación de niños que nunca antes había despertado mi interés. Desde hace unos meses, tengo la impresión de ver muchas más mujeres embarazadas por las calles, empezando por mi mejor amiga. Antes de llegar al jardín de la torre, dimos varias vueltas con el cochecito por la Place Joachim-du-Bellay, donde una parvada de críos corría desaforadamente, justo donde alguna vez estuvo el antiguo cementerio de los Santos Inocentes. Pensé que, así como la primavera sucede al invierno consiguiendo año tras año que olvidemos su crudeza, habría siempre niños jugando y corriendo encima de nuestros muertos. Y que eran ellos, los niños, quienes conseguían mejor que nadie, si no condenarlos al olvido, renovar nuestras ganas de vivir, a pesar de su dolorosa ausencia.

ÍNDICE

II